U0926434

孙犁最喜欢的藏书票
孙晓玲提供

曲终集

孙犁 著

耕堂文录十种

天津出版传媒集团
百花文艺出版社

图书在版编目（CIP）数据

曲终集 / 孙犁著. —天津：百花文艺出版社，2012.5(2023.4 重印)
（耕堂文录十种）
ISBN 978-7-5306-6109-3

Ⅰ. ①曲… Ⅱ. ①孙… Ⅲ. ①中国文学-当代文学-作品综合集 Ⅳ. ①I217.2

中国版本图书馆 CIP 数据核字(2012)第 091432 号

曲终集
QUZHONG JI
孙犁 著

出 版 人： 薛印胜
责任编辑： 徐福伟
封面设计： 郭亚非　　**版式设计：** 郭亚红
出版发行： 百花文艺出版社
地址： 天津市和平区西康路 35 号　　**邮编：** 300051
电话传真： +86-22-23332651（发行部）
+86-22-23332656（总编室）
+86-22-23332478（邮购部）
网址： http://www.baihuawenyi.com
印刷： 天津新华印务有限公司
开本： 787 毫米×1092 毫米　1/32
字数： 209 千字
印张： 13.75
版次： 2012 年 6 月第 1 版
印次： 2023 年 4 月第 2 次印刷
定价： 76.00元

如有印装质量问题，请与天津新华印务有限公司联系调换
地址：天津东丽开发区五经路 23 号
电话：(022)58160306　邮编：300300

晚華凝秀露劫後見霜
容澹定就遠道鏗然摭佳
桐尺澤連滄海陋巷接
飛鴻文氣如雲舒直聲
盈蒼穹幾風何足道
戰士文自雄雖曰老荒矣
凌雲志更宏無為恩有
如芸齋豈荒々曲終能
雨奏大雅貫長虹十集
成一帙功如岱宗崇

余衰病之年曾君鎮南屢作吳怀
致勉之辭近又作五古一首嵌拙作十
書於内詩有魏晋風神声音清
越余喜而録之

一九九五年五月廿日上午
孫犁

孙犁送给女儿晓玲的书法手迹，乃抄录自曾镇南为孙犁晚年十本小集所作的题诗,其中嵌入了这十本小集的全部书名

一九九三年孙犁手术后阅读《天津日报》

二十世纪九十年代孙犁为青年读者签新书

大师远去,足音犹存。孙犁逝世追悼会现场

目 录

小 说

散 文

杂　文

心 脏 病

过去，我一直认为自己只有脑病，没有心脏病。其实，进城初期，报社杨经理，叫我到市里一家医院，检查一下身体，说是有病的人可以吃保健饭。检查以后，卡片上明明写的是心脏病三个大字。但是我却毫不在意，以为不过是为了照顾我吃上保健饭，大夫胡乱给填写了一个病名。

又有一次，是文化大革命后期，大概是一九七四年冬季，上级忽然叫这些斗了多少个死去活来的老干部，去总医院检查身体。带有政治性质，不去还不行。检查结果，也写着冠状动脉硬化等字样，我也没有拿它当作一回事。因为我想，既然死里逃生，还管它这里硬化，那里软化干什么。

不巧的是，我那时刚刚和一位张女士结了婚。我们这般年纪,当然都是再婚。她看到检查结果,心情很沉重,以为好不容易结合了,却是一个病人,大为担心失望,一定要带我去做一次心电图。那时,心电图这玩意儿,刚刚传到中国,大家对它很信任。

总医院分门诊部和住院部, 我检查身体是在门诊大楼,这回张女士带我做心电图,是在马路对过的住院部大楼。先在楼下交了费,取了单据,然后上楼去做心电图。管做心电图的女护士,有二十来岁,穿着那时还很时髦的绿色军装。

女护士一看单据,就生了气,大声说:“你应该到门诊部去做!”

张女士低声赔笑说:“我们在楼下交的费,他叫我们到楼上来!”

我躺在病床上,女护士一边拉扯电线,一边摔打着往我四肢上套,像杀宰一样。她一直怒气不息,胡乱潦草地完事,把心电图摔给了张女士,撵我们出屋,就碰上门走了。

我和张女士都一直蒙在鼓里,不明白这位女护士,为什么对我们发这样大的火,我们究竟走错了哪一步?

“去交给大夫看看吗?”张女士拿着那张心电图问我。

“不用了。”我说，“我的心脏很好。”

“你怎么知道？”张女士问。

“你还没有看清楚，即使我的心脏一点毛病也没有，也被这位女护士气死在床上，起不来了。既然我完好如初，这就证明：我的心脏非常健全，不同一般。”

张女士几乎是破涕为笑了。我接着说：“她可能看出我的身份。她是小巫，不足挂怀。这些年，我见过的大小流氓、大小无赖、势利小人、卑劣小人，可以说是车载斗量，不计其数，阵势比她摆弄的这一套大得多。我看她顶多是个新贵子弟，也不是护士科班，很可能是依仗权势，进来充数的。”

从这以后，我对我的心脏更有信心了。同时自信，我之所以能够活到现在，能够长寿，并不像人们常常说的，是因为喝粥、旷达、乐观、好纵情大笑等等，而是因为这场“大革命”，迫使我在无数事实面前，摒弃了只信人性善的偏颇，兼信了性恶论，对一切丑恶，采取了鲁迅式的，极其蔑视的态度的结果。

我有将近二十年的时间，没有再到过医院。视为畏途。

但是，无论怎样大圣大哲，他的主观愿望和臆测，终究代替不了科学和现实。况无知如我，怎能不受到惩罚呢？

一九九一年一月二十八日记:今日下午三时,午睡后,脉有间歇,起床颇觉心慌不适,走动时亦感心律甚乱。后吃饼干十片,芝麻糖两片,觉稍好。盖腹泻已两月,吃饭又少,营养不良所致。过去缺糖症状,不是这样,甚可虑也。晚记。

以上这段话,写在北京季同志寄赠的《日本古代随笔选》的包书纸上。报社大夫闻讯来诊,仍说心电图显示心脏很好,根据我的口述,只劝我继续吃治腹泻的药,并多吃一些补品。

我也就忘记了心脏的事。有一天,同一位同志谈话,有两句不入耳的话,我听了以后,忽然觉得心肌狠狠扯动了两下。这种现象过去没有,随即停止了谈话。

二月四日下午记:心脏发病,坐卧不安,浑身无力,不能持重,不能扫地、搬书,甚至不能看书阅报,这才真正成了一个心脏病人。从前天起,贴条子谢来访者。

以上这段话,写在山东邓同志寄赠的一本《谈龙录》的包书纸上。

报社医生又赶来,给了一些治心脏病的药,并特别照顾,给买了西洋参、蜂王精等补品。因为外边传说,我自己舍不得花钱买这些东西。

从此，就每天按时服药，太阳升上来，就坐在窗下，嘴里含几片花旗参，慢慢咀嚼着，缅怀往事。朋友们婉言劝告，应该住院，千万不要把病耽误了。我则想，病没得正，会自痊，如果得正，则无所谓耽误。

有一位姓李的老同事，老邻居，进城初期当记者，专跑医院，认识很多专家，一九五六年我得脑病，常带我去看病。这次，他很关心，又知道我这些年不愿到医院，甚至也不愿找医生，近似讳病忌医，就拿了我近日做的心电图，去拜访专家，问问要紧不要紧。不久，就又热心地来和我详细谈了专家的看法和意见。我说："代我谢谢专家。看起来，你的面子还真大，不带病人去，人家还会和你谈得这么详细。真不简单。这就像看稿子一样，如果有人不带作品叫我看，只来和我谈情节，我是不会和他谈的。"

老李说："我劝你去做一次心流图，不是心电图。我最近做过一回，自己能看到自己的心脏和血液循环，清清楚楚。好极了。"

我说："你知道，我神经衰弱，在电视节目上，我看见给别人做那个，心里还不舒服，何况自己去看自己？我受不了。专家讲的，我都明白，这就够了。写文章，可以写得明快一些，对于生活，对于自己的病，我是个朦胧派。"

老李苦笑着走了。

芸斋曰:心脑相连,古人以心为人体之主,非无因也。余所用商务民国四年出版之学生字典,心部共收字一百六十九。可略见人生情感之事,均与心脏有关。有人以钟摆喻心脏,亦有道理。然自念一生,颠沛流离,忧患相仍,心为百感交集之地,经七十余年之冲撞磨损,即钢铁所铸,亦当千疮百孔,破败不堪,况乃血肉之躯乎!也真难为它了,它也的确应该停下来,休息休息了。

病莫大于心疾,哀莫大于心死。这是无可奈何的。

一九九一年三月二十五日记

忆梅读《易》

经验证明：人在极度绝望和无聊的时候，会异想天开，做出出其不意的事情来。

当我住牛棚的晚期，旧同事老李接任棚长，对我比较宽厚。过去，我在棚里，是最受虐待的。因此，我的心里，松快一些。每天晚上开完会，老李把热在炉上的半饭盒棒子粥喝进肚里，我也把烤好的半个棒子面饼子嚼完，有时就围在他的铺盖前，说几句闲话。有一次，我说我要写一篇小说，第一句是：梅，对我是无缘的。

我看周围的人，对我的话，没有什么兴趣，就转身睡觉去了。第二天晚上开会，竟有一个人，批判我的这个想法，并说：

“这样开头的小说太多了，有什么新鲜！”

这个人，是我们进城时唯一留用的人员。他虽然在我手下工作过一段时间，而且我还是支部书记（一生中只有这一次，也不明白那时人们为什么选我）。对他为了什么能被留用，以及他的来历和底细，并没有任何了解。

“文革”开始，他是最早站出来革命的三个干部中的一个，每次开批斗会，他总是坐在革命群众的前排，并随时发言插话。当时革命，既以进城老干部为对象，留用人员当然就被看作响当当，很出了一阵风头。后来不知为了什么，也进了牛棚，但仍以特殊身份，备受优待，因此气焰不减。

平心而论，他的发言，还是和我讨论创作上的问题，并没有给我加什么罪名。因为，他一向自称是搞艺术的。但据我所知，说他理论家吧，并没有写出过像样的文章；说他是画家吧，又没有见他发表过什么作品。我到他的宿舍去过，倒是有一些美术方面的书，墙上还挂着一张裱好的，他画的国画，是一只鸭子和两根芦苇。据我看，还只能说是作业，谈不上创作。当然，如果他以后成为名人，也可以拿出去展览。

其实，并非这位人士的批评，把我的文思打断。那时，我怎么能够写小说？脑子里想的是生死大关，家破人亡的问题，这些带有浪漫意思的往事，哪里容我多想，很快就忘记了。那天晚上的几句闲话，只能说是我的一闪之念，那时不正在狠斗一闪念吗？它不斗自消了。

直到一九八二年，我写《病期琐事——太湖》一文时，我才又写到，一九五八年，在大箕山养病期间，我曾三次，一个人雇一只小船，去无锡那有名的梅园访梅。有一次，遇到下雨，我一个人在园中，留连了整整一个上午，并在梅园后院一大间放农具的房子里，惆怅地望着满园落泪一样的梅花，追索往事。

我生在北方，只见过杏花，没见过梅花。我以为杏花开放，是北方田野最美丽的点缀。一片火红，灿烂夺目。梅花名声更大，但我三次去梅园，不是早了，就是迟了，不然就是遇到下雨。

所以，我那小说的开头就说：梅，对我是无缘的。

事实是，梅对我是有缘的，是我负了心。我给她写了一封信，她很快就回信，一口答应了。我很快又反悔，这对她的伤害太大了。我一生也不能原谅自己。

关于这段经过，我曾写进《善闇室纪年——在延安》一节中，发表在《江城月刊》上。后来编入集子时，责任编辑是一位女同志，她认为，既然没成为事实，现在还提它作甚？为了照顾我的名声，好心地给删了去。其实是不必要的。

我一生中，做过很多错事，鲁莽事，荒唐事，特别是轻举妄动的事，删不胜删。中国有一部经书——《易》。我晚年想读一下，但终于不能读懂。我只能如此解释它：易，就是变易之易，就是轻易之易。再说得浅近一些：易，既然是卦，就是世事和人事，都容易变卦之意。

变卦，对英雄豪杰来说，有时还有利有弊，有幸有不幸，有祸有福。对于弱者，就只能有伤痛，有灾难，有死亡。以上这些言词，当然都是在我将死之年，对我的不稳定性格的一种诠释。

梅，是我的学生。就在她答应和我缔结同心之时，也只是在延河边上，共同散步十分钟。临别时，我还保持老师的严肃习惯，连她的手也没有握一下。

所以她以后，也能原谅我。当我的老伴去世以后，她曾托人把她的已经失去丈夫的妹妹介绍给我，我没有应允。后来，她又告诉她在天津的弟弟，有合适的，给我找个做伴的人。她还不大了解，我不只是一个凡夫俗子，而且智能低下，像我这样的人，也只能孤独地生活下去，不能再和别人同居了。但因为她对我的关心，我也不断想起往事，并关心她晚年的生活，像这样宽厚待人的人，一定会是幸福无量的。

原谅是由于信任。当时,她虽恨我多变,但不会怀疑我是成心戏弄她。我们是共过患难的,一同走到延安去的。大家都已离家七八年,战事还不知何日结束,自己和家人的生死存亡,也难以断定。当我在河边和她谈将来,谈文学,谈英语(她学的是英语),她只简单地回答:我不想那么多,我只想结婚!那时她恐怕也有二十七八岁了。

日本投降以后,我们又走回晋察冀,但不在一个队,偶尔见面,都不好意思再说话,互相回避,以为从此就生分了。

进城以后,命运却安排她,三番几次,陪同她的爱人,到我住的院里拜访她爱人的一位朋友,而我和他们这位朋友,住的是近邻。最后一次,大家也都进入中年,儿女成行了,她一个人又来了。以前,我曾向老伴谈到过这件事,我征求了老伴的意见后,去看望了她。屋里只有我们俩人,她丝毫没有表示怨恨。也可能是因为我的变卦,才促成了她目前的幸福生活——这也是易经。

直到去年,她的爱人去世,她派她的弟弟,通知了这一不幸。我本来并不认识她的爱人,也托她弟弟,送了一个花圈,并向她表示慰问。

闲话间，她弟弟很关心我的生活，并说：

“如果再找老伴，最好找一个过去有过一段感情的人。”

我说：

“我太老了，脾气又太怪，过去有过感情的人，现在恐怕也相处不来了。爱情和青春同在，尚且有时靠不住。老了，就什么也谈不上了。”

太史公曰：“盖孔子晚而喜易。易之为术，幽明远矣，非通人达才，孰能注意焉？”《易》曰：“乐则行之，忧则违之。”

前者说明：《易》是老年人才知道喜欢的书。因为人的一生，经历了很多事，很难得到解释。《易》这玩意儿，能识时达变，怎么解释，也能通畅，所以就得到圣人的喜欢了。

后面两句，是《易经》原文，也能懂得，但做起来就难了。实际是常常反其道而为之。因为这是现实，有时不容你选择。有时你会自愿这样去做。等到醒悟过来，人已经老了，或者就要死了。

一九九一年四月十五日写讫

时大病初愈，此作，颇不利于养生

无　题

他逝世了。紧锁的双眉,额上的皱纹,并没有因为死,而得到舒展。他是一名老战士,说他因为忧国忧民,死不瞑目,当然也不为无理。但近年来,最使他痛苦和不安的,是时时刻刻泛上心头的忏悔之情。不是对革命、对工作的忏悔,这些方面,他完全可以说是问心无愧的。他是对自己壮年远行,背井离乡,抛舍老父老母,青春发妻,幼小儿女,一生之中,对他们没有尽到应尽的责任而忏悔,痛苦。

在朋友们看来,他一直是谨小慎微的恂恂君子,在事业上的成绩,也还可以,并被说成是功成名就。这些,当然是就他生前而言,至于以后如何评论,那自然是另外一回事了。

去年,他还分到一套比较高级的住宅,脱离了旧居的冬季寒冷、夏季漏房,以及周围卑劣小人的干扰之苦。新住宅区,除去现任官吏之外,还有不少和他年纪相当的老人。其中有些人面孔较熟,并常听到乡音。

他从去年八月份搬来,每天见到,有一群农民模样的民工,平整土地,换土栽树栽花,他的楼前空地,设计了一处庭院公园,有树木、山石,有花廊、石桌、石凳、花砖铺地,所费不赀。

因是楼群,当然也谈不上安静。楼外施工,室内装修,每天电钻、电焊,斧锯之声不断。每天接送官员的汽车,一辆接一辆,楼群中路又窄,他总是错过上下班时间,再下楼散步。

对于这些,他都无系于心,他知道,多好的住处,或多坏的住处,对他这种年岁的人,都是最后的逆旅,前一站就阴阳易界,是小小的木盒了。

他终于进入了木盒。

他对小木盒, 并没有什么美好的感情。他尤其害怕,在那种更密集的住宅区,遇到在二十年前,先他赴冥的老伴。在那里,她已经获得彻底解放,观念已经完全更新,她可以没有任何顾忌,摆脱一切束缚,向他提出生前忍耐多年的责难,他将无言答对,无地自容。

这就是,为什么他死了以后,脸上仍然表现极大愁苦的原因。

芸斋悼之曰：禅语有：何所闻而来？何所见而去？云云。过去视为机锋，今日细想，实是废话。佛书多类此。然自晋至唐，为之舍家苦行者有之，为之断肢自焚者有之，后人难以想象。社会思潮之形成与变异，时代使然也。

君历世近八十年，当有所闻见矣。其中，有欲闻或不欲闻，有欲见或不欲见。或不得不闻，不得不见者，均系人生现实，非关佛书禅语。况君离家出走，非为佛门清净也，更非迷信所致。当时民族处于危亡，非抗日不足以图存。全国青年，风纵云合，高歌以赴，万死不辞，亦可谓先天下之忧而乐矣。当今，处开放之时，国家强盛，人民富足。重驿来游，商贾满路。万民欢腾，而君似又有所戚戚。小我之悲，无乃有失大公之初衷乎？无以名之，谓君为后天下之乐而忧，可矣！

一九九一年七月二十日晨足成之

记 陈 肇

老友陈肇，于一九九〇年十一月七日，病逝于北京。

自一九三八年，一同任职冀中抗战学院起，至一九四〇年，又一同在晋察冀通讯社工作止，我同他，可以说是朝夕相处，患难与共的。我在几篇回忆性的散文中，都曾写到过他。这里只能再记一些琐事。

他去世后，我在北京的女儿，前去吊唁，慰问了已经不能说话的陈伯母。肇公的两个孙女和两个外孙，叫我女儿转告，希望我能写一点什么。

我想，这些事，是我的责任，我一息尚存，当勉力为之。难道还需要孩子们对我进行嘱托吗？

陈肇，河北安平县人。他毕业于天津河北省第一师范。老辈人都知道，这个学校，是很难考入的，学生多是农村一些贫苦好学的子弟。

他的家我去过，不过是个中农。他父亲很有过日子的远见，供他念书，叫二儿子务农，三儿子去当兵。毕业后，他执教于昌黎简师。

一九三八年的秋天，我和陈肇打游击，宿在他的家中，他已经和大嫂分别很久了，我劝他去团圆团圆，但他一定陪我睡。第二天天尚不亮，我们就离开了。陈肇对朋友如此认真，第一次给我留下深刻的印象。

一九六二年夏天，我去北京，住在椎把胡同的河北办事处。一天下午，我与一个原在青岛工作、当时在北京的女同志，约好去逛景山公园。我先到景山后街的公共汽车站去等她。在那里，正好碰上从故宫徒步走来的陈肇。他说：

“我来看你，你怎么站在这里？”

我说等一个人。他就站在路边和我说话。我看见他穿的衬衣领子破了，已经补上。

他一边和我谈话，一边注意停下来的汽车，下来的乘客。他忽然问：

“你等的是男的，还是女的？”

我说是女的。他停了一下说：

“那我就改日再到你那里去吧！”

说完，他就告别走了。我一回头，我等待的那位女同志，正在不远的地方站着。

在对待朋友上，我一直自认，远不能和陈肇相比。在能体谅人、原谅人方面，我和他的差距就更大了。

进城以后，他曾在国务院文办工作，后又调故宫博物院。一九五二年冬季，我到他的宿舍看望他，他穿着一件在山里穿过的满是油污的棉大衣。我说：

“怎么还穿这个？多么不相称！”

他严肃地望望我说：

“有什么不相称的？”

我就不能再往下说了。我在生活上，无主见，常常是随乡入俗，随行就市的。当时穿着一件很讲究的皮大衣。

他住的宿舍，也很不讲究，可以说是家徒四壁，放在墙角的床铺周围墙壁上，糊了一些旧画。被褥、枕头，还按三十年代当教员时的方式叠放着。写字桌上，空空如也，却放着一副新和阗玉镇纸，一个玉笔架。他说：

“三兄弟捎来的，我用不着，你拿去吧。”

这以后，他得到什么文具，只要他觉得不错，就郑重其事地捎给我用。

在故宫，他是副院长，就连公家的信纸、信封都不用，每次来信,都是自己用旧纸糊的信封。

有一次,我想托他在故宫裱张画,又有一次,想摘故宫一个石榴做种子。一想到他的为人,是一尘不染的,都未敢张口。

他多才多艺,他能画,能写字,能教音乐,能作诗,能写小说。这些,他从不自炫,都不大为人知道。我读书时,遇到什么格言警句,总是请他书写后,张挂座右。我还一直保存他早年画的一幅菊花,是他自己花钱,用最简易的方式裱装的。

琐事记毕,系以芜辞:

风云之起,一代肇兴。既繁萧曹,亦多樊滕。我辈书生,亦忝其成。君之特异,不忘初衷,从不伸手,更不邀功。知命知足,与世无争。身处繁华,如一老农。辛勤从政,默默一生。虽少显赫,亦得安宁。君之逝也,时逢初冬,衰草为悲,鸿雁长鸣。闻君之讣,老泪纵横!

一九九〇年十一月二十二日

悼康濯

整整一个冬季,我被疾病折磨着,人很瘦弱,精神也不好,家人也很紧张。前些日子,柳溪从北京回来说:康濯犯病住院,人瘦得不成样子了。叫她把情况告诉我。我当即写了一封信,请他安心治疗,到了春暖,他的病就会好的。但因为我的病一直不见好,有点悲观,前几天忽然有一种预感:康濯是否能熬过这个漫长的冬季?

昨天,张学新来了,进门就说:告诉你一个不幸的消息,我没等他说完,就知道是康濯了。我的眼里,立刻充满了泪水。我很少流泪,这也许是因为我近来太衰弱了。

从一九三九年春季和康濯认识,到一九四四年春季,我离开晋察冀边区,五年时间,我们差不多是朝夕相处的。那时在边区,从事文学工作的,也就是那么几个人。

康濯很聪明，很活跃，有办事能力，也能团结人，那时就受到沙可夫、田间同志等领导人的重视。他在组织工作上的才能，以后也为周扬、丁玲等同志所赏识。

他和我是很亲密的。我的很多作品，发表后就不管了，自己贪轻省，不记得书包里保存过。他都替我保存着，不管是单行本，还是登有我的作品的刊物。例如油印的《区村和连队的文学写作课本》、《晋察冀文艺》等，“文革”以后，他都交给了我，我却不拿着值重，又都糟蹋了。我记得这些书的封面上，都盖有他的藏书印章。实在可惜。

“文革”以前，我写给他的很多信件，他都保存着，虽然被抄去，后来发还，还是洋洋大观。而他写给我的那两大捆信，因为不断抄家，孩子们都给烧了，当时我并不知道。我总觉得，在这件事情上，对不住他。所以也不好意思过问，我那些信件，他如何处理。

一九五六年，我大病之后，他为我编了《白洋淀纪事》一书，怕我从此不起。他编书的习惯，是把时间倒排，早年写的编在后面。我不大赞赏这种编法，但并没有向他说过。

他和我的老伴，也说得来。孩子们也都知道他。一九五五年，全国清查什么“集团”，我的大女儿，在石家庄一家纱厂做工。厂里有人问她：你父亲和谁来往最多？女儿不知道是怎么回子事,想了想说:和康濯。康濯不是“分子”,她也因此平安无事。

他在晋察冀边区,做了很多工作,写了不少作品。那时的创作,现在,我可以毫不含糊地说,是像李延寿说的:潜思于战争之间,挥翰于锋镝之下。是不寻常的。它是当国家危亡之际,一代青年志士的献身之作,将与民族解放斗争史光辉永存, 绝不会被数典忘祖的后生狂徒轻易抹掉。

至于全国解放之后,他在工作上,容有失误;在写作上,或有浮夸;待人处事,或有进退失据。这些都应该放在时代和环境中考虑。要知人论世,论世知人。

近些年,我们来往少了,也很少通信,有时康濯对天津去的人说:回去告诉孙犁给我写信,明信片也好。但我很少给他写信,总觉得没话可说,乏善可述。他也就很少给我写信,有事叫邹明转告。康濯记忆很好,比如抗日时期,我们何年何月,住在什么村庄,我都忘记了,他却记得很清楚。他所知文艺界事甚多,又很细心,是个难得的可备咨询的人才。

耕堂曰:战争时相扶相助,胜利后各奔前程,相濡相忘，时势使然。自建国以来，数十年间，晋察冀文学同人，已先后失去邵子南、侯金镜、田间、曼晴。今康濯又逝，环顾四野，几有风流云散之感矣！

一九九一年一月十九日下午

故园的消失

土改后，老家剩下三间带耳房的北屋。举家来津后，先是生产大队放置农具，原来母亲放在屋里的一些木料和杂物，当家本院的，都拿去用了，连两条木炕沿也拆走了。但每年雨季，他们见房子坍塌漏雨，也给修理修理。后来房顶茂草丛生，房基歪斜，生产队也没有了，就没有人再愿意管它。

村支部书记曾给我来过一封信，说明这种情况，问我如何处理。那时外面事情很多，我心里乱糟糟，实在顾不上这些事，就写了一封回信，大意是：也不拆，也不卖，听其自然，倒了再说。

后来知道，这座老屋，除去有倒塌的危险，还妨碍着村里新的街道规划。文化大革命后不久，当捐献集资之风刮起的时候，村里来了三个人：老支书、新支书和一个老贫农团员。我先安排他们找了个旅舍住下,并说明我这里没有人做饭,给了他们三十元钱,到附近饭馆用餐。第二天上午,才开始谈话。

他们说村里想新建一所小学校,县里又不给拨款,所以出来找找在外地工作的同志。

我开门见山地说,建小学,每个人都有责任。从我在村里上小学时,就没有一个正规的校舍,都是借用人家的闲房闲院。可是,你们不能对我抱过高的希望。村里传说我有多少钱,那都是猜想。我没有写出很红的书,销数都不大。过去倒是存了一些稿费,文化大革命时,大部分都上缴了。现在老了,也写不了多少东西,稿费也很低。我说着,从书柜里拿出新出版的一本散文集,对他们说:

“这样一本书,要写一年多,人家才给八百元。你们考虑过那几间破房吗?”

“倒是考虑过。”老支书说。

我说:“有两个方案:一个是我给你们两千元。一个是你们回去把旧房拆了卖了,我再给一千元。”

他们显然有些失望,同意了第二个方案。并把我给他们的饭费还给了我,说这是因公出差,回去可以报销,就告辞了。

又过了些日子，听说有报纸报道了我捐资兴学的消息，县里也来信表扬，我都认为是小题大做。后来，本乡的乡长又来了，说是想把新盖的小学，以我的名字命名。我说："别开玩笑。我拿两千块钱，就可以命名一所小学；如果拿两万，岂不是可以命名一所大学了吗？我的奉献是很微薄的，我们那里如果有个港商就好了。"

"你给题个校名吧！"乡长说。

我说："我的字写不好，也不想写。回去找个写好字的给写一下吧。"

我送给他一本《风云初记》和一本《芸斋小说》。

这件事就结束了。至此，老家已经是空白，不再留一草一木，一砖一瓦。这标志着：父母一辈人的生活经历、生活方式、生活志趣、生活意向的结束。也是一个从无到有，又从有到无的自然过程。

但老屋也留下了一张照片，这是儿子那年出差路经我村时拍摄的。可以看到：下沉的房基，油漆剥尽的屋门，空荡透风的窗棂，房前的杂草树枝，墙边的一只觅食的母鸡。儿子并说：他拍照时，并没有碰见一个村里的人。

芸斋曰：余少小离家，壮年军伍。虽亦眷恋故土，实少见屋顶炊烟。中间并有有家不得归者三次，时间相加十余年。回味一生，亲人团聚之情少，生离死别之痛多。漂萍随水，转蓬随风，及至老年，萍滞蓬摧，故亦少故园之梦矣。唯祝家乡兴旺，人材辈出而已。

一九九一年五月三十日

寄光耀

一

光耀同志：

收到你热情的信

你我故交

每有人从河北来

我总要问起你

我将牢记你的劝告

振作精神

不使老友失望

祝你保重身体

春节快乐

犁

一九九〇年一月十三日晚

二

光耀同志：

五月十八日信敬悉

所告情景，深为感动

老目为之潮湿

他是诗人，重感情

你谈到我

他一定就想到了

一些故去的同志

如小川、李季等

感时伤事

触景生悲矣

前几天托艾东捎去小书一册

藉此，你可知我那十年的经历

祝

好

孙

五月二十五日

以上,是我用“诗体”,写在明信片上,给徐光耀同志的两封复信。

他的第一封来信说:他无意中得到了一本《无为集》,从个别篇章中,他有一种不祥的预感。他很“恐怖”,所以给我写信,劝我一定保重,千万不要想不开,使精神崩溃。因为他还把我当作一根精神支柱云云。

说白了,光耀是怕我身世坎坷,老年孤独,积忧不解,自寻短见。

《无为集》销数虽不多,也有数千册,我赠送友人的也有数十本。别人读了,没有看出问题,没有这种顾虑。唯独光耀有这种想法,有这种关怀,这说明光耀对我是有感情的,而且感情甚深。

至于说我是什么精神支柱,这是他对我还不十分了解。我还能做什么支柱?我本身软弱无力,自己都快站立不住了,还能支撑他人?

但光耀是农民出身,是诚实忠厚的,他说的也不会是恭维话,他可能是这么看的,虽然他看错了。

我赶紧给他写了第一张明信片,请他放心。

他的第二封来信说:一次开会,在吃晚饭的时候,他谈起了我。同桌有一位领导同志,眼圈立刻就红了,他不明白是什么原因。我给他写了第二张明信片。

我和光耀相识,是在一九五一年,同团出国期间,相处也不过一个多月。一九六二年,我大病初愈,要回老家看看,路经保定。光耀那时还戴着“帽子”,情况已经缓和,他陪我到保定附近的半亩泉、抱阳山游玩了一番,还给我照了几张相片。第二天,又一同到他的劳动点上,去劳动了半日,是拔旱萝卜。中午在老乡家吃了一顿红薯。下午,在他那间下放的小屋炕头,我俩并肩躺着,说了很长时间的话。天晚了,我回旅馆,他回家去。

交往就是这些。过去,他也没有给我写过信。但我一直认为他是个好人,对他很信任,他对我好像也不见外。

他能关心我的生死,并且一想到我会死去,就感到恐怖。我想,这种人在世界上还不会太多吧?

一九九一年十一月十五日上午记

残瓷人

这是一个小女孩的白瓷造像。小孩梳两条小辫,只穿一条黄色短裤。她一手捧着一只小鸟,一手往小鸟的嘴中送食,这样两手和小鸟,便连成了一体。

这是我一九五一年, 从国外一个小城市买回的工艺品。那时进城不久,我住在一个大院后面,原来是下人住的小屋里,房间里空空,我把它放在从南市旧货摊上买回的一个樟木盒子里。后来,又放进一些也是从旧货摊上买来的小玩意儿,成了我的百宝箱。

有一年,原在冀中的一位老战友来看我。我想起在抗日战争时期,我过封锁线,他是军分区的作战科长,常常派一个侦察员护送我,对我有过好处,一时高兴,就把百宝箱打开,请他挑几件玩意儿。他选了一对日本烧制的小花瓶,当他拿起这个小瓷人的时候,我说:

"这一件不送，我喜欢。"

他就又放下了。为了表示歉意，我送了他一张董寿平的杏花立轴，他高兴极了。

后来，我的东西多了，买了一个玻璃柜，专放瓷器，小瓷人从破木盒升格，也进入里面。文化大革命，全被当作四旧抄走了。其实柜子里，既没有中国古董，更没有外国古董。它不过是一件哄小孩的瓷器，底座上标明定价，十六个卢布。

落实政策，瓷器又发还了。这真是有组织有计划的抄家，东西保存得很好，一件也没有损失，小瓷人也很好。

我已经没有心情再玩弄这些东西，我把它们放在一个稻草编的筐子里。一九七六年大地震，我屋里的瓷器，竟没有受损，几个放在书柜上的瓶子，只是倒在柜顶上，并没有滚落下来。小瓷人在草筐里，更是平安无事。

但地震震裂了屋顶。这是旧式房，天花板的装饰很重，一天夜里下雨，屋漏，一大块天花板的边缘部分，坠落下来，砸倒了草筐，小瓷人的两只手都断了。

我几经大劫，对任何事物，都没有了惋惜心情。但我不愿有残破的东西，放在眼前身边。于是，我找了些胶水，对着阳光，很仔细地把它的断肢修复，包括几片米粒大小的瓷皮,也粘贴好了。这些年,我修整了很多残书,我发现自己在修修补补方面,很有一些天赋。如果不是现在老眼昏花,我真想到国家的文物部门,去谋个差事。

搬家后,我把小瓷人带入新居,放在书案上。不知为什么,我忽然有些伤感了。我的一生,残破印象太多了,残破意识太浓了。大的如“九一八”以后的国土山河的残破,战争年代的城市村庄的残破。文化大革命的文化残破,道德残破。个人的故园残破,亲情残破,爱情残破……我想忘记一切。我又把小瓷人放回筐里去了。

司马迁引老子之言:美好者不祥之器。我曾以为是哲学之至道,美学的大纲。这种想法,当然是不完整的,很不健康的。

一九九二年一月三十日下午,大风

新春怀旧(两则)

东宁姨母

昨晚看电视,“神州风采”节目,介绍东北边陲小城东宁县。这个地名,我从小就知道。但究竟在哪里?离我的家乡到底有多远?是个什么地方,什么样子?我全都茫然。我细心地观看了电视上的介绍,感到在那熙熙攘攘的人流中,一定有我二姨母家的后代子孙。

外祖父家很贫苦,二姨母嫁给北黄城杜姓。姨父结婚不久,就下了关东。姨母生下一个男孩,叫书田。婆家不好住,姨母就带着孩子,住在娘家,有时住在我家,寄人篱下,生活很苦。这样一直到书田表哥十来岁上,姨父才来信,叫她到东北去,就是东宁县。

姨母在我家住时,常给我讲故事。她博通戏文,记忆力也很好。另外，她曾送给我二十四个铜钱，说上面的字，连起来是一首诗。我也忘记是些什么铜钱，当姨母起程时，母亲对我说，这些铜钱可以镇邪，乘车车不翻，乘舟舟不漏，叫我还给姨母了。

姨母到了东北以后，母亲常叫我给姨母写信。有一次我把省份弄错了，镇上的邮政代办所叫另写，母亲知道后，狠狠骂了我一顿，说我白念了书。一个小镇的代办人员，能对东宁这个边远小县，记得如此清楚，可见当年我们那一带，有多少人流浪在那里，有多少信件往来了。

姨母到了那里，又生了一个男孩，取名东转。听母亲说，姨父原来不务正业，下关东后，原先在赌场，给人家"跑合"。姨母去了以后，才回心转意，往正道上奔。加上姨母很能干，这样每年可以积攒一些钱，寄到我家，代买了几亩地。先由我家代种，后改由三姨母家代种。

书田表哥也大了，在东宁县开了一个小杂货店，我常常见到他写给我父亲的信，每次都通报那里粮食的价格。

东转表弟，不大安分。日军侵占东北以后，他当了伪军。"五一大扫荡"时，家乡传说他曾到冀中，但谁也没有亲眼见过他。

全国解放以后，书田表哥不知怎么弄到一本我写的小说,他给我写信说,已告知姨母,并说:“这是一段佳话。”

“文革”时,我在报社大院劳动,书田哥的一个儿子来看我,在院里说了几句话,知道姨母,早已去世,书田哥的老伴,也故去了。小杂货铺已关闭,书田哥现在一家饭馆当会计。

后来,我的工资恢复,我的老伴也死去,很是苦闷孤独,思念远亲,我给书田哥寄去三十元钱,想换回些同情和安慰。没想到,他来了封回信,问起他家那几亩地,有些和我算账的意思。我真有些不愉快了。他老糊涂了,连老区的土改都不知道。后来,我没有再给他写过信。他也早已去世了。

从电视上,我知道东宁与俄罗斯、朝鲜相邻,是多民族聚居的地方,看起来,是很繁华热闹的。我幼年时,除去东宁,还知道一个地名叫黑河,是我大舅父去过的地方,前些日子,“神州风采”节目中,也介绍过。

那时人们想赚钱,都往东北跑,现在是奔东南。都是在春节过后,告别故乡。过去是背着简单的行李,徒步赶路。现在是携家带口,挤上火车。

一九九二年二月二十三日

同乡鲁君

抗战前,我有一个既是同乡又是同学的朋友,他姓鲁。他的家,离我们村十几里地,每年春节,他都骑车到我家拜年,一见我母亲就问:“伯母好!”这在今天,本是一句普通话,但在那时的农村,却显得特别文明、洋气。所以我的乡下老伴,一直记得,还有时模仿他的鞠躬动作。

旧社会,封建观念重,中学里也有同乡会。都是高年级的学生主持。我升到高中时,也担任这种角色。鲁比我小三岁,把我看作兄长。

“七七”事变,有办法和有钱的学生,纷纷南逃,鲁有一个做官的伯父,也南下了。我没有办法,也没有钱,就在本地参加抗日工作。

从那时起,一直到前年,没有鲁的音讯,我总以为他到了台湾。忽然有一天,出版社转来一封他写给我的信,才知道他在重庆当教授,并创办了一所大学。现已退休。

从此就书信不断,听说我心脏不好,他给我寄红参,又寄人参。去年到北京开会,又专门来看我一次,住了一夜。我记得,我们是六十年不见了。他说是五十六年。他是学数学的，是测绘专家，当然记得准确。

这些年我很少招待亲朋。他以前表示要来，我也没有做过积极的反应。我以为少年之交，如同朝霞。多年不见，风轻云淡。经历不同，性格各异，最好以通信方式，保持友谊，不一定聚会多谈。实际上，在通过几次信件以后，各人的大体情况，都互相知道得差不多了，见面之后，也不一定有多少话好说。

但像鲁这样的朋友，他要来，我是不好拒绝的，也是希望见见的。因为这不只是多年不见，也恐怕是最后一面了。我珍惜我们少年时的友谊。

他是中午打电话来，告诉我到天津的时间的。整个下午，我都在紧张，一听见楼梯响，就开门看看。但直到六点，他还没有来。做饭的人，到时要下班，我只好先吃饭。刚拿起筷子，他就来了。

他是下了火车，坐公共汽车来的，身上还带着很多雪花。这使我很过意不去。我原想他会租一辆车来的。

我们一起，吃了一顿便饭。

晚上，我破例陪他说了很长时间的话，都是重复在信上说过的话。一边说话，少年时天真相聚的景象，一边在我脑子里闪现，越发增加了我伤逝的惆怅情绪。

我不愿重会多年不见的朋友,还有一个原因。就是相互之间的隔膜和不了解。人家以为我参加工作早,老干部,生活条件一定如何好,办法一定如何多。其实完全不是那么回子事。一见面会使老朋友失望,甚至伤心。

好在鲁的性格还没有变,还是那样乐观。能够体谅我,也敢于规劝我。他会中医,给我诊了脉,说心脏没有大问题。第二天,又帮做饭的包饺子,细细了解了我的生活习性和现状。他放心了。

在此以前,我把我所写的书,全寄给他了。这次来,知道他在练字,又没有好字帖,又送给他一部北京日报社印的,《三希堂字帖》四厚册,书是全新的,也太笨重,我已无力给他包裹,他自己捆了捆,手也不好用了。看来他很喜欢。

他对我说,我高中毕业时,把所有的英文书籍:《莎氏乐府本事》、《泰西五十轶事》、《林肯传》, 都留给了他。又说,他从来不看小说,在他主办的大学里,图书馆也不买文艺书。但我的书,他都读了,主要是从中了解我的生活和经历。

我也想起不少往事。我曾经向他家要过一对大白鹅,鲁特意叫人给我送到家里。他家深宅大院, 养鹅可以,我家是农舍小院，养这个并不适宜。我年轻好事，养在场院里，鹅仰头一叫，声震四邻。抗日期间，根据地打狗，家里怕惹事，就把鹅宰了。这是妻子后来告诉我的。

走时，我叫儿子借了一辆车，送他到车站，并扶他上了火车。

一九九二年二月二十六日

我的绿色书

我自幼喜欢植物，不喜欢动物。进入学校，也是对植物学有兴趣。在我的藏书中，有不少是关于植物的书，如《群芳谱》、《广群芳谱》、《花镜》、《花经》。其中《植物名实图考长编》，是一部大著作；它的姊妹篇，是《植物名实图考》，都是图，白描工笔，比看植物标本，还有味道，就不用说照片了。

我喜欢植物，和我的生活经历有关：我幼年在农村庄稼地里度过，后来又在山林中，游击八年。那时，农村的树木很多，村边，房后，农民都栽树。旧戏有段念白：看前边，黑压压，雾沉沉，不是村庄，便是庙宇。最能形容过去农村树木繁盛的景象。

幼年时，我只有看见农民种植树木，修剪树木的印象，没有看见有人砍伐树木的印象。

文化大革命以后，我曾亲眼看到一个花园式庭院毁灭的经过：先是私人，为了私利，把院中名贵的，高大的花木砍伐了；然后是公家，为了方便，把假山、小河，夷为平地，抹上洋灰，使它寸草不生，成了停车场。

在“干校”劳动时，那里是个农场，却看不到一棵成材的树。村边有一棵孤零零的小柳树，我整天为它的前途担心，结果，长到茶杯粗，夜里就叫人砍去，拴栅栏门了。

我的家乡，也不再是村村杨柳围绕，一眼望去，赤地千里，成了无遮拦的光杆村庄。

这是怎么回事？

有人说，这是素质不高；有人说，这是道德欠缺；有人说是因没有文化；有人说是因为穷。

当然，这都是前些年的事，现在的景象如何，我不得而知，因为我已经很久不出门了。

但从楼上往下看，还到处是揪下的柳枝，踏平的草地。藤萝种了多年，爬不到架上去，蔷薇本来长得很好，不知为什么，又被住户铲去了。

有人说这是管理不善；有人说这是法制观念淡薄；有人说，如果是私人的，就不会是这样了。这问题更难说清楚了。

我不知道,我过去走过的山坡、山道,现在的情景如何,恐怕也有很大变化吧！泉水还那样清吗？果子还那样甜吗？花儿还那样红吗？

见不到了,也不想再去打游击了。闭门读书吧。这些植物书,特别是其中的各种植物图,的确给老年人,增添无限安静的感觉。

一九九二年八月十二日清晨

秋凉偶记(三则)

扁　豆

北方农村,中产以下人家,多以高粱秸秆,编为篱笆,围护宅院。篱笆下则种扁豆,到秋季开花结豆,罩在篱笆顶上,别有一番风情。

扁豆分白紫两种,花色亦然,相间种植,花分两色,豆各有形,引来蜂蝶,飞鸣其间,又添景色不少。

白扁豆细而长,紫扁豆宽而厚,收获以后者为多。

我自幼喜食扁豆,或炒或煎。煎时先把扁豆蒸一下,裹上面粉,谓之扁豆鱼。

吃饭是一种习性,年幼时好吃什么,到老年还是好吃什么。现在农贸市场,也有扁豆上市。

每逢吃扁豆,我就给家人讲下面一个故事:

一九三九年秋季，我在阜平县打游击，住在神仙山顶上。这座山很高很陡，全是黑色岩石，几乎没有人行路，只有牧羊人能上去。

山顶的背面，却有一户人家。他家依山盖成，门前有一小片土地，种了烟草和扁豆。

他种的扁豆，长得肥大出奇，我过去没有见过，后来也没有见过。

扁豆耐寒，越冷越长得多。扁豆有一种膻味，用羊油炒，加红辣椒，最是好吃。我在他家吃到的，正是这样做的扁豆。

他的家，其实就是他一个人。他已经四十开外，还是独身。身材高大，皮肤的颜色，和他身边的岩石，一般无二。

他也是一个游击队员。

每天天晚，我从山下归来，就坐在他的已经烧热的小炕上，吃他做的玉米面饼子和炒扁豆。

灶上还烤好了一片绿色烟叶，他在手心里揉碎了，我们俩吸烟闲话，听着外面呼啸的山风。

一九九二年八月十三日清晨

芸斋曰：此时同志，利害相关，生死与共，不问过去，不计将来,可谓一心一德矣。甚至不问乡里,不记姓名,可谓相见以诚矣。而自始至终,能相信不疑,白发之时,能记忆不忘,又可谓真交矣。后之所谓同志,多有相违者矣。

同日又记

再观藤萝

楼下小花园,修建了一座藤萝架。走廊形,钢筋水泥,涂以白漆。下面还有供游人小憩的座位。但藤萝种了四五年,总爬不到架上去。原因是人与花争位,藤萝一爬到座位那里,妨碍了人,人就把它扒拉到地上去,再爬上来,就把它的尖子揪断。所以直到现在,藤条已经长到拇指那样粗,还是东一条,西一条,胡乱爬在地上。

藤萝这种花也怪,不上架不开花,一上架就开了。去年冬天,有一个老年人,好到这里休息晒太阳,他闲着没事,随手拣了一条塑料绳子,把头起的一枝藤条系到架上去,今年开春,它就开了一簇花,虽然一枝独秀,却非常鲜艳。

正当藤萝花开的时候,有几位年轻母亲,带孩子来这里坐。有一个女青年，听口音，看穿衣打扮，好像是谁家的保姆，也带着一个小孩，来架下玩耍。这位小保姆，个儿比较高，长得又健康俊俏，她站在架下，藤萝花正开在她的头上，在早晨的阳光照耀下，就好像谁给她插上去的。

自从改革开放以来，妇女服饰大变，心态也大变。只要穿上一件新潮衣裙，理上一个新潮发型，就是东施嫫母，也自我感觉良好，忽然变成了天仙。她们听着脚下高跟的响声，闻着脸上粉脂的香味，飘飘然地找到了自己的位置和价值。

这位农村来的女青年，站在这些人中间，显得超凡出众。她的美，是一种自然美，包括大自然的水土，也包括大自然的陶冶。她的美，是天生的，不是人为的，更没有描眉画眼的做假。她好像自觉到了这一点，所以她站在这些大城市时髦妇女中间，丝毫没有“不如人家”的感觉。她谈笑从容，对答如流，使得这些青年主妇们，也不能轻视她的聪明美丽。她成了谈话的中心，鹤立鸡群。

藤萝架旁边，每天还有一些老年妇女练功。教她们的，是一位带有江湖气味的中年人。这是一位热心公益的人，见到藤条散落地下，在他的学生们到来之前，他就找些绳索，把它们一一系到架上去。估计明年春季，藤萝架上，真的要繁花似锦了。

一九九二年八月十六日清晨

后富的人

这是一处高级住宅区。早晨八点以后，下午五时左右，接送厂长、经理、处长、局长的汽车，川流不息，不过时间不会太长，一会儿就过去了。下午的汽车，一到门口，尾巴就翘了起来。于是主人、司机以及家里人，把带回的大小纸袋子，大小纸箱子，搬到楼上去。

带回的东西，吃过用过以后，包装没处存放，就往垃圾道里丢。因此，第二天天还不亮，就有川流不息的拣破烂的人，来到楼群，逐楼寻找，垃圾间的铁门，响声不断。

过去，干这种营生的都是本市人，现在都是外地人。他们男男女女，老老少少，破衣烂裳，囚首垢面。背着一个大塑料口袋，手里拿一个铁钩子，急急忙忙地走着，因为就是早晨东西好拣。但时间也不会长，等到接人的汽车来时，他们就都消失了。

帮我做饭的妇人，熟于此道。我曾问她：

“前边一个刚从垃圾间出来,后面一个紧跟着就进去,哪里有那么多东西?”

她说:“一幢楼上,住这么多人家,倒垃圾的习惯也不一样,你知道他什么时候往下倒?也许他刚走,上面就掉下个大纸盒子来,你不是就可以拣到了吗?”

她并且告诉我,干这个,只要手脚勤快,一天的收入,是很可观的。就是刚从外地来,一无所有,衣食住行,都可以从中解决:例如破衣服,破鞋帽,干面包,烂水果,可以吃穿;破席子,可以铺用;甚至有药片,可以服。如果胆大些,边旁的破车子,可以骑上;过些日子,再换一个三轮……

关于住,她没有讲。我清晨散步的时候,的确遇到过一个外地来的小姑娘,手里提着一个破布包,满身满脸是黑灰。她问我,什么地方可以洗洗脸?我问她为什么弄得这样,她没有说。但我看见她是从一幢楼房的垃圾间出来。

国家已经有不少人,先富了起来。这些从农村来城市觅生活的,可以说是后富起来的人吧。

一九九二年八月十六日清晨

文集续编序

文集续编共三册。收入《远道集》、《尺泽集》、《老荒集》、《陋巷集》、《无为集》、《如云集》等六集文章。此外尚有近年陆续发见之抗日时期及土改期间旧作，以及文集前编所未能收录者，各若干篇。约共一百万字。

经此次编辑，近作得各归部类，旧作能略存足迹。总体观之，少作不论，晚年文字，已如远山之爱，既非眼前琼林，更乏步下芳草。非时下之所好尚也。

负责审阅者，多数同志，文集前编即相助，可谓贯彻始终，帮忙到底。

文集前编于一九八二年出版以来，数年前即已售罄，是知海内，尚有读者。今衰老日甚，年月迫促。百花热情出版此书，我也乐观其成，并认为是老年赏心乐事之一端。

然十年之中，文集前编同人，已先后逝去林呐、曾秀苍、邹明三位同志。他们不只是文集出版的倡议者，而且也都是我的知己友人。音容已渺，情谊犹存。抚卷怆然，有感今昔。念人事之无常，叹文章之何有？悼侪辈于生前，垂空文于身后。是亦可哀伤，而无可奈何者也。要之，积习难改，别无所能，一息尚存，仍当有作，不敢有负于读者。

一九九一年八月二十一日晨记

记秀容

一九四八年春夏两季，我在饶阳县大官亭村，“掌握”土改工作。那时土改已到末期，就是分浮财和动员参军了。我住在贫农团，睡在原是一间油坊，现在是浮财保管室里。也不再吃派饭，这里有几个人的伙食。

村里有一所小学，就在附近。晚上，贫农团开会，就在小学的课室。课室旁边，是教员们的厨房，和女老师的宿舍。

差不多每天晚上，我都要到小学“主持”会议。会议很琐碎，一开就是半夜。我和小学的老师们都熟了，他们知道我也是一个“文化人”，对我很亲热，校长尤其老练厚道。

大官亭有集市，每逢集日，老师们改善伙食，校长也总是把我叫去，解解馋。

饭桌就放在小学的院子里。饭也无非是肉菜和馒头。

坐下以后,校长总是喊:“秀容,你给孙同志盛一碗!”

秀容是他们中间唯一的女老师。说是老师,其实比学生大不了多少。这位年轻的女老师,一边用甜脆的声音答应着,一边就小心翼翼地端上一碗非常丰富的菜来。校长又加一句:

“大方点,不要羞羞惭惭的。”

秀容很大方,脸都不红一下,微笑着把碗递给我。

有时候,吃完饭还有些余兴,就是由一位老师拉胡琴,我唱两段京戏。

一九四九年,进天津不久,一天中午,我在多伦道一家回民饭馆门口,遇见了秀容。她调来天津,在百货批发站工作,也住多伦道。我告诉她我的地址,第二天上午,她就到报社的小楼上来看我,还带了一包花生米。一直谈到我的大女儿来唤我吃饭,她才走了。

一九六〇年困难期间,我在家里养病,她又带了半斤点心来看我,使我很感动,几乎流下泪来。好像还作过一首诗,现在却找不到,可能是文化大革命时烧了。

自从我迁居,离得远了,见面就少了。今年春节,大女儿把她领进屋里。她带了一筒西洋参乳精,说:“你喝一点。”

她已经满头白发，牙齿也掉了几个。我问她多大岁数了。她说六十四。我回想进城时，她该是十八岁。她现在家里，看着三个孙女，都是四岁上下。她说：

“她们不打架。我给她们讲故事，念诗。”

她知道我大病初愈，坐了不久，就站起来，要单独和我女儿说话去。

我送她，实际是她扶着我走到门口。

她对我女儿说：

“你父亲年轻时，好唱京戏。进城以后，就从来没听见他唱过。可能是没有我那位同事，给他拉胡琴了。”

关于秀容，认识多年，我总觉得曾经写过她，今天遍查文集，却找不到一个字，不知何故。

一九九五年二月四日上午

暑期杂记

思念文会

近日,时常想念文会,他逝世已有数年。想打听一下他的家属近状,也遇不到合适的人。

文会少年参军,不久任连队指导员。“文革”后期,我托他办事,已知他当年的连长,任某省军区司令。他如不转到地方工作,生前至少已成副军级无疑。

可惜他因爱好文艺,早早转业,到了地方文艺团体,这不是成全人的所在,他又多兼行政职务,写作上没有什么成绩。

文会进城不久就结了婚,妻子很美。家务事使他分心不小,老母多年卧床不起。因受刺激,文会神经曾一度失常。

文会为人正直热情,有指导员作风。外表粗疏,内心良善,从不存害人之心,即此一点,已属难得。

他常拿稿子叫我看。他的文字通顺,也有表现力。只是在创作上无主见,跟着形势走,出手又慢,常常是还没定稿,形势已变,遂成废品。此例甚多,成为他写作的一个特点。

但他的用心是好的,出发点是真诚的,费力不讨好,也是真的。那时创作,都循正途——即政治,体验,创作。全凭作品影响,成功不易。

今天则有种种捷径,如利用公款、公职、公关,均可使自己早日成名。广交朋友,制造舆论,也可出名。其中高手,则交结权要、名流,然后采取国内外交互哄抬的办法,大出风头。作品如何,是另外一回事。

“文革”以后,文会时常看望我。我想到他读书不多,曾把发还书中的多种石印本送给他,他也很知爱惜。

文会先得半身不遂,后顽强锻炼,恢复得很好。不久又得病,遂不治,年纪不大,就逝去了。那时我心情不好,也没有写篇文章悼念他。现在却越来越觉得文会是个大好人,这样的朋友,已经很难遇到。

一九九一年七月二十三日下午

胡家后代

我从十二岁到十四岁,同母亲、表姐,借住在安国县西门里路南胡姓干娘家。那时胡家长子志贤哥管家,待我很好。志贤嫂好说好笑,对人也很和善。他们有一个女儿,名叫俊乔,正在上小学,是胡家最年幼的一代。

天津解放以后,志贤哥曾到我的住处,说俊乔在天津护士学校读书。但她一直没有找过我,当时我想,可能是因为我在她家时,她年纪小,和我不熟,不愿意来。后来,我事情多,也就把她忘记了。

前几天,有人敲门,是一位老年妇女。进屋坐下以后,她自报姓名胡俊乔,我惊喜地站起来,上前紧紧拉住她的手。

我非常兴奋,问这问那。从她口中得知,她家的老一辈人都去世了,包括她的祖母、父母、叔婶、二姑。我听完颓然坐在椅子上。我想到:那时同住的人,在我家,眼前就剩下了我;在她家,眼前就只剩下她了。她现在已经六十七岁,在某医院工作。

她是来托我办事的。我告诉她，我已经多年不出门，和任何有权的人，都没有来往。我介绍她去找我的儿子，他认识人多一些,看看能不能帮她解决问题。她对我不了解,我找了几本我写的书送给她。

芸斋曰:我中年以后,生活多困苦险厄,所遇亦多不良。故对过去曾有恩善于我者,思有所报答。此种情感,近年尤烈。然已晚矣。一九五二年冬,我到安国县下乡,下车以后,即在南关买了一盒点心,到胡家去看望老太太,见到志贤兄嫂。当时土改过后,他家生活已很困难,我留下了一点钱。以后也就没有再去过。如无此行,则今日遗憾更深矣。

一九九一年七月二十四日上午

捐献棉袄

报社来人,为灾民捐钱捐物。我捐了二百元钱,捐了一件大棉袄。

这件棉袄,原是“文革”开始,老伴给我购置,去劳动时穿的。当时还是新式样，棉花很厚，能御寒，脱穿也方便。她不知道，那时已经不能穿新衣，那会引起“革命群众”的不满。所以在机关劳动时，我只是披着它劈过几次柴。到“干校”后，也只是在午间休息时，搭在身上，当被子盖。

因此，当“干校”结束，回到家中时，它还完整如新。因为在干校养成了以衣当被的习惯，每当春秋季节，我还是把它放在床头；到了冬季，就是外出的大衣。

我自幼珍惜衣物，穿用了这么些年，它只拆洗过一次，是我最实用，最爱惜的一件衣服。这不只因为它，曾经伴我度过那一段苦难的岁月，也使我怀念当时细心照料自己的亲人。

时间是最有效的淡忘剂。“文革”一难，当时使人痛苦轻生。现在想来，它不过是少数人，对我们的民族，对我们的后代，最后是对他们本人开了一次大玩笑。但它产生的灾害，比洪水大得多，是没法弥补的。

这件棉袄，将带着我蒙受的灾难风尘，和我多余的忧患意识，交到灾民手中。老年的农民，也许会喜欢穿它，并能嗅到这种气味，同意我这种意识。

这件衣服，伴随我二十五年，但它并非破烂。我每年晾晒多次，长毛绒领子，一点没有缺损，只是袖头掉了一个装饰性纽扣。它放在手下,因此,我随手把它捐出。我把它叠好捆好,然后才交给报社来的同志。

也有人说:“这是你还活着。如果‘文革’时真的死了,它也早已当作破烂处理了。”

他说的自然也有道理。

一九九一年七月二十四日下午

分发书籍

因为不在一起住,也不知第三代,好看什么书。有一次,郑重其事地把我珍藏的几部外国古典名著,送给已经考入中学的外孙女儿。一家人视为重典,女儿说:

“姥爷的书,可不是轻易能得到的,我都不敢去动。现在破格给了你,你要好好读。”

可是,过了几天,外孙女对我说,那些书都是繁体字,她看不了。这使我大失所望, 还不知道有繁体字这一麻烦。

孙子,看来不喜欢读书。他好摆弄家用电器,对小卧车的牌号,分别记得很清楚。还有些官迷。有一次,穿一身

笔挺的西装,跷起一条腿,坐在我的藤椅上,把头微微一偏,问我:

“爷爷,你看我像个局长吗?”

我未置可否。又一次,听说他做了一个梦,代替了某某人的角色。使我不禁大笑起来。当然,这都是那几年的事,他还在上小学。另外,少年有大志,也不能说是坏事。

现在考上了中专。暑假期间,我问他在看什么书。

“爷爷,你有马克·吐温的书吗?”他这一问,使我大吃一惊,心里非常高兴。赶紧说:

“好!马克·吐温是大作家,他的作品读起来,很有趣味。我一定给你找一本。你怎么知道他的?”

他答:“我们的语文课本上,有他的文章。”

最近,人民文学出版社,和我订合同,带来四大本中国古典小说作礼物。这是豪华印本,很久不见这样纸张好,油墨、铅字好,装订好的书了。我很喜爱,并对儿子和女儿说了这件事。

不久,孙子和外孙子都来对我说,想看中国古典小说,街上买不到。我想,看中国古典小说,总比看流行小说好,就找出前些年人文送我的普及本《三国演义》和《西游记》,分给他们。《三国演义》还是简化字。他们好像兴趣不大。

后来我想,他们也不一定是想看,可能是他们的父母,叫他们来要我那豪华本。儿女们都不大爱读书,但都喜欢把一些豪华本名著,放在他们的组合书柜中。

我的习惯是,有了好书就藏起来。

一九九一年七月二十五日上午

庸庐闲话

我的起步

我初学写作时，在农家小院。耳旁是母亲的纺车声和妻子的机杼声，是在一种自食其力的劳动节奏中写作的。在这种环境里写作，当然我就想到了衣食，想到了人生。想到了求生不易，想到了养家糊口。

所以，我的文学的开始，是为人生的，也是为生活的。想有一技之长，帮助家用。并不像现代人，把创作看得那么神圣，那么清高。因此，也写不出出尘超凡，无人间烟火气味的文字。

大的环境是：帝国主义侵略，国家危亡，政府腐败，生民疾苦。所以，我的创作生活一开始，就带有浓重的苦闷情绪和忧患意识，以及强烈的革命渴望和新生追求。

我的戒条

写小说,不能不运用现实材料。为了真实,又多运用亲眼所见的材料。不可避免，就常常涉及到熟人或是朋友。需要特别注意。

不要涉及人事方面的重大问题,或犯忌讳的事。此等事,耳闻固不可写,即亲见亦不可写。

不写伟人。伟人近于神,圣人不语。不写小人。小人心态,圣人已尽言之。如舞台小丑,演来演去,无非是那个样儿。且文章为赏心悦目之事,尽写恶人,于作者,是污笔墨;于读者,是添堵心。写小人,如写得过于真实,尤易结怨。“宁得罪君子,不得罪小人。”在生活中,对待小人的最好办法,是不与计较,而远避之。写文章,亦应如此。

我的自我宣传

按道理说,什么事,都应该雪中送炭,不应该锦上添花。但雪中送炭,鲜为人知,是寂寞事。而锦上添花,则是热闹场中事,易为人知,便于宣传。

我是小学教师出身,一切事情,欲从根底培养。后从事文艺工作,此心一直未断,写了不少辅导、入门一类的文字。当时初建根据地,一切人材,皆需开发,文艺亦在初创之列。

我做的这方面的工作,鲜为文艺界所知。一位领导同志,直到有人送了他一部我的文集,才对我说:"你过去写了那么多辅导文章,我不知道。"

我在延安时,只发表小说,领导同志就以为我只会写点小说。文化大革命以后,他来我家,问我在写什么,我说在写"理论"文章,他听了,表情颇为惊异。还有些不以为然的样子,大概是认为我不务正业吧。

到了晚年,遇有机会,我就自我宣传一下,我在这方面,曾经做过的工作。理论文章的字数,实际上,和我创作的字数差不了多少。

"西安事变"时,我有一位朋友,写了一个剧本,演出以后,自己又用化名写了长篇通讯,在上海刊物上发表,对剧本和演出大加吹捧。抗战时,我们闲谈,有人问他:你怎么自吹自擂呢?他很自然地回答:因为没有别人给宣传!

我最佩服的人

要问我现在最佩服哪一个，我最佩服的是一位老作家。此公为人老实,文章平易,从不得罪人。记忆又好,能背写《金瓶梅补遗》。一生平平安安,老来有些名望,住在高层,儿孙满堂,同老伴享受清福。还不断写些歌颂城市建设的散文。环顾文坛,回首往事,能弄成像他这样光景的,能有几人?

听说他在文化大革命时，给机关的两个造反派卖小报。左右手分拿,一家十份,不偏不倚。后来,他又把自己默写的“补遗”,分送给“核心”成员。这些成员,如获至宝,昼夜讽诵,竟忘记了红宝书语录。这一举,可谓大胆。如果当时有人揭发,他的罪名岂止“瓦解斗志,破坏革命”?这样老实人,敢这样做,是他心里有数。他看准这些“核心”,都是外强中干,表里不一的卑琐之徒,是不堪糖衣炮弹一击的。从这里也看出,此公外表憨厚,内心是极度聪明的。

一九九二年一月七日

我与官场

我自幼腼腆,怕见官长。参加革命工作后,见了官长,总是躲着。如果是在会场里,就离得远些,散会就赶紧走开。一次,在冀中区党委开会,宣传部长主持。他是我中学时同学,又是抗战学院同事。他一说散会,我就往外走。他忽然大声叫我,我只好遵命站住。

因为很少见到别的官,所以见宣传部的官,就成了我的苦事。很长时间,人们传说我最怕宣传部。有一次朋友给我打电话,怕我不接,就冒充宣传部。结果我真的去接了,他一笑。我恼羞成怒,他说是请我去陪客吃饭,我也没去。

我也不愿见名人。凡首长请文艺界名人吃饭,叫我去,我都不去。后来也就没人再叫我了,因此也没有吃好东西的机会。

有一次,什么市的作协,来了一个副主席。本市作协的秘书长来请我去陪客。因为和那个副主席熟识,我就去了。后来,秘书长告诉我:叫我去,是对口,因为我是本市作协的副主席。我一想,这太无聊了,从此就再也不去对口。

文艺界变为官场，实在是一大悲剧。我虽官运不佳，也挂过几次职称。比如一家文艺刊物的编委。今天是一批，明天又换一批，使人莫名其妙。编委成了“五日京兆”，不由自主地浮沉着。我是在和什么人，争这个编委吗？仔细一想，真有点受到侮辱的感觉。以后，再有人约我，说什么也不干了。当然，也不会再有这种运气。

文艺受政治牵连，已经是个规律。进城后，我在一家报社工作。社长后来当了市委书记，科长当了宣传部长。我依然如故，什么也不是。文化大革命，我却成了他们的“死党”。这显然是被熟人朋友出卖了(被出卖这一感觉，近年才有)。要说“死党”，这些出卖人的，才货真价实。后来，为书记平反、祭墓，一些熟人朋友，争先恐后地去了。我没有去。他生前，我也没有给他贴过一张大字报。

文人与官员交好，有利有弊。交往之机，多在文人稍有名气之时。文人能力差，生活清苦，结交一位官员，可得到一些照顾。且官员也多是文人的领导，工作上也方便一些。这是文人一方的想法。至于官员一方，有的只是慕名，附会风雅，愿意交个文化界的朋友；有的则可得到重视知识分子的美名。在平常日子里，也确能给予文人一些照顾，文人有些小的毛病，经官员一说话，别人对他的误会，也可随之打消。但遇到像文化大革命这样的运动，则对两方都没有好处。官员倒霉，则文人倒霉更大。文人受批，又常常殃及与他“过从甚密”的官员。结果一齐落水，谁也顾不了谁。然在政治风浪中，官员较善游，终于能活，而文人则多溺死了。

至于所交官员，为风派人物，遇有风吹草动，便迫不及待地把“文友”抛出去，这只能说是不够朋友了。

总之，文人与官员交，凶多吉少。已为历史所证明。至于下流文人，巴结权要，以求显达，那又是另外一回事了。

一九九二年一月十日

我的仗义

三年前，搬到新居，住在三层。每逢有挂号信件到来，投递员在楼下高声呼叫，我就心惊肉跳，腿也不好用，下楼十分艰难。投递员见我这样，有时就把信给我送上来，我当然表示感谢，说几句客气话。

过了一些时候，投递员对邻居抱怨说："这位大爷，太不仗义了。"邻居转告我，我一时明白不过来。邻居说："送他点东西吧，上楼送信，是分外劳动。"过年时，我就送了他一份年历，小伙子高兴了，我也仗义了。

其实，我青年时很热情，对朋友也是一片赤诚，是后来逐渐消磨，才变成现在这样不"仗义"。

我曾两次为朋友仗义执言。一次是"胡风事件"时，为诗人鲁君，好像已经谈过，不再详记。另一次是为作家秦君，当时他不在场，事后我也没有和他谈过。

一九四六年，我回到我的家乡工作。有一次区党委召集会议，很是隆重，军区司令员、区党委组织部长，都参加了。在会上，一个管戏剧的小头头，忘记了他姓什么，只记得脸上有些麻子，忽然提出："秦某反对演京剧，和王实味一样！"

我刚从延安来，王实味是什么"问题"，心里还有余悸。一听这话，马上激动起来，往前走了两步，扶着司令员的椅背，大声说：

"怎么能说反对唱京戏，就是王实味呢，能这样联系吗？"

我的出人意外的举动，激昂的语气，使得司令员回头望了望,他并不认识我。组织部长和我有一面之交,替我圆了圆场,没有当场出事,但后来在土地会议时,还是发生了。

仗义,仗义,有仗才有义。如果说第一次仗义,是因为我自觉与胡风素不相识,毫无往来,这第二次,则自觉是本地人,不会被见外。

现在,我可以说,当时有些本地人是排外的。秦是外来人。他到冀中,我那时住在报社,也算客人。秦来了,要吃要住,找到我,我去找报社领导,结果碰了钉子。

在秦以前,戏剧家崔君,派来当剧团团长,和本地人处得不好。结果,在一次夜间演出时,被一群化了装的警卫人员,哄打一顿,又回了原单位。

文艺界,也有山头,也怕别人抢他的官座。这是我后来慢慢悟出的道理。

秦后来帮我编《平原杂志》,他也会画。有一期封面,他画的是一个扎白头巾的农民,在田间地头,用铁铲戳住一条蛇。当时,我并没有看出他有什么寓意。很多年以后,我才悟出,这是他对地头蛇的痛恨。好在当时地方上,也没有人注意到这一点。不然,那还了得。

自秦以后,我处境越来越不好,也就再也不能仗义了。

一九九二年三月二十四日

排外的又一例是:写小说的孔君,夫妻俩来这里下乡、写作。土地会议时,三言两语,还没说清楚罪名,组长就宣布:开除孔的党籍。我坐在同一条炕上,没有说一句话。前几天,我已经被"搬了石头"。

其实,外地人到这里来,如果能和这里的同行,特别是宣传干部,处得好,说得来,就不会出这种事。无奈这些文艺工作者,都不善于交际,便被说成自高自大。随后又散布流言,传给领导。遇到时机,就逃不脱。因为领导对这些外来者,并不了解,只听当地人汇报。

四月三日晨补记

文　过

——文事琐谈之一

题意是文章过失，非文过饰非。

最近写了一篇文章发表，又招来意想不到的麻烦。

此文，字不到两千，用化名，小说形式。文中，先叙与主人公多年友情，中间只说了一些鸡毛蒜皮的小事，后再叙彼此感情，并点明他原是一片好心。最终说明主旨：写文章应该注意细节的真实。纯属针对文坛时弊的艺术方面的讨论，丝毫不涉及个人的任何重大问题。扯到哪里去，这至多也不过是拐弯抹角、瞻前顾后、小心翼翼地，对朋友的写作，苦口婆心提点规谏。

说真的，我写文章，尤其是这种小说，已经有过教训。写作之前，不是没有顾忌。但有些意念，积累久了，总愿意吐之为快。也知道这是文人的一种职业病，致命伤，不易改正。行文之时，还是注意有根有据，勿伤他人感情。感情一事，这又谈何容易！所以每有这种文字发出，总是心怀惴惴，怕得罪人的。我从不相信“创作自由”一类的话，写文章不能掉以轻心。

但就像托翁描写的学骑车一样，越怕碰到哪一棵树上，还总是撞到那棵树上。

已经清楚地记得：因为写文章得罪过三次朋友了。第一次有口无心，还预先通知，请人家去看那篇文章，这说明原是没有恶意。后来知道得罪了人，不得不在文末加了一个注。

现在看来，完全没有必要。当时所谓清查什么，不过是走过场。双方都是一场虚惊。现在又有人援例叫我加注，我解释说：散文加注可以，小说不好加注，如果加注，不成了“此地无银三百两”吗？

说是小说也不行。有的人一定说是有所指。可当你说这篇小说确有现实根据时，他又不高兴，非要你把这种说法取消不可。

结果，有一次，硬是把我写给连共的一封短简，已经排成小样，撤了下来。日前，编辑把这封短简退给我，我看了一下内容，真是啼笑皆非：城门失火，殃及池鱼，只能向收信人表示歉意。

鲁迅晚年为文，多遭删节，有时弄得面目皆非。所删之处，有的能看出是为了什么，有的却使鲁迅也猜不出原因。例如有一句这样的话：“我死了，恐怕连追悼会也开不成。”给删掉了。鲁迅补好文字以后写道：“难道他们以为，我死了以后，能开成追悼会吗？”当时看后，拍案叫绝，以为幽默之至，尚未能体会到先生愤激之情，为文之苦。

例如我致连共的这封短简，如果不明底细，不加注释，任何敏感的人，也不会看出有什么“违碍”之处。文字机微，甚难言矣。

取消就取消吧，可是取消了这个说法，就又回到了“小说”上去。难道真的有没有现实根据的小说吗？

有了几次经验，得出一个结论：第一，写文章，有形无形，不要涉及朋友；如果写到朋友，只用宋体；第二，当前写文章，贬不行，平实也不行。只能扬着写，只能吹。

这就很麻烦了。可写文章就是个麻烦事，完全避免麻烦，只有躺下不写。

又不大情愿。

写写自己吧。所以，近来写的文章，都是自己的事，光彩的不光彩的，都抛出去，一齐大甩卖。

但这也并非易事。自己并非神仙，生活在尘世。固然有人说他能遗世而独立，那也不过是吹牛。自我暴露，自我膨胀，都不是文学的正路，何况还不能不牵涉他人？

大家都希望作家说真话，其实也很难。第一，谁也不敢担保，在文章里所说的，都是真话。第二，究竟什么是真话？也只能是根据真情实感。而每个人的情感，并不相同，谁为真？谁为假？读者看法也不会一致。

我以为真话，也应该是根据真理说话。世上不一定有真宰，但真理总还是有的。当然它并非一成不变的。

真理就是公理，也可说是天理。有了公理，说真话就容易了。

一九九一年七月二十三日足成之

文　虑

——文事琐谈之二

所谓文虑，就是写文章以前，及写成以后的种种思虑。

我青年时写作，都是兴之所至，写起来也是很愉快的，甚至嘴里哼哼唧唧，心里有节奏感。真像苏东坡说的：

> 某生平无快意事，惟作文章。意之所到，则笔力曲折，无不尽意。自谓世间乐事，无逾此者。

其实，那时正在战争时期，生活很困苦，常常吃不饱，穿不暖。也没有像样的桌椅、纸张、笔墨。但写作热情很高，并视为一种神圣的事业。有时写着写着，忽然传来敌情，街上已经有人跑动，才慌忙收拾起纸笔，跑到山顶上去。

很长时间，我是孤身一人，离家千里，在破屋草棚子里写东西。烽火连天，家人不知死活，但心里从无愁苦，一心想的是打败日本，写作就是我的职责。

写出东西来，也没有受过批评，总是得到鼓励称赞。现在有些年轻人，以为我们那时写作，一定受到多少限制，多么不自由，完全是出于猜测。我亲身体验，战争时期，创作一事，自始至终，是不存什么顾虑的。竞技状态，一直是良好的，心情是活泼愉快的。

存顾虑，不愉快，是很久以后的事。作为创作，这主要和我的经历、见闻、心情和思想有关。

土地改革，解放战争时期，我虽受到批判，但写作热情未减。批判一过，作品如潮，可以说是“屡败屡战”，毫不气馁。我还真的亲临大阵，冒过锋矢。

就是“文革”以后，我还以九死余生，鼓了几年余勇。但随着年纪，我也渐渐露出下半世光景，一年不如一年的样子来。

目前为文，总是思前想后，顾虑重重。环境越来越“宽松”，人对人越来越“宽容”，创作越来越“自由”，周围的呼声越高，我却对写东西，越来越感到困难，没有意思，甚至有些厌倦了。我感到很疲乏。究竟是什么原因，自己也说不清楚。

顾虑多，表现在行动上，已经有下列各项：

一、不再给别人的书写序,实施已近十年。

二、不再写书评或作品评论,因为已经很少看作品。

三、凡名人辞书、文学艺术家名人录之类的编者,来信叫写自传、填表格、寄相片,一律置之。因为自觉不足进入这种印刷品,并怀疑这些编辑人是否负责。

四、凡叫选出作品、填写履历、寄相片、手迹,以便译成外文,帮助“走向世界”者,一律谢绝。因为自己愿在本国,安居乐业,对走向哪里,丝毫没有兴趣。

五、凡专登名人作品的期刊,不再投稿。对专收名家作品的丛书,不去掺和。名人固然不错,名人也有各式各样。如果只是展览名人,编校不负责任,文章错字连篇,那也就成为一种招摇。

六、不为群体性、地区性的大型丛书挂名选稿,或写导言。因为没有精力看那么多的稿件,也写不出像鲁迅先生那样精辟的导言。

总之,与其拆烂污,不如岩穴孤处。

作家,一旦失去热情,就难以进行创作了。目前还在给一些报纸副刊投投稿,恐怕连这也持续不长了。真是年岁不饶人啊!

人们常说:每个时代,有每个时代的作家。时代一变,一切都变。我的创作时代,可以说从抗日战争开始,到文化大革命结束。所以,近年来了客人,我总是先送他一本《风云初记》,然后再送他一本《芸斋小说》。我说:“请你看看,我的生活,全在这两本书里,从中你可以了解我的过去和现在。包括我的思想和感情。可以看到我的兴衰、成败,及其因果。”

一九九一年八月四日上午

老年文字

——文事琐谈之三

最近写了一篇文章，叫女儿抄了一下，放在抽屉里。有一天，报社来了一位编辑，就交给他去发表。发出来以后，第一次看，没有发现错字。第二次看，发现“他人诗文”，错成了“他们诗文”。心里就有些不舒服。第三次看，又发现“入侍延和”，错成了“入侍廷和”；“寓意幽深”，错成了“意寓幽深”；心里就更有些别扭了。总以为是报社给排错了，编辑又没有看出。

过了两天，又见到这位编辑，心里存不住话，就说出来了。为了慎重，加了一句：也许是我女儿给抄错了。

女儿的抄件，我是看过了的，还作了改动。又找出我的原稿查对，只有“延和”一词，是她抄错，其余两处，是我原来就写错了，而在看抄件时，竟没有看出来。错怪了别人，赶紧给编辑写信说明。

这完全可以说是老年现象，过去从来没有发生过。我写作多年，很少出笔误，即使有误，当时就觉察到改正了。为什么现在的感觉如此迟钝？我当编辑多年，文中有错字，一遍就都看出来了。为什么现在要看多遍，还有遗漏？这只能用一句话回答：老了，眼力不济了。

所谓“文章老又成”，“姜是老的辣”，也要看老到什么程度，也有个限度。如果老得过了劲，那就可能不再是“成”，而是“败”；不再是“辣”，而是“腐烂”了。

我常对朋友说，到了我这个年纪，还写文章，这是一种习惯，一种惰性。就像老年演员，遇到机会，总愿意露一下。说句实在话，我不大愿意看老年人演的戏。身段、容貌、脚手、声音，都不行了。当然一招一式，一腔一调，还是可以给青年演员示范的，台下掌声也不少。不过我觉得那些掌声，只是对“不服老”这种精神的鼓励和赞赏，不一定是因为得到了真正的美的享受。美，总是和青春、火力、朝气，联系在一起的。我宁愿去看娃娃们演的戏。

己之视人，亦犹人之视己。老年人写的文章，具体地说，我近年写的文章，在读者眼里，恐怕也是这样。

我从来不相信，朋友们对我说的，什么“宝刀不老”呀，“不减当年”呀，一类的话。我认为那是他们给我捧场。有一次，我对一位北京来的朋友说："我现在写文章很吃力，很累。"朋友说："那是因为你写文章太认真，别人写文章是很随便的。"

当然不能说，别人写文章是随便的。不过，我对待文字，也确是比较认真的。文章发表，有了错字，我常常埋怨校对、编辑不负责任。有时也想，错个把字，不认真的，看过去也就完了；认真的，他会看出是错字。何必着急呢？前些日子，我给一家报纸写读书随笔，一篇一千多字的文章，引用了四个清代人名，竟给弄错了三个。我没有去信要求更正，编辑也没有来信说明，好像一直没有发现似的。这就证明，现在人们对错字的概念，是如何的淡化了。

不过，这回自己出了错，我的心情是很沉重的，今后如何补救呢？我想，只能更认真对待。比如过去写成稿子，只看两三遍；现在就要看四五遍。发表以后，也要比过去多看几遍。庶几能补过于万一。

老年人的文字，有错不易得到改正，还因为编辑、校对对他的迷信。我在大杂院住的时候，同院有一位老校对。我对他说："我老了，文章容易出错，你看出来，不要客气，给我改正。"他说："我们有时对你的文章也有疑问，又一想，你可能有出处，就照排了。"我说："我有什么出处？出处就是辞书、字典。今后一定不要对我过于信任。”

比如这次的“他们诗文”，编辑一眼就可以看出是不通的，有错的。但他们几个人看了，都没改过来。这就因为是我写的，不好动手。

老年文字，聪明人，以不写为妙。实在放不下，以少写为佳。

一九九〇年九月

文　宗

——文事琐谈之四

我青年时，如痴如醉地爱好文艺，也写点文章投稿。但从来没有想到向名家请教，给人家写信。更没有机会，去拜访名家。也可能是因为当时自己没有写出像样的东西，更没有出过书，没有资格这样做。若干年以后，能出书了，也没有给名人送过书。编刊物，也很少向名人约稿。只是守株待兔，等候着青年人的投稿。所以身在文艺界，和文艺界的名人接触不多。

在延安时，我发表几篇小说后，周扬同志曾到我的窑洞，看望我一次。也没有地方坐，站着和我说了几句话，就走了。当时我是鲁艺文学系的教员，他是院长。

那时鲁艺名家如林，我也不记得到谁的窑洞里闲谈过。我自幼性格孤僻，总是愿意独来独往。

我认为，别的艺术门类，或许需要名家亲手指点。文学一事，只要认真读名家的作品，就可以了。千古名师，也无非叫你多读多写。文学，全靠自身的素质和坚韧的努力。

鲁迅是真正的一代文宗。“人谁不爱先生？”是徐懋庸写给鲁迅的那封著名信中的一句话，我一直记得。这是三十年代，青年人的一种心声。

书，一经鲁迅作序，便不胫而走；文章，一经他入选，便有了定评，能进文学史；名字，一在他的著作中出现，不管声誉好坏，便万古长存。鲁门，是真正的龙门。上溯下延，几个时代，找不到能和他比肩的人。梁启超、章太炎、胡适，都不行。

鲁迅对青年作家的帮助，是指出他们创作的不足，赠送他们以有用之书，介绍他们的作品出版。他能做的，全都做到了。

鲁迅对青年作家的一些缺点，是很理解，也很宽容的。例如，他说有些人古怪，神经质，局面小，眼光浅，文字不肯大众化等等，但他都能体谅。

鲁迅并不怕别人利用他。一个人能被利用，就证明自己对他人有用。既然有用，就不要损害他，更不要暗中损害他。

他一旦发见，青年人并非真正尊重他，只是利用他，当面和背后,并不一致,甚至动不动就兴师问罪,他就会生气,和这个青年人疏远了。鲁迅非常敏感。

从鲁迅的书信、日记,可以看出,他有时对青年人向他借钱、捐款,叫他办事,也并非都是心甘情愿,那么乐于从事的。例如有人叫他派人送东西,他就复信说:“舍下无人可派”,很不高兴。捐款,有时也很勉强、冷淡。

他曾说:“白莽如果不是死得早,也许我们早闹翻了。”痛哉斯言!对他早期的一些学生,也时有微词。

以先生对待青年人的赤诚热情,为什么还会有些不愉快呢?我以为主要原因,在于青年人太天真,想得太简单,或急于出名得利,对鲁迅不知体谅所致。

鲁迅自己说他是一头牛,或甘为孺子牛。青年人如果根据这些话,就围上去,役使他,鞭挞他,挤他的奶吃,就是一头真的牛,也会不高兴,不能那么顺从了。

有幸与鲁迅同时的青年,有的因宗派,有的因思想行为,有的因感情细节,与他疏远了。友谊保持长久的,并不太多。这是一种不幸。

一九九二年一月九日

我的读书生活

最近，北京一位朋友，独创新论，把我的创作生活，划为四个阶段。我觉得他的分期，很是新颖有意思。现在回忆我的读书生活，也按照他的框架，分四期叙述：

一、中学六年，为第一期。

当然，读课外书，从小学就开始了。在村中上初小，我读了《封神演义》和《红楼梦》。在安国县上高小，我开始读新文学作品和新杂志，但集中读书，还是在保定育德中学的六年。

那时中学，确是一个读书环境。学校收费，为的是叫人家子弟多读些书；学生上学，父母供给不易，不努力读书，也觉得于心有愧。另外，离家很远，半年才得回去一次。整天吃住在学校，不读书，确实也难打发时光。特别是在高中二年，功课不那么紧，自己的学识，有了些基础，读书眼界也开阔了一些,于是就把大部分时间,用在读书上。读书的方式,一是到阅览室看报、看杂志。二是在图书馆借阅书籍。三是少量购买。读书兴趣,初中时为文艺作品,高中时为哲学、政治经济学和新的文艺理论。

中学时期,记忆力好,读过的书,能够记得大概,对后来有用处。

二、毕业后流浪和做事,为第二期。

在北平流浪、做事,断断续续,有三年时间,主要也是读书。逛市场,逛冷摊,也算是读书的机会。有时买本杂志,买本心爱的书,带回公寓看,那是很专心的。后来到安新县同口镇小学教书一年,教务很忙,当一个班的级任,教三个班的课,看两个班的作文,夜晚还得要读些书,并做笔记。挣钱虽少,买书算是第一用项。

三、抗日战争和解放战争,为第三期。

这合起来是十一个年头。读书,也只能说是游击式的,逮住什么就看点什么,说什么时候集合,就放下不读。书也多是房东家的,自己也不愿多带书,那很累人。

在延安一年多,生活比较安定,鲁艺有个图书室,借读了一些书。

这十一年中,当然谈不上买书。

四、进城四十多年，为第四期

进城后，大量买书，已时常记在文字，不细说。其间又分几个小阶段：

初期，还买一些新的文艺书，后遂转为购置旧书。购旧书，先是买新印的；后又转为买石印的，木版的。

先是买笔记小说，后买正史、野史。以后又买碑帖、汉画像、砖、铜镜拓片。还买出土文物画册，汉简汇编一类书册。总之是越买离本行越远，越读不懂，只是消磨时间，安定心神而已。

石印书、木版书，一般字体较大，书也轻便，对老年人来说，已是难得之物，所以我还是很爱惜它们。这些书，没有标点，注释也很简单，读时费力一些，但记得准确。现在，有些古书，经专家注释，本来很薄的一本，一下涨成了很厚的一册。正文夹在注释中间，如沉入大海，寻觅都难。我觉得这是喧宾夺主。古人注书，主张简要，且夹注在正文之间，读起来方便。另外，什么都注个详细，对读者也不一定就好。应该留些地方，叫读者自己去查考，渐渐养成治学的本领。我这种想法，不知当否？

我的读书，从新文艺，转入旧文艺；从新理论转到旧理论；从文学转到历史。这一转化，也不知道是怎么形成的。

这只是个人经历,不足为法。

我近年已很少买书,原因是,能买到的,不一定想看;想看的,又买不起。大部头的书,没地方安置,也搬拿不动了。

虽然买了那么多旧书,中国古典散文、诗歌,读得多些。词、曲,读得并不多。特别是宋词,中学时买过一些,现存的《全宋词》、《六十名家词》,都捆放在那里,未能细读。元曲也是这样,《六十种曲》、《元曲选》,买来都未细读。只是在中学时,迷恋过一阵《西厢记》和《牡丹亭》。这两种剧本,经我手,不知买过多少次。赋也不大喜欢读。近年在读《汉书》时,才连带读上一遍,也记不住了。

人的一生,虽是爱书的人,书也实在读不了多少,所以我劝人读选本。老年,对书的感情,也渐渐淡了,远了。

平生读书是为了增加知识,探求文采。不读浅薄无聊之书,不看下流黄色小说,不在这上面浪费时光。一经发见,便不屑再顾。这绝非欺人之谈。

总之,青年读书,是想有所作为,是为人生的,是顺时代潮流而动的。老年读书,则有点像经过长途跋涉之后,身心都有些疲劳,想停下桨橹,靠在河边柳岸,凉爽凉爽,休息一下了。

一九九二年三月

野味读书

我一生买书的经验是：

一、进大书店，不如进小书铺。进小书铺，不如逛书摊。逛书摊，不如偶然遇上。

二、青年店员，不如老年店员；女店员，不如男店员。

我曾寒酸地买过书：节省几个铜板，买一本旧书，少吃一碗烩饼。也曾阔气地买过书：面对书架，只看书名，不看价目，随手抽出，交给店员，然后结账。经验是：寒酸时买的书，都记得住。阔气时买的书，读得不认真。读书必须在寒窗前，坐冷板凳。

解放战争时期，我在河间工作，每逢集日，在大街的尽头，有一片小树林，卖旧纸的小贩，把推着的独轮车，停靠在一棵大柳树上，坐在地上吸烟。纸堆里有些破旧书。有一次，我买到两本《孽海花》，是原版书，只花很少钱。也坐在树下读起来,直到现在,还感到其味无穷。

另外,冀中邮局,不知为什么代存着一些土改时收来的旧书,我去翻了一下,找到好几种亚东图书馆印的白话小说,书都是新的,可惜配不上套,有的只有上册,有的只有下册。我也读了很久。

我在大官亭做土改,有一天,到一家扫地出门的地主家里,在正房的满是灰尘的方桌上面,放着一本竹纸印的《金瓶梅》,我翻了翻,又放回原处。那时纪律很严,是不能随便动胜利果实的。现在想来,可能是明版书。贫农团也不知注意,一定糟蹋了。

《冀中导报》社地上,堆着一些从纪晓岚老家弄来的旧书,其中有内府刻本《全唐诗》。我从里面拆出乐府部分,装订成四册。那时,我对民间文艺有兴趣,因此也喜欢古代乐府。这好像不能说是窃取,只能说是游击作风。那时也没有别的人爱好这些老古董。

至于更早年代的回忆,例如在北平流浪时,在地摊上买一些旧杂志,在保定紫河套买一些旧书,也都有过记述,就不再多说了。

前代学者,不知有多少人,记述在琉璃厂、海王村、隆福寺买书的盛事。其实,那也都是文章,真正的闲情、乐趣,也不见得就有那么多。只是文人无聊生活的一种点缀，自我陶醉而已。不过，读书与穷愁，总是有些相关的。书到难得时，也才对人有大用处。“文革”以后，我除红宝书外，一无所有，向一位朋友的孩子，借了两册大学汉语课本，逐一抄录，用功甚勤。现在笔记本还在手下。计有：《论语》、《庄子》、《诗品》、《韩非子》、《扬子法言》、《汉书》、《文心雕龙》、《宋书》、《史通》等书的断片，以及一些著名文章的全文。自拥书城时，是不肯下这种功夫的。读书也是穷而后工的。

所以，我对野味的读书，印象特深，乐趣也最大。文化生活和物质生活一样，大富大贵，说穿了，意思并不大。山林高卧，一卷在手，只要惠风和畅，没有雷阵雨，那滋味倒是不错的。

可怀念的游击年代！

读书究竟有用无用，这是很难说清楚的。要看时势和时机。汉高祖在攻打天下的时候，主张读书无用论。他侮辱书生，在他们的帽子里撒尿。这是做给那些乌合之众，文盲战士们看的，讨得他们的欢心，帮他打天下。等到做了皇帝，又说“过去为非”，自己也读书也做文章了。这也是为了讨好那些儒生，帮他安定天下，才这样做的。

总之,读书一直被看作一种功利手段,因此,读书人也就只能碰运气了。

一九九二年四月十三日

买《朱子语类》记

中华书局一九八六年版,共八册,价三十元五角。理学丛书之一。宋·黎靖德编。王星贤点校。一九九二年四月二十七日上午,金梅从书市代购。

过去,从未想到买这种书,虽然我曾购有两种《朱子文集》及其年谱、《近思录》等。今春,卫建民开始寄赠"古籍整理情况",其中有一篇文章,引证此书原文,印证南宋口语,我以为很有意思。也因为好久不买书了,旧习作怪,遂致函姜德明,请他到中华总店问问,有无存书,定价多少。姜复信:书已售完,因系前几年印,定价便宜。(第一册)

我又托金梅到天津古籍书店,找个熟人,问问书库中是否有存书,也说没有了。似绝望矣。忽然抱来,喜出望外。金梅今日到书市看了看，那位熟人竟给找到两部，叫挑选。金梅并说："你有很长时间不叫我买书了，所以我很当回子事。"实可感谢。

午饭后即裁纸包装，这很可能是最后一次买书。(第二册)

据出版说明，本书于明成化、万历，清同治、光绪年间，均有刻本。但我前逛书市时，未遇见过。想印数甚少。如此大部书，不易流传，而自辛亥革命后，此类书，不再为读书界注意。解放初期，尤非上架之品也。(第三册)

弟子记先师言行，成为一种著作，《论语》就是典型，朱子毕生为之集注。然只薄薄两册，孔子说话，也不过三言两语。像这样大规模的记录，可谓史无先例，朱子之幸也。当时师生关系，凝聚力大，接触者众，听讲者多，纸墨又方便，非同刀削竹木之时矣。(第四册)

语录之体，一直流传。近代尚有王湘绮的语录《王志》，章太炎的语录《菿汉昌言》，均薄薄一册。近世教育，课堂讲解，备有课本讲义。下课之后，各自走散，偶尔闲谈，亦

言不及义,故此种形式,逐渐式微。当代科学进步,师长之声音容貌,均可录存映放,此体或将消失。(第五册)

鲁迅先生生前,曾有人提议,记录先生日常言行。先生言:如果那样做,最好把缺点也记上。后未闻实行。想亦甚难耳。家人不注意,外人难入室,入室难久坐,哪里就碰上重要有意义的事?先生死后,及门弟子多有记述,余当时颇留心读之,并于编《鲁迅、鲁迅的故事》一书时,多有采用。惜这本小书,虽于抗战时铅印一次,后来从未再版,许多史实,遂亦遗忘耳。(第六册)

由他人写文章,记录一个人的言行,多不可信。因他人写文章,有他个人的爱好,有他个人的功利,已非客观。且言行重当时当地, 及当事人感情心理。外人记之于异日,已隔一层,况各有不同之立场乎!

鲁迅的言行录,没有做成,人们了解他,就得去读他的书,此鲁迅之幸也。而有些人,愿意叫别人写写自己,盖不深知文墨者。(第七册)

引起我买这部书的动因,已如前述。读此书,可与宋

人话本、宋元戏曲相对照，并可知明清白话小说用语行文之由来。一直到“五四”白话文学之兴起，均可从中找到源头。(第八册)

附　记：

语录之正体，为弟子“记录”先生之“话语”。记录因人而少异。记录如非一人，编辑者即应相互对照，就像后来的对笔记一样。故今之录音，虽更准确，已非语录之正体矣。

一九九二年六月十三日从书衣抄录，并附记

我的“珍贵二等”

我自幼读书，多读石印小书，天主教施舍之福音书，以及旧报纸、破杂志等。及长，衣食有余赀，可购书，亦以为读书读的是文字，并非其他，故不重视版本。想看的书，虽会文堂，鸿文堂，启智，益智等小书局，所印之石印本，亦多购存。不想看的书，虽宋刊元椠，亦不顾。当然，这种书也很难见到，见到我也买不起。

我的书发还以后，线装书多贴有书签，油印，钢笔填写。其项目为：书名，册数，来源，备注。此签贴于书籍第一册封面之后。本来，我可以留着，便于检查，图书馆、旧书铺的书，都有书签。但我总觉不雅，也不愿留着这种记忆。旧书纸脆，撕是不行的，乃用小刀裁去。

在进行这一工作时，我发现在有些书签备注栏内，写有“珍贵二等”字样，使我为之一惊。

“二等”一词,本无高尚之义。过去妓院之茶室,即称二等。解放后,天津有用自行车后衣架驮人送客者,亦称二等,虽不明义由何来,然不能不叹造词之妙。总之,二等与二级含义相同,皆有贬义。

但前面有“珍贵”二字,这又使我有些高兴,我竟然有了珍贵之书,也不枉当年“书的梦”了。

被封为“珍贵二等”之书,计有:

一、《郎园读书志》,排印本,共十八册。

二、《太平广记》,宣纸影印明刊本,十套,共六十册。

三、《说郛》,涵芬楼排印本,四套,共四十册。

四、《流沙坠简》,罗振玉印本,二套,共三册。

五、《四六法海》,明刊本,有抄配,共十二册。

六、《梅村家藏稿》,董康刻本,共八册。

七、《国朝书画家笔录》,铜活字排印本,共八册。

八、《新刊全相奇妙注释西厢记》,宣纸影印明刊大本,一套,共二册。

九、《太平御览》,影印精装本,共四册。

高兴之余,我又有些遗憾:难道我的藏书中,就没有一种可以评为一等——即一级的吗?后来一想,恐怕还是有的。落实政策,他们既然把这些“二等”发还了,可见还不是他们眼中之最珍贵者。只有一部《金瓶梅》影印本,他们拖拉不肯发还。经我多次交涉,才不得已还我,还造谣说:“他什么不要都可以,唯独不放松《金瓶梅》。”其实,不放松的是他们。因此,我断定他们是给我评了一个“一级”的。虽非职称,也够光荣的了。

一九九二年八月十七日清晨

“病句”的纠缠

中国文学史上,有很多例证,同行朋友间,互相指责、攻错,成为佳话。叶圣陶先生在刊物上还办过“文章病院”,专挑有毛病的字句。但在今天,则行不通。偶尔举个不通的句子,便会招来无止无休的攻击。

进城初期,语言学家(忘记了是吕叔湘还是王力),就指出过一些青年作家(包括我)的病句,并标出姓名和篇名。看过以后,认为人家说得对,记住以后不再犯也就是了,哪里能想到去挖空心思,攻击人家?过去和现在,有了差别,并不是文学规律发生了变化,而是作家素质和观念,发生了变异。所以,我虽有所照顾,既不提作者姓名,也不标病句出处,也未能得到宽容。

理由是：老年人不能批评青年人，对青年人不“宽容”、不“忠厚”，是“嬉笑怒骂”……我写给贾平凹的那封短信，已在三种期刊登载，请大家找来看看；然后请再看看该作家影射攻击我的几篇文章，就可以清楚地看出他们的“宽容”和“忠厚”是什么货色。并且可以领略：新潮的棍子，是怎样的打法。

加给我的罪名，有“九斤老太”。这还情有可原，我并不认为九斤就比八斤差。又说我是“嫉妒”。这就难以理解：你有什么可以值得我嫉妒的？你把句子弄错了，我给你指出来，我嫉妒你的哪一点？

又说：“你的风光已经过去了，不服气不行。”风光二字，我最初不知所指，后来明白，就是“好时候”。我没有好风光，谈不上过去不过去。我的文学之路，是战争的路，是饥寒交迫，风雨交加，枪林弹雨的路。不是出入大酒店，上下领奖台的短促的路。后来才明白，他的本意是说：“我们正在风光着，你不要嫉妒。”请放心吧，我不会嫉妒你们，甚至也不会羡慕你们。保持风光的唯一途径，就是不要粗制滥造。

虽然有些过于自我膨胀的文士，常常自诩为生而知之，前无古人，后无来者，开一代新的文艺复兴之先河。但究竟是像你所说要“有个成长过程”的。但阁下自谦“晚生后辈”，“小学生”，“小青年”之类的话，实不敢当。你我虽未谋面，瞻仰玉照，再“成长”不也就成为你所嘲笑的“廉颇老将”和“岁寒三友”了吗？

其实，你那个错句，我说是“修辞不讲究”，是客气。你说是“经不起推敲”，是看轻了。“推”、“敲”是修辞，而把应该说成“是”的说成“否”，这已不属于修辞的范围，而是逻辑错乱。我批改小学生作文多年，从没遇到过这样的语法差错。老百姓说话，也绝不会发生这样的错误。因为他们有话直说，不去绕那么多的圈子。唯有“名家”，才有可能发生这种错误。

至于说，错句一经我指出，便会留下“话柄”。这是你的多虑，也是你迁怒于我的主要原因。但是，如果我不给你指出，你又不能自觉修改，那“话柄”不是就会存在的时间更长了吗？

我一生遇到过各种大批判，挨过各式各样的棍子，但还没有遇见过这样不讲明事情原委，就胡乱加人种种罪名，有时使人看不懂他到底说的什么，指的什么的文章。当我看到第一次攻击我的文章时，以为究竟是个作家，好面子，发泄一下，也是应该的，我就没有说话。并没想到竟喋喋不休，一再逞强，并且把文章送到天津发表。至今，已经持续了整整三年，看来是永远不会罢休的了。

人不能只听“好话”，不听“坏话”。白纸黑字的错误，有目共睹，这才叫“不服气不行”。其实，正像你说的，这也不是什么“了不起”的事，现在也没有多少人去注意这些。但错句必须改正。以后稿子写好以后，多看几遍，就可以避免这种闲是闲非了，你我两便。

至于仅仅因为我指出你的一个病句，你便勒令我“闭嘴”、“回家”，你不觉得这样做，有些专制吗？这一点，等你做了皇帝再说，目前只能是一句废话。另外，你这样说，不和你们平日所谈的“民主”，主张的“宽容”，大相径庭吗？

“关在公馆里”也是加给我的罪名之一。不出门,与真假清高无关。主要原因是当前社会环境太乱,出去,怕遇见本地的江湖骗子,外来的流氓打手,老年人招架不住。最近,敝“公馆”并将另加防盗门一套,以备他们打上门来。

一九九四年八月十五日改讫

当代文事小记

一

有些人已经忘记了，文学领域，还有文学批评这一门类。白纸黑字的差错，也不甘心承认。

二

摘举病句，古今常有，然今日则通不过，何故？此非文学规律发生了变化，实作家品质有所下滑。

三

文学既是商品，一发表即是进入市场，人人有权辨别其真伪,指摘其差错。

四

吃"捧奶",玩玩具枪长大的,不能实战,一遇不快,便语无伦次,逻辑错乱,引喻失义,乱说胡骂一阵,打不中目标。

五

小学生在语言上,不易发生逻辑性的重大错误,因他是有话直说。而"名家"则容易发生,因为他总想把话说得与众不同。

六

头顶已经秃了大半,还嘲笑老年人,还谦称自己是青年后生,要别人宽容,连这一点自知之明都没有,还能希望他有求实之作吗?

凡是责怪别人对他不宽容的人, 千万不要希望他能宽容别人。平日素不相识,仅仅因为有人,偶然指出他的一个病句,便怒火冲天,连续写文章,攻击人家。整整三年了,还未停止。

至于平日大谈民主,一不高兴,便叫人闭嘴的人,则须等他做了皇帝再说。

他们言行不一,是极其虚伪的,极其霸道的。

七

有些作家大谈京戏,多皮毛之见。从京剧借鉴什么呢?一位名角,成就非常不易,但在演出时,非常虚心。如获倒彩,不会把胡子拿下来向台下反骂。如果是那样,他就不能再演出了,因为在观众眼中,他已经失去了演员的形象。

八

近拟改行,先刻名章二枚:一为“老托”,后觉不雅,且容易引起误会,又刻一枚,为“托翁”。“托姐”一行,终究要合法化。

九

有借酒浇愁的“淡泊之士”；有文字不通的“一流作家”；有把错误转化为生产，扯闲篇，大做文章的能手；有表面上做检讨，内里又弄手脚的江湖名人。

十

近年来，文艺评论，变为吹捧。或故弄玄虚，脱离实际。作家的道路，变为出入大酒店，上下领奖台。因为失去了真正的文学批评，致使伪劣作品充斥市场。

一九九四年八月十五日

《文场亲历记》摘抄

又一次文过

三年以前,有朋友要办散文杂志,派人持函来约稿,我先给他回了一封信。信里谈到当前的散文,我说,有些名家也不注意语法修辞。写到这里,就要举个例证。正好旁边有一张南方赠阅的小报,不知怎么,就有一句不通的话,映进了我的眼帘,随手就写上了,也没有看上下文。又因为是信,文字也未经修改,也没有想到发表,更没有想到作者能看见,就寄出去了。

我与这位作家素不相识,谈不上恩怨,过去也没看过他的作品。问题出在:我在举出例子之后,又说了一句:“这也是名家之笔。”我意在回应上文,该作家以为是存心讥讽。

作者看到以后,立刻反击,文章稍加伪装发在知我必读的天津一家晚报上。说我是横挑鼻子竖挑眼,是故意和青年作家作对。此后即不断发表文章攻击我,并加上种种罪名。现将我能见到的,条列如下,并加以简单的注释。

罪名种种

一、是为了独领风骚。领风骚,谈何容易?我不仅不想独领,即使和别人共领——这样的野心,也不敢有。因为我并不是,像一些名家自吹自擂的,“遐迩闻名的”,“一流作家”。更不曾自拟是意大利文艺复兴的达·芬奇;俄国农奴解放的托尔斯泰;中国“文革”以后文艺新潮的创导者。

如果论功行赏,也只有以上这些人,才能集体领导或个人独裁地领导这一代风骚。

二、是为了独霸文坛。文坛本是香火地。官场是在文艺团体,及其庞大的附属机构。敝人一向对这种地方,采取敬而远之的态度。历次文代会,几乎都未参加,更未广交朋友,结为团伙,拉选票,谋职位。近年尤其远避,这些机关的“工作”内涵,已不可知。然有青年朋友,询及内中情况,并希望能到里面工作的,我都极力劝止,以为到那里面去，对青年人定无好处。并闻自一位宣传部副部长言，这种团体已成藏污纳垢之所。而这位部长当时正在领导文艺工作。

但不管名誉如何,它究竟是个官场。凡官场都有利可图。即使职位不大,在哥们儿的关照下,比如主编一个刊物吧,就不只有用人之权,取舍文章之权,发给谁奖金之权。还可以以刊物为基地,攻击宿敌及不顺者。

我洁身自好,实在不愿沾这些地方的边。幸老来落到新闻部门,虽偶尔受到那边来的一些干扰,也视为虮虱之痒痛,不大在意。

人,虽常常自鸣清高,说不愿做官,但凡是做过一回官,即使是毛毛小官,一经尝到了做官的甜头,一旦因为风云变化,又下了台,便会居常怏怏,思谋再起。

我已是超过八十之人,朽木余年,怎样想振作,也没有做官的希望了。

“老说告退,又死盯着文坛”

罪名既然捉出来了,就得好好想一想。是的,我曾在给朋友的信中说过，要告别文坛了。其实，说告别什么，是自作冠冕，本来我也没有什么作品了，早已退出竞技圈外，谈不上什么告退不告退。说是死盯着，则非事实。我很少关心这方面的事，也很少看报刊杂志，更不好和这方面的人物接触，死盯着为了何来？

当然有时也关心文艺的前途。因为文艺和国家民族的前途，息息相关。革命一生，不希望共和国有什么不幸。因为我青年时，曾为它做过一些牺牲和奉献。

呜呼！文坛乃人民之文坛，国家之文坛，非一人一家、一伙人之文坛。为什么不允许别人注视它，这能禁止得住吗？不许人盯着它，就可以为所欲为吗？可怜的是，近年来，文坛上的一些人物，不自爱重，胡作非为，人民已经不愿意再关心和爱护这个坛口了。

一九九四年九月一日抄

我和青年作家
——《文场亲历记》摘抄

关于我和青年作家的关系，褒贬不一。褒得过当的，我曾有几篇文章,加以说明。现对贬得过当,也适当地加以解释。

把我和青年作家对立起来,那当是进城以后的事。其实,那时我不到四十岁,按说,也在青年队伍之中。人们所以如此说,是因为我那时编辑一个文艺副刊,上面曾出现很多年轻的作者。关于这一情况,不再多说。应该补充的是,那时从解放区走来,我还带着强烈的工作热情,在与青年人的工作联系上,的确做了不少努力。

第二次与青年人的联系,是在文化大革命以后,拨乱反正之时。此时有些在文坛上活跃的青年人，蒙他们不弃,先后把他们的作品送来,愿意我提一些意见。那时我正处在一种莫名其妙的兴奋状态,就来者不拒,并不自量力地发表了一些文章,便是那些所谓读作品记。对这几位青年作家的作品,我只是选读,并未全读,对他们的人生经历,也不大了解。但我表现得很认真,谈了他们各自的优点,也多少谈了不足之处。我自以为对这几位作者,是很尊重而且很欣赏他们的作品,但后来一深思,效果并不太佳。表现在:凡是提了一些不同看法的,以后的关系就冷了下来;凡是只说了好处,没有涉及坏处的,则来往得多了一些。

另外,这些年生活和文艺,变动都很大。在此中间,原来关系不错的青年作者,或因观点不同,或因另辟新路,或因小嫌隙,或因大走红……种种原因,而渐渐疏远的,即刻决裂的,也不乏例证。这也是一种自然规律,无可奈何。

我这一阶段的热情,很快就冷却下来,先是声明不再为人作序, 后是拒绝再为人看作品, 特别是成名参赛之作。

我写文章,只考虑话应如何说,从不考虑人家如何听,即不考虑效果是拉拢一个朋友,还是增加一个敌对。

我自省:我一向没有存心开罪青年作家,更没有伤害过他们。这是有案可查的,如果有,是掩饰不了的。所以,我也从来没有想到过忏悔,赶紧把手脸洗洗,走到青年面前,伸出友谊之手,装出有过能改的样子,求得他们的原谅和赞许,仍然把自己当作一个人物,继续投上一票。我觉得这种做法,不只是英雄欺人,而且是一种政治权术,在文艺界终究是吃不开的。

我从来不希望,身边能有一帮人,即使是很少的几个人,自己当一名首领。我认为这样的文人,是最没有出息的,也从来不愿看到有些青年人,在一些真假名人身边转,成为他们的随从和喽啰。我以为,这样的青年人,就更可怜了,不如改行,去干些别的事。

有人说,我对"继往开来的一代作家,不尊重"。我不明白:为什么指出一个作家、一篇散文的一个病句,便是对一代人不友好。

对历史来说,每一代人,都是继往开来的。比如说,一家三代人,中间儿子一代,就是继往开来的一代。但他在历史环链中的作用,和他的上下即祖孙两代,并没有轻重之别,没有什么要别人特殊尊重的资格。因为不久,他即将被下一代所代替,上升为"下楼腿颤,迎风流泪"的一代了。

谈论文章,言不及义,不从文字上立论,反过来在生理上嘲笑老年人,这是鲁迅所说的"粪帚战术"。文格至此,其人可知,尚可与之争辩乎!我真的应该“回家闭口”,养养精神了。

在文学史上,并不是每一代,都能有承上启下的作家。有时几十年没有,有时几百年没有,谁也没有办法,只能徒唤奈何。

能够产生继往开来的作家,必须有时代的条件,必须有那么一种适宜的土壤,和那么一种浓重深厚的文化氛围。

任何文学,都是作家人格的反映,装出来的伟大、渊博、宽宏大量,都无济于事。

且“继往开来”,还有个“继”什么“往”,“开”什么“来”的问题。当代新潮,既否定民族传统,既否定老一辈作家,否定几十年的革命文艺,那么,他们要“继”的“往”是什么呢?而所“开”的“来”,也必是他们所向往的东西了。但文化必植根于国土,群众有所受,有所不受,不会听少数人的摆布与作弄。

一九九四年九月二日抄

我与文艺团体

——《文场亲历记》摘抄

中国古时,文人组织有文社。小规模的,只谈诗文;规模大的,则常带政治色彩,甚至干涉朝政,因而常有文字之祸。三十年代,日本侵略中国,中国文艺界始有协会之组织,意在团结爱国作家,一致抗日。然创建之始,即有两个口号之纷争。口号纷争,无补于抗日,日本帝国主义铁蹄,已长驱直入。人民亦被迫奋起抗战,并于敌后建立抗日根据地。

根据地有各种群众组织,工、农、妇、青之外,亦有文化组织。然各地名称不一,有称为文抗者(延安),有称为文救者(北岳),有称为文建者(冀中),后与大后方协调,乃统称为协会。

文人宜散不宜聚,聚则易生派别,有派别必起纷争,纷争必树立旗帜,有旗帜必有代表人物。因此,人物之争,实为文艺界纷争之关键。

文人尤不宜聚而养之。养起来的办法,早已暴露出许多弊端。养则闲,即无事干;无事干必自生事,作无谓之争,有名即争名,无名即争利,困难时,甚至一口饭、一尺布,也会成为纷争题目,于是文化之地变为武化之区。

及至全国解放,名利之争,天地更广,油水更大。然在初期,慑于政治权威,一般人尚知约束自己。然以政治约束文艺,有利亦有弊,久之必弊多而利少。

当时,为什么忽然出现了“一本书主义”这个口号,就是因为文艺作品,完全以政治为权衡,一本书中式,则作者桂冠加顶;一书被批,则作者流于灾难。一举成名,则本无经验,亦必大写“我怎样创作”的经验。一旦失落,则本无错误,亦必从阶级根源作检查。于是许多“划时代”的作品,过不了多久,或已烟消火灭;许多“里程碑”式的名著,书店已不见其书名。

古代,亦有国家或诸侯聚养文人之事,如太学、翰林院,然皆不同于协会。文人必需放诸四海,周游环宇,使之自谋衣食,知稼穑之辛苦,社会之复杂,如此,方能形成真正的百家争鸣。写一两篇成名之作,国家就包下来,养其终身,虽下愚亦必知其不可,不只无益于国家,更无益于个人及文艺。也绝对形不成百花齐放的景观。至于说,养起来,则易于为政治服务,有利于安定团结。事实证明,并非如此。

一个人,从十几岁就爱好文学,对此道充满了幻想,并以此为指引,参加了爱国自卫和解放人民的战斗,奉献了青春和幸福。到了晚年,轻轻松松地说一声:文坛,再见。也不是那么容易的事。

我的一生,虽然一直在这个队伍中,但我的心情,并不太爱好这个集体,身处其中,内心若即若离。但又别无他能,干不了别的工作,就拖了下来,成为一名“老作家”。

近年来,尤其令我失望,当然,首先是社会风习,其次是文坛现状。我每发过激之言词,因此也得罪了不少弄潮的人士。在写给贾平凹的那封短信末尾,我还感慨万端地说:我要离得远些了。

我的一生,曾提出过两次“离得远些”。一次是离政治远一点, 有人批这是小资产阶级的论点。但我的作品,赖此,得存活至今。这一次是说离文坛远一点。

一种职业,一种环境,你想进入里面,当初也并不容易;及至你产生厌倦,想离开它,也不是那么容易摆脱的。

自一九四〇年,我在晋察冀边区,参加文协工作,进城以后，也没有断绝和这种团体的关系。总的来说，“文革”以前，这些团体还像个样子，大家的工作，还是很认真，很严肃的。“文革”以后，我出于激情，以为一切都可以恢复旧章，曾到这种机关开过一次会。结果使我大失所望。那里的会场，参加的人物，他们的举止、言谈，都使我坐不下去。主席刚刚宣布开会，我就托词头痛，退了出来。这是我最后一次和这种团体的接触。

文化大革命，主要破坏了人们正常的关系，伤害了人们的灵魂和良知。这直接影响了文艺和文化。这是一次严重的创伤，要它复原，实际上已不可能了。

一九九四年九月三日抄

我观文学奖

自古文学无奖，而历代有传世之作，有不朽的作家群体。中国自“五四”新文学运动以来，作家如林，也没有办过文学奖。因为，稍为有识之士，都会明白：文学非奖即金钱所能诱导而出；相反，常常产生于贫苦困厄之中。在我记忆中，三十年代，《大公报》始举办一次文学奖，奖励了三位作家。但这一举措，在社会上反响并不太大，效颦者后来也少有。同时，过去对世界大奖，如诺贝尔文学奖，中国人亦不太重视，每届获奖作品，有一种译本，已经算是不错了。中国作家，也很少有人谈论这种奖，只是有一次，刘半农他们谈及鲁迅，鲁迅冷淡地对待了一下，从此，就再无人提起。

解放以后，我国也没有举办过文学奖。直至茅盾先生去世，遗嘱以奖励后代为怀，才设立了一种大奖。

任何奖金,都有它的政治或人事上的目的,有目的即有偏差,有偶然,有机会。所以,任何奖都难得那么公平、准确,名副其实。以诺贝尔文学奖而论,每届所奖作者,都有偶然性,大部分都不是当代有口皆碑,与人民息息相关的伟大作家。而常常与此相反,真正的伟大作家却被排斥在外。它的政治目的,越来越明显,这是每一个作家都清楚的。

在中国,忽然兴起了奖金热。到现在,几乎无时无地不在举办文学奖。人得一次奖, 就有一次成功的记录,可以升级,可以获得职称,可以有房子……因此,这种奖几乎成了一种股市,趋之若狂,越来越不可收拾,而其实质,已不可问矣!

这些年,确实有不少人,从文学奖中,得到不少好处,其中包括作家、评论家、主办的单位、评审的人员。但文学本身,是否得到了什么提高,则从来没有人去过问。奖啊,奖啊,究竟奖出了多少有价值的东西?也没有人去统计。

据说,在不少中国当代作家心中,还形成一股诺贝尔情结。作为一个作家,情结不在国家、民族,情结不在人民群众,而在外国的一笔钱财上,这岂不是有些缘木求鱼吗?听说,凡是得到此种奖金的作家,在宣布他是得主时,都出乎意料之外，而我们的作家，却时时刻刻，在意念之中，这岂不又有些可笑吗？

以本国奖金而论，在每届发奖的当年，文艺界热闹一阵，过不了多久，群众不只对获奖的书名，即获奖的作者，也就淡忘了。文学作品，以时代和读者，为筛选之具。如果连书名都不能印在读者心中，这种文学奖还有什么意义？

但每届还得评下去，以备有真正好的作品出世，如果没有，就继续从矮子中拔将军，择其适于当代政治、人事需求的，定那么几种。

所以，虽然获得过大奖的人，也不要以为从此就定了性，成了永久性的优秀作家，别人连碰都不能碰一下。最好是时常到书店里转转，看看架子上还有没有自己的书。

读者买文学书，都是希望能从生活上，多得到一些知识；从人生旅途上，多得到一些经验。既是文学，就又想从文字中得到一些享受和教益。如果你的作品，在这三方面，都没有什么可取。甚至连朴素的爱国之情、民族自尊都没有，人家花钱买你的书，又作何用？

至于你的书，因为文格低下，在国内没有销路，有识者嗤之以鼻，不屑一顾，在国外却有人欢迎，这其中的情况就复杂得多，也难说得多了。总之，用文艺作品，贬低丑化自己的民族,宣扬本土的落后,以取得某些洋人的欢心,求得他们的赞赏,以此为光荣,夸耀乡里。这种作者,在鸦片战争之前,八国联军之后,已经不是什么新鲜事,对他们的作品,国民早有定评。

至于在当今文坛之上,还有人缅怀租界,歌颂汉奸,并以为这些都与“改革开放”有关,则不过是中国人重复日本武士道的话,这就更应当另作别论了。

外国人介绍中国文学作品,有的是对中国友好,有的是对中国敌对,有的是出于鉴赏,有的是为了获得信息。这需要作具体分析,非一时起哄所能判定。

一九九四年九月四日下午抄

反嘲笑

有一位主张“宽容”,反对“鼠肚鸡肠”的名家,仅仅因为我偶尔指出他的一个不通的句子,便勃然大怒,连续发表文章,攻击我。攻击必须有些材料,不通的句子又不便细说,向天津市的“哥们妹们”,打听一些吧,因为我平日深居简出,“关在公馆里”,轻易不招待来客,这些“哥们妹们”也语焉不详。只有一些传言,比如不好接近啊,容易翻脸呀,这虽然得自能出入“孙门”的人的情报,其实一半已是谣言。

文字论争,本来应该先读对方的作品,可是这位名家是“新潮”派,素日反对老派,所以从来也不读老年人的作品。攻击,没有炮弹,这是很杀风景的。于是,便专从“老”字上做文章。

先是逼着我唱重头戏,比如说《挑滑车》。可是他说来说去,好像对这出戏的一些高难动作,并不了了。我看了,莫名其妙,也就没有上台。后来名家又说,那就唱一出廉颇的戏吧,只要不“一饭三遗矢”就行。

这还不够,这位名家认定我,一定“下楼腿软,迎风流泪”。又在这两点上大做文章。

其实,这都是他闭门造车惯了,又因为过于恼怒,产生的一种幻想。我虽然身体不好,但两条腿,因为当年的锻炼,一直很好,不只下楼如履平地,而且走路健步如飞。眼睛,虽然有人观察过,说是浑浊,但视力颇佳,现在还可看新五号甚至六号小字,更没有迎风流泪的毛病。

人有“拉稀”一病,叫他猜着了。虽非一饭三遗,却也是我多年痼疾。但去年手术后,已经根治。因此,廉颇的戏,也终于没有演成。

尤可使一些人失望的,是去年大病手术之时,经权威医生鉴定:我的心脏、血管、肝、胰、胆,都出乎意料的好,不似八十岁的人,而像六十岁。因此专家预测,可跨世纪,并有百岁希望。这样,就可保证,我并不像他想象的,“已经失去竞争能力”,成了“银样镴枪头”,而是完全可以再和这些人周旋一段时间。

最使我感兴趣的,是这位名家,使用了“岁寒三友”这个成语。有无三友，且不去谈。令人深思的，只是“岁寒”两字。他们以为，我们这一代，已经进入岁寒季节，也就是他们常说的“被冷落”，“有失落感”的另一种说法。

我个人的感觉是，我们革命一生，虽无多么大的功劳，但也有一些苦劳，也没有做过对不起国家和人民的事情。及至老年，本身虽无能为力，国家和人民，也不会轻易就无缘无故，把我们打入冷宫，叫我们度寒岁。当然世事难知，这是就目前而言，将来如何，谁也难料。我也很少去想它。

有些人，对天气预报，很有兴趣。一有风吹，他就预报冬天要来了；一有草动，他又报春天要到了。成了报春花。有时报错了，又不得不改正。时令是科学，是不会随少数人，即使是敏感的诗人、作家的想象来改变的。

我生活在自然季节里，冬季冷一些，夏季热一些，很是习惯。我没有热得发烧过，也没有冷得冰冻过。除去文化大革命的十年，命运，虽不能说是幸运儿，也不能说是太悲惨；论处境，也是比上不足，比下有余，说不上阔气，也说不上寒酸。回顾一生，巡视周围，自己好像总是处于中间状态，或称中庸，或称中流，或称中等。仰望浮云，俯视流水，无愧于己心，无怨于他人。

有些人,总以为自己红极一时。一时过了,仍然觉得没有红够,再想法制造一点红的假象,热闹一场。这究竟像老太爷做生日一样,是回光返照了。

我每天兀坐在楼台上。

我不知道,我现在看到的,是不是我青年时所梦想的,所追求的。我没有想再得到什么,只觉得身边有很多的累赘。

我时常想起青年时的一些伙伴,他们早已化为烟尘,他们看不到今天,我也不替他们抱憾。人有时晚死是幸运,有时早死也是幸运。

一九九四年九月十九日改讫

作家的文化

有些评论我的文章中,常常有这样意思的话:你虽然是从解放区成长起来的,你读的书还是不少,这在解放区的作家中,是比较少见的。

有些人认为解放区的作家读书少,文化低,这是一种误解,也是一种偏见。他们以为,解放区的文化是落后的,是刀耕火种的不毛之地,是工农兵的天下,因此,那里的作家,也是没有读过多少书本的。

姑不论,当时的延安和各个根据地,都拥有不少海内外知名的学者、专家。即以一般文化界人士而论,在民族处于危难之时,抛弃家室,奔赴抗日战场的,都是当时的有志之士,国家民族当之无愧的精英。他们的思想和行动,无论什么时候,都不能从历史上抹去,更不能从文化上贬低的。

什么是文化？用一句老话说，就是上层建筑，或者叫做意识形态。一个人的文化修养，不能只从他读过多少书，有什么学历来衡量。主要的，还要看他对当时的政治，当时的文化，发挥过什么作用。特别是对文化，起了什么推动和提高的作用。

作家尤其如此。一个作家的文化，不只是指他吸收了多少文化，更重要的，是看他建树了多少文化，给文化积累增加了多少新的内容。历史上，有各种不同的人物，不同的思想和行为，构成了不同层次、不同内涵的文化，即不同性质的文化。在我们的历史上，有岳飞、文天祥的文化，也有秦桧、贾似道的文化。如果单从书本文化而论，那就会谬之千里。

人民大众，评论一个人，不会单从他是什么学校毕业，写过几本书，得过什么奖着眼，而是要看他对国家民族，有过什么实际的贡献。

一个作家，究竟需要多少文化，这是没有标准的。大家都知道，作家，一般来说，既不是从大学里培养，也不是产生于教授群体之中，这里的所谓文化，与一个作家的形成关系不大。

但没有文化，也不能成为作家。作家总得有一定的文化。在中国,“五四”新文学——即白话文学开始之时,作家的文化较高,但人数也甚少。后来,随着白话文学的普及,作家的人数,渐渐多起来,但文化高低,就差别较大。以三十年代的新兴作家为例,无论是革命作家,或是所谓东北作家,他们的文化修养,都比“五四”时期的作家为低。解放区的作家与之相较,文化情况,大致相同。他们大部分是文学爱好者,从文学走向革命,然后,从根据地得到创作所需的生活体验,进一步成为作家。这是很自然的过程。

一个作家,有高中以上的文化程度,就算够用的了。在写作过程中,可以继续提高文化修养,进度和收获虽有不同,但每个作家,都是这样努力过来的。

也有少数人,在成名时,文化程度比较低,一有了作家头衔,反倒自满自足起来,不再去钻研文化课程,这种人最后要吃亏的。

上面所谈种种,也适合于非解放区的作家。因此,以文化高低论作家成败,是不科学的。有人提倡作家学者化,也是一种不切实际的想法。学者和作家,走的不是一条路。由作家而成为学者,或由学者而成为作家,工作重点都会有转移。

现在是市场经济，文化市场，也是百货杂陈，品目繁多，真假难分。每个作家，都在自己的摊位前，出售自己的产品，顾客必须心明眼亮，才能鉴别各种货色，不受欺瞒。

现在文化的名称也多，花样也多，有贵妃文化，有宦官文化，有发辫文化，有金莲文化，还有要“筹建博物馆保护”的“租界文化”。无奇不有，匪夷所思。

正是：士各有志，人各有心，不可详论矣。

一九九四年九月二十日

耕堂读书随笔

读画论记

一、引

六十年代中期,我买了一些美术方面的书。其中包括《画论丛刊》上下两册,《历代名画记》,《图画见闻志》,《宣和画谱》,《石涛画语录》,《画鉴》等。以上,都是人民美术出版社整理出版的,有的还加了译注。

另外,我从外地邮购一部余绍宋编的《画法要录》,系中华书局解放前聚珍版,线装两函,书印得很大方。上函讲山水,下函讲人物及其他。

大病之后,身体虚弱,找出一些论画的书来读,既不费脑筋,又像鉴赏字画一样,怡乐心神,我以为是最合适不过的了。

二、《画法要录》

最先读的是余绍宋的《画法要录》。第一函,共四册,居然逐字逐句地读完了。他是辑录前人论画的言论,依次叙列,上函所引书目,近八十种,多切实可信之说。余氏自撰序例三十四则,冠于书首,非常精辟,说明其撰述宗旨。

余绍宋不是空头理论家,他参加过陈师曾等人组织的画社。他还著有《书画书录解题》一书,对中国美术遗产,研究颇深。

此人不尚新奇,不务空谈。如其序例第六所言。

> 吾国画学,固以不落迹象为高,然必先从规矩入手,而循至于不落迹象,乃为可贵。王安节云:有法之极,归于无法,斯言得之。

艺术规律相通,绘画如此,文学亦如此。未有文字不讲规矩,而可能成为“作家”,甚至成为“名家”者。世界上如有这等人出现,一定是自欺欺人之辈。

书前有林志钧序,写得也不错,是余氏的友人。写序时,正值国家多难垂危之期,尤可感慨。

书上旧有蕉鹿轩藏书印，不知系何人藏书。书为粉连纸印，颇新，当时定价仅四元。此书，民国十九年二月初版，二十年八月再版，亦可谓畅销之书矣。

余见真迹甚少，尤不习绘事，然读此书，津津有味者，以其所论，多与文学创作有关。张彦远《法书要录》，历代以为切实可信。余对此书，亦如此观。

艺术不能不创新，亦不能不借鉴新。不然墨守成规，谈何创造。但创新非务新奇，以新奇为招徕，为冠冕。

清方薰《山静居画论》称：东坡常谓好奇务新，乃诗之病，画岂不然。

东坡的诗，难道没有创新？何以又反对新奇？原因在于，这是有成就的大家，在多方借鉴，勤苦实践之余，对一些避难就易，哗众取宠之徒的一种婉言劝告。而新潮戏弄者，反以此，反击老一辈为顽固，为嫉妒，则对先辈之谆谆善意，大为误解。

此书序例十一曰：

> 画学衰微，至今日而极矣。以狂怪犷恶为有气魄，以涂脂抹粉为美观。市井喜之，上海派提倡之，日本之浅识者附合之。动开画会，自标声价，耳食者震

> 之，辄为所惑。于是后生小子，羡其易致富裕而博浮名也，竞趋而师事之。习俗如斯，谁复肯细研画理之精微？谁复肯推究古人之绪论？甚且以为历来巨迹亦不足师，就易舍难，急于自表，而画道遂不可问矣！

真是开卷有益。今日报刊之热题：文学为何走入低谷？作家为何不值一文？阅读这段六十年前的精彩之词，细而思之，所有困惑，不是都迎刃而解，拨开云雾，得见一片蓝天了吗？

人要自趋下流，别人是挽救不了的。艺术家亦然。有些人是“作法自毙”，也值不得同情。

三、《画论丛刊》

余绍宋的书，还没有读完，就想起了于安澜所辑《画论丛刊》。于是，把人民美术出版社出版的几本书找出来，好在它们都捆在一起。

于先生这部书，分为上下两集。前有余绍宋和郑午昌手书制版的序。

这部书，据例略所言，专收画法画理之作；不收叙述源流，品第鉴别之著。所收又分为总论及专论二类。编前冠以作者事略，并辑录有关资料，如《四库全书总目提要》及《书画书录解题》等。

此书于解放前，曾由中华书局印行一次。一九五八年，由作者重校再印。此丛书，选书精当，眉目清楚，校印审慎，颇便阅读，余甚喜之。

夫画论一题，甚难言矣。余绍宋称：

> 昔人论画，每不屑作明显之语，最喜高谈神妙。不曰艺进于道，即曰妙入化机，甚且有涉于禅理及太极阴阳者，几使读者忘其为论画之书。非唯不适于实用，亦与画家萧散之旨有违。
>
> 又多偏重文章，往往有极浅显之理，数语即可了澈者，因重词华，反成艰涩。

论画很少平实讲解，因之亦少发明。此不必远求，即如本书郑午昌先生序，所谈法理一段，就很像佛经一样，即便“静参”，也难明了。理论家之这一习惯，不分绘画、文学，根深蒂固，没有大智大勇，很难逃出这个圈子。

近年文论，只有两途，一为吹捧，肉麻不以为耻；一为制造文词，制造主义，牵强附会，不知究竟。余一生读书，颇受此等文字之苦,故晚年宁听村妇村夫之直言,不愿读文艺理论家之呓语。

玄奥无稽之谈,多出自著录题跋者之手,至于画家本身文字,则较为切实。因其从实践经验出发,不会有以上凭空设想之病。丛刊所收,多画家自述。

例如意在笔先一语,这本是画家经验之谈,无关玄理,且为一切艺术实践之普遍规律,可施之于文学、音乐、舞蹈、戏剧。然一经理论家玄化,则使人不易理解。

再例如远山无皴,远水无波,远人无目之说,也是画家经验的积累,很可宝贵,而有些人以其言语通俗,好懂好记,贬之为工匠口诀。其实古代名家,多出自工匠。他们为使人易记易解,常把文字口诀化。

其实,有些真正的画家,对一些玄禅之谈,颇有微词。清恽寿平说:

> 宋人谓能到古人不用心处;又曰写意画,两语最微,而又最能误人。不知如何用心,方到古人不用心处?不知如何用意,乃为写意?

又说:

今之号为画者伙矣，营营焉，攘攘焉，屑屑焉，如蚩氓贸丝，视以前古法物，目眩五色，挢舌而不能下矣。矧可与知古人称心所在也耶！

此亦可为当前投机下海者写照矣。

《画论丛刊》，共收书五十余种，长短不一，玄浅各异，作家以逝去者为限。

于安澜先生，博学多艺，中华书局早年即为其出版《韵谱》一书。后在北平，“七七”事变，南返原籍。其家似在河南，抗战期间，乡居杜门者六载。当时，日寇铁蹄所至，知识分子生存甚难，如在河北，则并乡居杜门，亦不可能。

书为一九六二年八月版，时国家困难已过，纸质较好，印刷装订均佳，校对亦细，于先生对此书出版，颇为负责，后附校勘记，甚精审。

四、《画鉴》

解放以后，人美刊印古籍，名目繁多：除《画论丛刊》，尚印行过《中国画论类编》，惜我未见。我手头有的，如《历代名画记》与《图画见闻志》，则称《中国美术论著丛刊》，有点校而无注，书前有简介，点校者亦为名家。《宣和画谱》、《画鉴》、《石涛画语录》，则称《中国画论丛书》，标点之外，尚有注译。其实美术古籍内容，很难分得清楚，名目多，反而易混。

古籍今译，今日大行。然细考之，有利有弊：太艰深者，难以译准；稍浅近者，又可不译。如《中国画论丛书》，既已加注，即可不译。《画鉴》有一则：

> 道士牛戬，信笔作寒鹊野雉，甚佳。

译为：

> 道士牛戬，信笔作寒鸦野雉等禽鸟，都是画得极好。

译与不译，差不了多少。如稍不注意，还会走失原文精神。这是为求统一，名家也只好硬着头皮去译。目前，白话译古文，成为风气，而译者学识多不逮，这就更成问题。古籍能不译，最好不译；欲读古书者，最好硬着头皮去读原文，不借助当前白话译本。

《画鉴》，元汤垕撰，书很短小，薄薄一本。讲历代的画，从吴（三国）到金。叙述简洁，颇有韵味，读一则，就像读一篇小品文。并且绘声绘色，读介绍文字，就如同见到了那张画一样，实在传神。

近日习字，我就把喜爱的段子，写在条幅上，算作读书笔记，很是有趣。

书写途中，又发现有的译文和原文只差一字：

> 金人杨祕监，画山水图，专师李成。（原文）
>
> 金人杨祕监画山水，专师李成。（译文）

又如：

> 金人任询，字君谟，草书入能品，画山水亦佳，在王子端之下者。（原文）
>
> 任询金人，字君谟，草书入能品，画山水亦佳，在王子端之下。（译文）

怎样也想不通，为什么这样做，这不是多此一举吗？再一想，这不能怪译者，只能怪领导。他只能这样译。这也是一种形式主义，费力不讨好。

我读书，有违传统的“不求甚解”之义，遇到问题，常常耿耿于怀，说三道四。不久以前，还有人责怪我“横挑鼻子竖挑眼”，现在又犯了老毛病，不觉哑然失笑。

此书后附画论，《画论丛刊》摘收。

五、《宣和画谱》

《宣和画谱》叙目载：各门画家人数及内府所藏卷轴数。其中，道释门四十九人，一千一百七十九轴；人物门三十三人，五百五轴；山水门四十一人，一千一百八轴。

此数字，从一种角度，反映宋代及其以前，绘画的内容，及各门从业画家的多少，即当时这一意识形态的趋势。

我们读《洛阳伽蓝记》等书，知道南北朝时期，佛教大行于南北，寺庙的修建，极其奢侈，其中的壁画，无比辉煌。

这些壁画，多以佛教故事为主题，然神仙之形象，不过是人间形象的扩大；神仙的生活背景，也不过是人间生活的翻版。

因此，《宣和画谱》中的道释门，其实还是人物画。它又另列人物门，所画当系历史人物。我们知道，从汉到唐，朝廷尊奉功臣，多肖像于台阁，我们看画家阎立本的故事，即可知道，当时画家，主要是从现实生活取材，为政治服务。

宗教画和政治画，逐渐发展，因此也就有了官家或私人的卷轴收藏。宗教画的发展，使更多方面的人间现实生活进入画面。因此，庙宇里的绘画，就已经不只是佛教之义的宣传，也加入了山水、楼台、禽兽、花鸟的描绘。这些描绘，各自培养了自己的画家，单列出来，就有了专长于一种形式的画家。

可以说，中国绘画，从人物画开始。这种优势，一直持续到五代。宗教和政治，是它发展的基础。从事人物画的画家，从政治和宗教中，可以得到更大的好处。他们的画作，影响也大。例如顾恺之为寺院画一新的佛像，开放以后，三天之内，寺院从如潮涌的信徒的施舍中，竟能得到一百万的收入。如此可观的经济效益，使画家身价倍增。

群众蜂拥而来，一来是为了瞻仰佛像，出于宗教感情；二来也是一种美术享受。壁画这种艺术，一直到我记事时，民间还有，艺人被称做“画庙的”。幼年进庙观光，也多徘徊于粉壁之下，是一次欣赏美术的机会。

五代以后，随着宗教的式微和政治的动乱，工作条件大为降低，艺人也逐渐减少。绘画从粉壁，转到绢素上。山水画上升到主位,人物画却逐渐成为小小的陪衬。所以明朝的唐志契在《绘事微言》中说:佛道人物,今不如古;山水林木花石,古不如今。画家趋赴之不同,引起绘画题材的变化,进一步,又改变了人们的欣赏爱好。

自宋以后,"画尊山水"。唐志契曰:画中推山水最高。《画论丛刊》,所收论著,绝大多数,谈的是山水画。作者大都是宋元以后的人,明清为多。

山水画走上主导地位,原因很多,其中主要的一个,是画家由职业性变为副业性,由工匠变为文人。

文人画的兴起,适应了官宦、商贾、知识阶层的趣味和爱好,山林高致的思想,成了他们室内装饰的主题。

这些人身在庙堂,向往林野;身在繁华,想慕山水;智者、仁者,各有所爱;显贵者以此自高;没落者以此自况。凡是能画的,能收藏的,都把山水看成是一个永久的主题,普遍性的艺术。

最后,西画东来,中国固有的人物及其他写生之术,都有时相形见绌。唯有山水,与中国的纸、墨、笔,结为一体,相得益彰。效果突出,并变化无穷,使西洋技术,几乎无隙可乘,故能长久不衰,前途无量。

六、《画史》

我购书滥，美术书籍，除画谱画册外，还买了一些文字书：《佩文斋书画谱》，内府刻本，共六十四册，实系工具书，平日阅读不便。张丑《清河书画舫》，有竹人家刻本，共十二册，实系书画著录，理论较少。此外，如《庚子消夏记》，亦为真迹鉴定。至于《桐荫清话》、《国朝画识》等书，以其记述简略空泛，读之无味，多已送给搞美术的朋友。只留《国朝书画家笔录》一部八册，系铜活字印本，抄家时被定为"珍贵二等"。

我有一本米芾的《画史》，系湖北先正遗书本，书很薄，没有几页。我读后，印象很深，以为这才是有血有肉之作。因此悟出，无论什么著作，凡是有实践经验的人写的，如果他是一个诚挚的人，不存自欺欺人之心，这书一定有价值，可借鉴，能流传。反之，那就很难说了，大抵是空泛的多，枯燥的多。

这次，我读画论，更印证了我这个想法。凡是鉴赏家，收藏家的话，都不及画家本身的话动听感人。但人世间，实践者留下的话少，理论家的话多，这真是令人无可奈何。

例如《画论丛刊》，开卷所收：画学秘诀，画山水赋，笔法记，山水诀等篇，都是古代画人，集一生的经验，甚至是众人的经验，形成文字记录，还得伪托王维、荆浩等人的名字，才得流传下来，并被视为伪书，斥为粗俗，不知“文格”。画家何必知文格？

七、《文人画之价值》

因读鲁迅书，得知陈师曾。余心慕其人，曾购其画作三幅：一山水，二梧桐及老来少，三小幅月季。并得其遗诗一册，为其女弟子手写石印本。印谱二册，已赠韩大星。他这篇《文人画之价值》，美术书多引之，今始拜读，收在《画论丛刊》下册。

此文甚简要，其主旨为阐明文人画之特点。然所谓文人，系一笼统名词；正如所谓工匠，亦笼统名词也。陈氏谓：

> 何谓文人画？即画中带有文人之性质，含有文人之趣味。

这又是笼统话。文人的性质与趣味，能统一吗？能一致吗？亦如人心之不同，各如其面。陈氏谓：“而文人又其个性优美,感想高尚者也。”这也难说。因为有了“文人高人一等”这个前提,所以通篇文章,就常常发生矛盾。“任意涂抹,以丑怪为能”,既是文人画的一种通病,又说这是“阳春白雪,曲高和寡”。既说“文人画首重精神,不贵形式”。又说苏东坡的诗,“论画贵形似,见与儿童邻,乃玄妙之谈”。把工匠与文人对立起来立论,必有偏失。

中国美术遗产,无论壁画,石画,皆系古代工匠所留,形成宝库。而历代文人画,则以各种原因,损失殆尽。贵文人而轻工匠,于美术史难以圆通。

然其有些见解,的确不凡。其所发挥,真有些像王国维之于文学,盖西学对他们的影响是相同的。当时从西方吹来的文艺清风,确使中华艺坛,耳目一新。

例如他说的:

> 人心之思想,无不求进。进于实质,而无可回旋,无宁求于空虚,以揭提乎实质之为愈也。

这对于理解现实与艺术的关系,可以说是很新颖很精辟的。

至于他说的,文人画之四要素:人品、学问、才情、思想,现在听起来是老生常谈。但在当时,能把思想与才情并列,证明陈先生还是进步的,是先驱。

从此,文人画在中国画界,成为主导,原为工匠者,也努力进入文人行列。同时,写意画多于工笔,人人标榜个性,然“能感人而能自感”者,并不多见。

陈先生英年早逝,遗著寥寥。此文虽短,精辟之论尚多。如论工笔与写意之关系:

> 人意之求工,亦自然之趋势。而求工之一转,则必有草草数笔而摄全神者。

他生前,是一个典型的文人画家,并不以画谋生,作品流传亦少,且在商店,被列在吴、齐之下。四十八岁即逝去。人云,画家多长寿,殆不尽然矣;或长寿者,必专业之画家欤?

八、《石涛画语录》

中国古代画论的基础,是画理和画法。画理就是:画者,“以通天地之德,以类万物之情”。画者,“成教化,助人伦,穷神变,测幽微,与六籍同功,四时并运。发于天然,非由述作”。以上均见于韩拙《山水纯全集序》。所谈非常玄妙。画法，就是六法。第一法是“气韵生动”。但董其昌劈头就说：“气韵不可学，此生而知之，自然天授”，见《画旨》。实际上等于无法可依，白说一句。

所以历代画家，都谈实践，谈作品，很少有人在这两个玄虚问题上纠缠。甚至有人对六法持讥讽态度：“名师高谈最迂拙，先讲雅俗费口舌。又以书卷气为说，又将气韵为要诀。”见戴以恒《醉苏斋画诀》。

虽然如此，但要进一步谈中国美术，还是不能离开这两条经典。前面提到过郑午昌先生为《画论丛刊》写的序言，其中谈到画理画法，原文为：

> 盖画有法无法，有理无理。无法而有法，是为至法；无理而有理，是为至理。至法似无法，而法在有法之外；至理似无理，而理在有理之奥。

以上，虽不易理解，然究竟是研究者理论的升华，可以说是客观的，静止状态的理法论。石涛的一首题画诗，则是进入创作状态的，即主观的能动的理法论了。

石涛说：

> 书画非小道，世人形似耳。出笔混沌开，入拙聪明死。理尽法无尽，法尽理生矣。理法本无传，古人不得已。吾写此纸时，心入春江水。江花随我开，江水随我起。把卷望江楼，高呼曰子美。一笑水云低，开图幻神髓。

这一首诗，说明一个创作过程。画家深受理法的熏陶，并对理法深有领悟和体会，面对眼前的景物，他的创作欲望，非常强烈。他进入自然景象之中，并有推动和支配这些景物的愿望。他终于与自然景物结为一体，成为大自然的一个组成部分。人景合一，天人合一。他创作的画，活了起来，也成为自然的一部分，并影响着自然，赋予眼前景物新的光彩，增加了大自然的美的内涵，美的力量。

这样，石涛的画，就有了气韵，就完成了六法，也表现了个性。

每一次创作，都是画家一次神游的过程。他能把体验到的，虚无缥缈的东西，捕捉到绢素上来。

石涛的这首题画诗，是他的一次创作体验。我想，只有石涛式的创作论,才能阐释中国传统的,玄妙的,难以理解的画法画理。

一九九四年三月十三日(阴历二月初二)。
外面大风,窗前阳光甚暖。至此,本文结束。
盖自旧历年后,余开始读书、为文,已近一月矣

读《前汉书卷六十四·朱买臣传》

家贫好读书,不治产业,常艾(读刈)薪樵卖以给食,担束薪行且诵书。其妻亦负戴相随,数止买臣毋歌呕(讴)道中,买臣愈益疾歌。妻羞之,求去。买臣笑曰:我年五十当富贵,今已四十余矣,汝苦日久,待我富贵报汝功。妻恚怒曰:如公等终饿死沟中耳,何能富贵?买臣不能留,即听去。

以上,是夫妻离异之因。其后,买臣独行歌道中,负薪墓间。故妻与夫家俱上冢,见买臣饿寒,呼饭饮之。

以上,说明其妻对买臣仍有情义。其后,上拜买臣为会稽太守,荣归故乡:

> 会稽闻太守且至,发民除道,县吏并送迎,车百余乘。入吴界,见其故妻、妻夫治道,买臣驻车,呼令后车载其夫妻到太守舍,置园中给食之。居一月,妻自经死。买臣乞其夫钱令葬。

耕堂曰:此京剧“马前泼水”之故事根据也。此剧演出,使朱买臣之名,家喻户晓,其妻遂亦在群众心目中,成为极不堪之形象。然细思之,此实一冤案也。

夫妻一同劳动,朱买臣干多干少,还是小事。在大街小巷,稠人广众之中,一边挑着柴担,一边吟哦诗书,这不是冲洋相吗?好羞臊的妇女人家,哪里受得了?劝告你,不喊叫了也罢,却“愈益疾歌”,这不是成心斗气吗?嫁汉嫁汉,穿衣吃饭。跟着你,既然饥饿难挨,又当众出丑。且好心相劝,屡教不改,女方提出离异,我看完全是有道理的,有根据的。而且,以后见朱买臣饥寒,还对他进行帮助,证明这位妇女,很富同情心,慈善心,品质性格还是不错的。

而朱买臣做官以后的举动,表面看来很宽容,却大有可议之处。羞耻之心,人皆有之,何况是在封建时代?又何况是一个弱小女子?在很多修路工人面前,把她和她的丈夫,载在官车上,拉到府中,安置在花园里。这不是优待,确是一种别有用心的精神镇压,心理迫害。在这样的环境中,心情中,她如何能活得下去?所以她终于自经了。

这种叫别人看来,是糊里糊涂死亡的例子,在封建时代,是举不胜举的。

朱买臣后来也没得好下场。他告别人的密,皇帝把那个人杀了。后来也把朱买臣杀了。

一九九〇年十一月二十五日

读《前汉书卷五十七·司马相如传》

卷六十四,《严助传》:

司马相如的时代背景。

是时征伐四夷,开置边郡,军旅数发,内改制度,朝廷多事,屡举贤良文学之士。公孙宏起徒步,数年至丞相,开东阁,延贤人,与谋议。……其尤亲幸者:东方朔、枚皋、严助、吾丘寿王、司马相如。相如常称疾避事,朔、皋不根持论,上颇俳优畜之。唯助与寿王见任用，而助最先进。

以上，说明司马相如，进入官场，同伴数人，表现各有不同，朝廷待遇也不一样。东方朔和枚皋，因“议论委随，不能持正，如树木之无根柢”（颜师古注），而被轻视。严助、吾丘寿王，勇于任事，虽被重用，而后来都被杀、被族。司马相如的表现，却是“常称疾避事”。这是他的特点。

但如果一点事也不给朝廷做，汉武帝也不能容他。他曾以很高贵的身份，出使巴蜀，任务完成得不错。

又据本传：

> 后有人上书，言相如使时受金，失官。居岁余，复召为郎。相如口吃，而善著书，常有消渴病，与卓氏婚，饶于财。故其事宦，未尝肯与公卿国家之事。常称疾闲居，不慕官爵。

以上，说明司马相如，既有生理上的缺陷，又有疾病的折磨。家境不错，不像那些穷愁士子，一旦走入官场，便得意忘形，急进起来。另外，他有自知之明，以为自己并非做官的材料。像严助等人，必须具备如下的条件：既有深文之心计,又有口舌之辩才。这两样,他都不行,所以就知难而退,专心著书了。

他也不像一些文人,无能为,不通事务,只是一个书呆子模样。他有生活能力。他能交游,能任朝廷使节,会弹琴,能恋爱,能干个体户,经营饮食业,甘当灶下工。这些,都是很不容易的,证明他确是一个多才多艺的人。一个典型的,合乎中国历史、中国国情的,非常出色的,百代不衰的大作家!

《前汉书》用了特大的篇幅,保存了他那些著名的文章。班固对他评价很高,反驳了扬雄对他的不公正批评。

但他也并不重视自己的那些著作。本传称:

> 而相如已死,家无遗书。问其妻,对曰:长卿未尝有书也。时时著书,人又取去。

耕堂曰:司马相如之为人,虽然不能说,堪作后世楷模。但他在处理个人与环境,个人与时代,文艺与政治,歌颂与批评等等重大问题方面,我认为是无可非议的,值得参考的。

一九九〇年十一月二十六日

读《义门读书记》

在我大量购书那些年，我买了多种名人的读书记，就是没有买《义门读书记》。也不是没有遇见过。有一次在天津古籍书店，见到一部木版的，但看来书品不佳，且又部头大，就放过了。

近年，已经很少买书，因为已经看不了多少。但有时听说有合意的书，还是想买一点。傅正谷告诉我，他买了一部中华新印的《义门读书记》。我托人去买，天津却买不到。又叫在北京工作的女孩子，到中华书局的门市部去问，才买到了。

书分上、中、下，共三册，是前几年出版的，定价八元，还算便宜。

翻阅一过，知为何焯读书时，随时记在书册之上的文字，又经后人从他读过的书册上，摘抄下来，整理成书的。

都是零碎的考订、评语，毫无统系，谈不上著述。

这类书，我一向没有兴趣。所买的清人王念孙、王鸣盛、钱大昕、赵翼等人的著作，都一直放在那里，没有细读。其实，较之何氏，他们的书，还算是有些统系的。

但何氏是很有名的人物，他的这部书，也为考据家所重视。所校《两汉书》、《三国志》尤有名。

我先细读了书后有关他的身世的附录材料。这是我一向的读书习惯。从中得知他一生经历坎坷，并能看出清初读书人的特殊遭际。即使不读正文，钱也不算白花了。

何氏少年时即好学不倦，读书特别细心用功。他曾选印《四书文》、《历代程墨》，并评定坊社时文行世。全祖望说他，“是以薄海之内，五尺童子皆道之。”这种工作，就像目前编印儿童少年读物一样，既出名，又有利可图，且不会有什么问题。后来，他由拔贡，选送太学，渐渐有了点名声。

人一有了名声，便充满了危险。先是一些要人，开始对他注意，拉拢他，想叫他出于自己的“门下”。如果能坚持淡泊，不去上钩也好。无奈读书人，又羡慕富贵，不耐清苦。他先后依附过徐乾学、翁叔元、李光地，一直被荐到康熙皇帝身边。不久，又奉旨侍读皇八子贝勒府。这表面光荣，实际已被推到火山口上去了。

果然：“康熙在热河，有人构谗语上封事。康熙返京，何焯于道旁拜迎，即被收系，驰送狱中，并籍没其邸中书。”他能活下来，已经是万幸了。

耕堂曰:文人与官人,性格多不同。官人与官人之间,矛盾又很多。因此名士多与贵官相处日久,必争论失欢。贵官或被仇家告讦,名士则易成为“东家”的替罪羊。伴皇子读书,则很容易被看作参与了皇统之间的明争暗斗。雍正皇帝上台,何焯幸已早死,不然,确实要够他受的了。

一九九〇年十一月三十日

读《胡适的日记》

因为长期不入市,所以见不到新书。过去的书店,总印有新书目录送人,现在的出版社,是忙着给别人登广告,自己的出版物,也很少印在书的封三、封底上。过去商务、中华都是利用这些地方,分门别类地介绍自己的出版物。对人对己,都很有利。这一传统,不知道为什么,不被当代出版家留意。

《胡适的日记》也是宗武送来的。上次他送我一部《知堂书话》,我在书皮上写道:书价昂,当酬谢之。后来也没有实现。这次送书来,我当即拉抽屉找钱。宗武又说:书很便宜,不必,不必。我一看定价,确实不贵,就又把抽屉关上了,实在马虎得很！后来在书皮上写道:书价不昂,又未付款。可笑,可笑。

这书是中华书局前些年印的,但我一直不知道。我现在不能看长书,所以见到此书,非常高兴。当晚,就把别的功课停了,开始读它。

《胡适文存》和他写的《中国哲学史》(半部)、《白话文学史》(半部),在初中时,就认真读过了。现在已经没有多少记忆。因为,很快思想界就发生了变化,胡适的著作,不大为当时青年所注意了。

文化,总是随政治不断变化。"五四"文化一兴起,梁启超的著作,就被冷落下来;无产阶级文化一兴起,胡适的文化名人地位,就动摇了。就像他当时动摇梁启超一样。这是谁也没有办法的,无可奈何的。

这只是就大的趋势而言。如果单从文化本身着眼,则虽冷落,梁启超在文化史上的地位,胡适在文化史上的地位,仍是存在的,谁也抹不掉的。

我以为胡的最大功绩,还是提倡了白话文,和考证了《红楼梦》。近来听说他晚年专治《水经注》,因为我孤陋寡闻,没有见到书,未敢随便说。但专就一部旧书,即使收集多少版本,研究多么精到,其功绩之量,恐怕还是不能和以上两项相比。

提倡白话，考证红楼，都是一种开创之功。后来人不应忘记，也不能忘记。提倡白话，又是一种革命行动。考证红楼，则是提供了一种新的方法。

不过，什么事，也不能失去自然。例如，《胡适的日记》这个“的”字，加上好，还是不加上好，是可以讨论的。文字是工具，怎样用着方便，就怎样用。不一定强求统一，违反习惯也不好，会显得造作。

我还以为，近年的红学，热闹是热闹了，究竟从胡适那里走出了多少，指的是对红楼研究，实际有用的东西，也是可以讨论的。

一九九〇年十一月三十日下午，大风竟日未停。

昨夜不适，夜半曾穿衣起床，在室内踱步

读《高长虹传略》

文载《新文学史料》一九九〇年第四期。作者言行。

我认为这是一篇很好的传记。关于高长虹，过去人们所知甚少，现在，差不多都忘记了。他的同乡人士，近年出版了他的文集,我尚未见到,读了这篇传记,却有些感触。过去,人们乡里观念重,常有一些有心人,把地方文献征集出版,不埋没人才,原是一件好事。现在山西一些同志,也注意到这方面的工作,引起我的兴趣。

我开始留心文坛事迹之时,狂飙运动,已经过去了。我倾心的是当时正在炽热的左翼文学运动。狂飙运动,这一名词虽然响亮得很,鲜明得很,但在社会上,甚至在文艺界,似乎并没有留下多少使人记忆的事迹和影响。我知道高长虹这个人名,不是从他的著作、文章,而是从鲁迅和别人的文章。有一次,我在北平的冷摊上,遇到一本《狂飙》周刊的合订本,也没引起购买的想法。这说明,热闹一时的狂飙,已被当时的文学青年所冷落。

任何运动的兴起,都必有时代思潮做基础,狂飙运动,不过是“五四”运动的一个余波。它体现的还是爱国精神和民主科学两个口号。但时代思潮,继续向前发展,狂飙的主将,没有这方面的准备,也没有这方面的热情,很快就被“时代的狂飙”,吹到了旁边,做了落伍者。因此,他们的运动,也就成了尾声。

高长虹书读得是多的,文笔是锋利的,也有股子干劲,也具备一种野心。但据我看,他是个个人主义者,也有些英雄色彩。但不与时代同步,不与群众结合,终于还是落到无用武之地的寂寞小天地里去了。

他的一生,追求探索,无书不读。只身一人,一囊一杖,游历数国,也不知他是如何生活的。他好像没有固定的信仰,也不做任何实践,甚至也不愿系统地研究一种学问。一生栖栖惶惶,不禁使人发问:夫子何为?

最后,终于感到,这样大的天地,这样多的人民,竟没有一个安身立命的落脚之地。这不是时代的悲剧,只能说是一个人的、一个性格的悲剧。

耕堂曰:一九四四年至一九四五年,我在延安,住桥儿沟东山。每值下山打饭,常望见西山远处,有一老人,踽踽而行,知为高长虹。时距离远,我亦无交游习惯,未能相识。另,我长期在晋察冀边区工作,山西之盂县,曾多次路过。以当时不知为高氏故乡,故亦未加采访。今读此传,甚为高夫人行为所感动。以她的坚贞死守之心,高唯一的一张青年时照片,得以留存,使后人得睹风采。高紧闭双唇,可观其自信矣!

一九九〇年十二月二十七日

传略引高氏文章:军阀是些被动的东西,他们被历史、制度、潮流夹攻着而辨不出方向，他们没有自觉，没有时代，他们互相碰冲而无所谓爱憎，他们所想占据的东西是实际上并没有的东西，他们冲锋陷阵在他们的梦想里，他们全部的历史便是，短期的纷扰与长期的灭亡。

读着这段文章，我不知为什么，会想到文艺界的一些英雄豪杰身上去。

次日又记

读《文人笔下的文人》

岳麓书社出版，凤凰丛书的一种。

最近，孙玉蓉女士，送我这样一本她参与编辑的书。在鲁迅条目下，有郑振铎、夏丏尊、林语堂、郁达夫，写的四篇悼念鲁迅的文章。

青年时，我对有关鲁迅的文章，是很有兴趣的，见到必读。

我在抗日时期，还编写过一本小书，题名《鲁迅、鲁迅的故事》。上部是我改写的鲁迅的小说，使它更通俗一些，简短一些。下部，就是凭借我记忆的，别人写的有关鲁迅的材料，编写成鲁迅日常生活、日常言行的小故事。这本小书，一共有五六万字，在晋察冀边区铅印出版，沙可夫同志还给我写了一篇序。

书中所记材料，是我在北平流浪时，有机会读到的。一九三六年暑期以后，我就到农村教书去了，阅读杂志报刊的机会就少了。尤其是在一九三七年以后，上海出版的书籍刊物，在敌后就很难见到了。

所以这四篇文章，我过去都没有读过。现在年老无事，每晚在灯下，总是看点书解闷，在得到这本书以后，就先读了起来。

这是有缘由的。年老了，朋辈不断物故。自己舞文弄墨惯了，常常写些悼念文章。也加强了这方面的学习参考。最近把积存多年的《金石粹编》、《金石文钞》，以及字帖中的碑传墓志，都找了出来。翻翻看看，古人是如何写作这类文字的，知道其中问题不少，经验也很多。

耕堂曰：悼念文字，实亦传记文学之一种，或为传记文学之素材。然其写作，优劣差异甚大。传记重事实，重言行。熟悉者，当推死者的家属、亲戚、仆从。但自古以来，又以家属之言多亲情，仆从之言多忌讳，亲戚之言多掩饰，不为史家所重视。因此，又求之于与死者既有交往，所知较多,能够直言,且善于用文字表达者。此亦难矣!

综观以上四篇,文如其人。郑文重情感;夏文重事实;郁文重全面、系统;林文则重个人意气,以私情代事实,多臆想、夸张、推测之词,最不足取,且不足为训也。近日颇有人提倡反面文章、不同意见。但不管什么意见,也必根据事实,即死者生前之言行说话,以符天下公论。

古今传记文字之难,在于知者不言,言者不知。名人之传记文字尤难,在于谬托知己,借以自炫。或生前多倾轧,身后多颂词,虚伪之情,溢于言表。

夏氏之文,只记亲身所见、所闻,知道多少就记多少,不求惊人,不涉无稽,简单明了,实事求是。此乃教育家兼作家之文章,长者仁者之言语,是我们学习的范文。

一九九〇年十二月二十八日

读《船山全书》

这是岳麓书社近年正在进行的一件大工程,实际负责编校者为杨坚同志。每出一册,必蒙惠赠。书既贵重,又系我喜读之书,深情厚意,使我感念不已。我每次复信,均望他坚持下去,期于底成,因为这是千秋大业,对读书人有很大功德。

过去,寒斋藏书中,有金陵书局,曾氏木刻本《读通鉴论》,上等毛边纸印,字大行稀,天地宽广,虽字体有些笨拙(就是后来常见的金陵刻经处所刻佛经那种字体),然仍不失为佳本。

书有棕色大漆木板夹,全书有一尺多厚,搬动起来,很不方便,然分册甚薄,把持方便,甚便于老年人阅读,故为珍藏之一种。

此外,我还买过世界书局出版的《读通鉴论》,洋装厚本。因素不喜世界书局所印书籍的字型和版式,后送给邹明。今邹明逝世,彼家恐无人问津此类读物矣。

又在天津古籍书店,见过太平洋书店所印之《船山遗书》,平装,大字,分册多,阅读亦方便,当时尚不知重视王氏著作,疏忽未收,价钱不会太贵的,至今很是后悔。

我还藏有四部备要本《宋论》。

近年,我还陆续购买了中华书局印行的王氏零星小书,如《楚辞通释》、《黄书》、《噩梦》等。

现在,岳麓所印全书,我已经收到六册,王氏的主要著作,已包括在内。他们是在前人的工作基础上,再进行精细的工作,并用新发现的珍贵抄本作依据,重新进行编校。其优越之处,是不言自明的。

我对王氏发生敬仰之情,是在读《读通鉴论》开始。那是六十年代之初,我正在狂热地购求古籍。我认为像这样的文章,就事论事,是很难写好的。而他竟写得这样有气势,有感情,有文采,而且贯彻古今,直到《宋论》,就是这种耐心,这种魄力,也非常人所能有的。他的文章能写成这样,至少是因为:

(一)他有自己的政治思想、政治经验;(二)他有丰富的人生阅历,了解民情;(三)他有表达自己思想感情的文字能力;(四)他有一个极其淡泊的平静心态,甘于寂寞,一意著述;(五)这很可能是时代和环境造成的,无可奈何的人生选择。

等到我阅读了他另外一些著作后,我对他的评价是:

(一)他是明代遗民,但有明一代,没有能与他相比的学者;(二)他的著述,在清初开始传布,虽并没有得到应有的重视,但有清一代,虽考据之学大兴,名家如林,也没有一个人,能与他相比;(三)清初,大家都尊称顾炎武,但我读他的《日知录》,实在读不出个所以然来。他的其他著作,也未能广泛流传。人们都称赞他的气节,他的治学方法,固然不完全是吹捧，但也与他虽不仕清廷，却有一些当朝的亲友、学生，作为背景有关。自他以下的学者，虽各有专长，也难望王氏项背。因为就博大精深四字而言，他们缺乏王夫之的那种思想，那种态度，那种毅力。

他是把自己藏在深山荒野，在冷风凄雨，昏暗灯光之下，写出真正达天人之理、通古今之变的书的人。

他为经书作的疏解，也联系他的思想实际，文字多带感情，这是前人所未有的。即以楚辞而论，我有多种注释本，最终还是选中他的《楚辞通释》一书为读本。

一九九一年五月十日

读《刘半农研究》

载《新文学史料》一九九一年第一期。

材料共三篇：刘氏日记通读；徐瑞岳作刘氏研究十题摘读；其他一篇未读。

刘氏著作，我只买过一本良友印的他的《杂文二集》，精装小型，印刷非常精美，劫后为一朋友借去未还。

记得刘氏逝世后，鲁迅先生曾写一文纪念，我至今记得的有两点:一、刘氏为人,表现有些"浅",但是可爱的;二、有"红袖添香夜读书"的思想,常受朋友们的批评。我一向信任鲁迅先生的察人观世,他所说虽属片面,可能是准确的。

红袖添香云云,不过是旧日文人幻想出来的一句羡美之词,是不现实的。悬梁、刺股、凿壁、囊萤,都可以读书。唯有红袖添香,不能读书。如果谁有这种条件,不妨试验一下。

但文人性格中,往往会存在这么一种浪漫倾向。以刘氏请赛金花讲故事为例:当时赛流落在北京天桥一带,早已经无人提起她。是管翼贤(《实报》老板)这些人发现了她,当作新闻传播出去。最初听赛信口开河的有傅斯年、胡适等人,听得欣然有趣。但傅和胡只是听听而已,不会认真当作一件事,去收集她的材料,更不会认真地为她树碑立传。因为这两位先生,城府都是深远的,不像刘半农那么浅近。

赛虽被写进《孽海花》一书,但并非正面人物,更无可称道之事。当时北京,经过八国联军入侵之痛的老一辈人还很多,也没人去恭维她。刘送三十元给她,请她讲故事六次,每次胡乱说一通,可得五元,在当时处于潦倒状态的老妓女来说,何乐而不为?

刘就根据这个谈话记录,准备为她立传,因早逝,由他的学生商鸿逵完成,即所谓《赛金花本事》一书,一九三四年出版。当时东安市场小书摊,都有陈列,但据我所知,很少有人购买。因为华北已处于危亡之际,稍有良知的,都不会想在这种人物身上,找到任何救国图存的良方。有人硬把赛金花的被提起,和国难当头联系起来,是没有道理,也没有根据的。

刘氏这一工作,是彻底失败了。当然,他成功的方面很多,这也不值得大惊小怪。

使我深受感动的,是徐瑞岳文章中,引叙齐如山对刘的劝告。齐说:"赛金花自述的一些情况,有些颇不真实,尤其是她和瓦德西的关系,似有生拉硬扯和修饰遮掩之嫌,撰稿时要多加谨慎。"并说:"以小说家、诗家立场随便说说,亦或可原,像你这大文学家,又是留学生,若连国际这样极普通的情形都不知道,未免说不过去。而且你所著之书,名曰本事,非小说诗词可比,倘也跟着他们随便说,则不但于你名誉有关,恐怕于身份也有相当损处。"朋友之间,能如此直言,实属不易。

同样,我也佩服钱玄同对商鸿逵的训教。徐氏原文称:

“时在北大研究院的钱玄同听说此事后,甚为生气,把商鸿逵叫去狠狠训了一顿,认为一个尚在读书的研究生,不应该去访问什么赛金花,更不应该为风尘女子立传。商鸿逵从钱玄同那儿恭恭敬敬地退出来, 又跑到时任北大文科主任的胡适之处, 向胡氏详尽地汇报了撰书的起因和经过,并得到了胡适的首肯。”

从这一段文字,可同时看出:钱、商、胡三个人的处世为人的不同。

耕堂曰:安史乱后,而大写杨贵妃;明亡,而大写李香君;吴三桂降清,而大写陈圆圆;八国联军入京,而大写赛金花。此中国文人之一种发明乎?抑文学史之一种传统乎?不得而知也。有人以为:通过一女子,反映历代兴亡,即以小见大之义,余不得而明也。当然,文学之作,成功流传者亦不少见。《长恨歌》、《桃花扇》、《圆圆曲》,固无论矣。即《孽海花》一书,亦不失为佳作。然失败无聊之作,实百倍于此,不过随生随灭,化作纸浆,不存于世而已。而当革命数十年之后,人民处太平盛世之时,此等人物,又忽然泛滥于文艺作品之中,此又何故使然欤?

一九九一年五月二十三日上午

读《东坡先生谱》

王宗稷编，在《东坡七集》卷首。

一

此年谱字数不多，非常简要。记述精当，绝不旁枝。年月之下，记东坡居何官，在何地曾作何诗文，以相印证。东坡诗文，多记本人经历见闻，取材甚便。诗文有不足以明，则引他人诗文旁证之。余以为可作文人年谱之楷模。

二

据年谱：苏东坡二十一岁举进士；二十五岁授河南府福昌县主簿；二十六岁授大理评事、凤翔府签判；三十岁判登闻鼓院，直史馆；三十四岁监官告院；三十六岁，因与王安石不和，通判杭州；四十岁，通判密州；四十二岁，知徐州；四十四岁移湖州。

此间出事，年谱云：是岁言事者，以先生湖州到任谢表以为谤。七月二十八日中使皇甫遵到湖追摄。按子立墓志云：予得罪于吴兴，亲戚故人皆惊散，独两王子不去，送予出郊曰：死生祸福天也，公其如天何？返取予家，致之南都。又按先生上文潞公书云：某始就逮赴狱，有一子稍长，徒步相随，其余守舍皆妇女幼稚。至宿州，御史符下，就家取书，州郡望风，遣吏发卒，围船搜取，长幼几怖死。既去，妇女恚骂曰：是好著书，书成何所得，而怖我如此，悉取焚之。

耕堂曰：余读至此，废卷而叹。古今文字之祸，如出一辙，而无辜受惊之家庭妇女，所言所行，亦相同也，余曾多次体验之。

然宋时抄家，犹是通过行政手段：有皇帝意旨，官吏承办，尚有法制味道。自有人提倡和尚打伞以来，抄家变成群众行动，遭难者受害尤烈矣。司马相如死后，汉武帝令人至其家取书，(是求书不是抄家。)卓文君言：相如无书也，有书亦为人取去。所答甚得体，有见识，不愧为文君也。朱买臣之妻尤有先见之明，力阻其夫读书，不听，则与之离婚，盖深明读书无益，而为文易取祸也。此两位妇女，余甚佩服，故曾为两篇短文称颂之。

四十五岁责授黄州团练副使。五十一岁哲宗元祐元年，入侍延和，迁翰林学士，知制诰。——这是苏东坡一生中最得意的几年，曾蒙太皇太后及哲宗皇帝召见，命坐赐茶，并撤御前金莲灯送归值所。

耕堂按:这在旧日官场看来,是一种殊荣。但令不喜官场的人看来,这不过是妇人呴呴之恩,买好行善而已。

> 五十四岁,出知杭州。五十七岁在颍州。五十八岁再入朝,任端明、侍读二学士。五十九岁,即绍圣元年,又不利,出知定州、英州,再贬宁远军节度副使,惠州安置。过虔州,又责授琼州别驾,昌化军安置。即过海矣。六十三岁在儋州。六十六岁,放还,死于常州。

耕堂按:"安置"即管制。后之"随意居住",即解除管制矣。

三

纵观东坡一生为官,实如旅行,很少安居一处。所止多为驿站、逆旅、僧舍,或暂住朋友处,亦可谓疲于奔命矣。其官运虽不谓佳,然其居官兴趣未稍减。东坡幼读《东汉书》,慕范滂之为人,为母所喜,苏辙作墓志,及宋史本传均称引之。可知其志在庙堂,初未在文章。古人从不讳言:学而优则仕,因士子于此外,别无选择。如言:学而优则商,在那时则不像话。既居官矣，则如骑虎，欲下不能，故虽屡遭贬逐，仍不忘朝廷。

东坡历仁、英、神、哲、徽五朝，时国土日蹙，财政困难，朝政纷更多变，虽善为政者，亦多束手，况东坡本非公卿之材乎。既不能与人共事，且又恃才傲物，率意发言，自以为是。苏辙作墓志，极力罗列其兄政绩，然细思杭州之兴修水利，徐州之防护水灾，定州之整顿军纪，亦皆为守土者分内之事，平平而已，谈不上大节大能。此外，东坡两度在朝，处清要之地，亦未见其有何重大建树。文章空言，不足据以评价政绩也。

远古不论，中国历史上，在政治上失意而在文学上有成者：唐有柳宗元，宋有苏东坡。柳体弱多病，性情忧郁，一贬至永州，即绝意仕途，有所彻悟。故其文字，寓意幽深，多隐讳。苏东坡性情开放，乐观，体质亦佳，能经波折，不忘转机，故其文字浅近通达，极明朗。东坡论文，主张行所当行，止所当止，并以为文止而意不尽，乃是文章极致。然读其文章，时有激越之词，旁敲之意，反复连贯，有贾谊之风，与柳文大异。然在宋朝，欧公之外，仍当首选。其父与弟，以及王安石、曾巩，皆非其匹。以上数人，在处理政事上，皆较东坡有办法，有能力，因此也就不能多分心于文学。人各有禀赋、遭际,成就当亦不同。

苏东坡生活能力很强,对政治沉浮也看得开,善于应付突然事变,也能很快适应恶劣环境。在狱中,他能吃得饱,睡得熟;在流放中,他能走路,能吃粗饭。能开荒种地,打井盖屋。他能广交朋友,所以也有人帮助。他不像屈原那种人,一旦失势,就只会行吟泽畔,也不像柳宗元,一遇逆境,便一筹莫展。他随时开导娱乐自己,可以作画,可以写字,可以为文作诗,访僧参禅,自得其乐,还到处培养青年作家,繁荣文艺。然其命运,终与柳宗元无大异,亦可悲矣!

四

《宋史本传》,全袭苏辙所作墓志铭,无多新意,唯末尾论曰:

> 呜呼!轼不得相,又岂非幸欤?或谓轼稍自韬戢,虽不获柄用,亦当免祸。虽然,假令轼以是而易其所为,尚得为轼哉!

还是有些见解的。

一九九一年八月十一日

读《后汉书》小引

任何事情，都难以预料。比如历史吧，前汉的刘邦，不事生产，后来做了皇帝；后汉的刘秀，一心事田业，后来也做了皇帝。于是历史学家就说，光武皇帝本来胸无大志，为人平平，他之所以成功，完全是机遇。比起汉高祖，他太渺小了。

这也许是事实。我读《后汉书·光武本纪》，就遇不到像《史记·高祖本纪》中，那些惊心动魄的故事，总提不起精神来。

这部中华书局聚珍版的《后汉书》，原是进城初期买的，想不到竟成了我老年的伙伴。它是线装大字本，把持省力，舒卷方便。走着、坐着、躺着，都能看。我很喜爱它，并私心庆幸购存了这么一部书。

但近几年来，拿拿放放，总读不下去。去年打开了，结果只写了一篇关于著者范晔的读书笔记，又放下了。今年夏天又打开，有了些进展，本纪算读完了，没有什么收获。后纪也读了，知道一些女人专政的故事。接着是“志”。志分:律历、礼仪、祭祀、天文、五行、郡国、百官、舆服。这都是专门的学问,也读不懂,几乎是翻过去了。

下面才是列传。这是史书的中坚部分,应该细读。

列传,前边都是大人物。我发见后汉开端时的人物,光武那些功臣,和汉高祖时不同。他们多是一些宦家子弟,都读过一些书,甚至做过小官,有些政治经验。像马武那样的草莽之人很少。

这是经过西汉很长时期的休养生息,文化教育的结果。

例如邓禹,"年十三能诵诗"。寇恂,"初为郡功曹"。冯异,"好读书,通左氏春秋,孙子兵法"。岑彭,"王莽时守本县长"。贾复,"少好学,习尚书"。吴汉,"家贫,给事县为亭长"。盖延,"历郡列掾,州从事"。陈俊,"少为郡吏"……

光武也读书,"乃之长安,受尚书,略通大义"。这样一个领导集团,驱使或对付那些乌合之众,自有它的优胜之处。

但在这些功臣传记里,我还是读不出个所以然来。读到列传第十三,《窦融传》,才渐入佳境。写得最好的,是它后面《马援传》。

我们知道,范氏的《后汉书》,是根据好多种后汉书写成的。《马援传》的原始材料,可能就写得好。马援是东汉的一个名人,事迹当然不少,但人以文传。还得有人给他写好才行。

耕堂曰:我读《二十四史》,常常有一史不如一史,每况愈下之感。这虽然不能说就是九斤观点,至少也违反进化论。每代都是先有史实,然后有史才,加以撰述。有时有重大史实,而无相当史才,加以发挥;有时虽有史才,而无重大史实,可供撰述。此遇与不遇,万事皆然,非独创作。班马之作,已成千古绝唱,再想有类似作品,实已困难。艺术一事,实在是有千古一人的规律,中外皆然,不可勉强。

平心论史,各史皆有其长。即如后汉一书,范晔之才,亦难得矣。他的语言简洁,记事周详,有班固之风,论赞折衷,而无偏激之失,亦班氏家法。时有弦外之音,虽不能与司马迁相比,亦非后史所多见。范氏在自序中,对自己的论赞,颇为得意,不是没有根据的。这部书,一直列为史学经典,也不是没有原因的。

惜我年老精衰,读书已无计划。加以记忆模糊,边读边忘。旷日持久,所得无多,甚感愧对此书耳。

现将读书时零碎心得,粗记如下,供同好者参考。

一九九一年十二月二十一日

读《后汉书卷五十八·桓谭传》

（一个音乐家的悲剧）

桓谭的父亲，西汉成帝时为太乐令，是个管音乐的官。谭因此也好音乐，善鼓琴，嗜倡乐。他还遍习五经，能文章，常和刘歆、扬雄等人辨析疑异。他为人简易，不修威仪，好非毁俗儒，因此多被排挤。哀、平间，他的官位，不过是个“郎”。

他也有些见识，他认识傅皇后的父亲傅晏。当时傅皇后失宠，傅晏处境很不好。桓谭给他作了两项建议：一是请傅晏背地告诉女儿，千万不要因为嫉妒，“驱使医巫，外求方技”。二是傅晏本人，要“谢遣门徒，务执谦悫”。傅晏照办，终于保住了一家人的平安。

另外，在王莽掌权时，“天下之士，莫不竞褒称德美，作符命，以求容媚。谭独自守，默然无言”。这在当时，就很不容易了。

光武皇帝即位，他曾“上书言事，失旨不用”。后来大司空宋弘荐他为“议郎给事中”，他又“上书陈时政”。其中有一段是反对“图谶”，另一段是说皇帝用兵不当。触犯了大忌，皇帝非常不高兴。

谁都知道，光武帝是靠图谶起家的。而这个图谶是光武在长安时一个“同舍生”捏造的。其词为：“刘秀发兵捕不道，四夷云集龙斗野，四七之际火为主。”不只言词粗鄙，而且作伪显然。但当时群臣都说：“受命之符，人应为大。万里合信，不议同情。周之白鱼，曷足比焉！”(卷一光武纪)现在皇帝已经坐稳了，而桓谭竟说图谶不可信，这真是书呆子的头脑发昏了。

于是悲剧开始：

> 其后有诏会议灵台所处。帝谓谭曰：
>
> 吾欲谶决之，何如？谭默然良久曰：臣不读谶。帝问其故，谭复极言谶之非经。帝大怒曰：桓谭非圣无法，将下斩之！谭叩头流血，良久乃得解。出为六安郡丞，意忽忽不乐，道病卒，时年七十余。

耕堂曰：皇帝召集的这次会议，如果说是一种预谋，是“引蛇出洞”，恐怕也不是瞎猜。他心里先有了一个“不悦”，然后指名问桓谭：“如何？”如果桓谭聪明些，对答一个：“臣以为很好"，这悲剧也许就无从发生。桓谭还是犹豫了一下的，这一犹豫，即是"默然良久"，本来是他的一个生命转机。但皇帝又接着来了一个"问其故"。桓谭沉不住气，又犯了老病，"复极言"起来，就中了皇帝的圈套，自己走上了死亡之途。他中五经之毒太深，以为皇帝总不会不相信五经。这是他的一个大错误！不错，皇帝有时信五经，但在当前，他更信图谶！桓谭得罪后，"忽忽不乐"，是对自己这一次失言的，无可挽回的痛惜！更使人惋惜的是，他本来是一个音乐家，他本来可以伴音乐而始终，平安度日。他做的官，是给事中，是皇帝身边的一个小官，皇帝喜欢，他弹琴，关系处得并不错。如果就这样干下去说不定还会得到皇帝的宠爱，享受荣华富贵哩。

可惜的是，他那位荐举人宋弘，也是一个古板守旧的人。他见桓谭常常给皇帝弹琴，皇帝又喜爱"繁声"，他就非常不高兴。他召见桓谭，非常严厉地教训了他一顿。说荐他来是"辅国家以道德"的，不是叫他演奏流行歌曲。要治他的罪。这样，当桓谭再为皇帝弹琴时，一看见宋弘，就神色大变，很不自然，以致皇帝后来就不再叫他弹琴了。

桓谭自此以为应"忠正导主"，就屡屡上书言事。皇帝一想，你不过是个"倡优"，也敢如此，就恨上他了。这也是桓谭无自知之明，忘记了自己的身份和在皇帝眼中的地位。

同朝中，有一个叫郑兴的，就比桓谭聪明些：

> 帝尝问兴郊祀事，曰：吾欲以谶断之，何如？兴对曰：臣不为谶。帝怒曰：卿之不为谶，非之邪？兴惶恐曰：臣于书，有所未学，而无所非也。帝意乃解。（卷六十六郑兴传）

和皇帝对答，可不是小事，郑兴如果不说这样滑头的话，就会有桓谭同样的下场。

桓谭还著有《新论》一书，共二十九篇，多言"当世行事"，大部都不存。《书目答问补正》说有"说郛本"，我有张宗祥抄本《说郛》，但多次查阅，都没有找到。

一九九一年十二月十日

读《后汉书卷五十八·冯衍传》

（一个文过其实的人）

传称："衍幼有奇才，年九岁，能诵诗。至二十而博通群书。”他原来忠于更始,很晚才归顺光武。光武对他没有兴趣,又有人谗毁他,得不到重用。

冯衍自己有个想法。他说古代有个故事:有人挑逗两个女子,长者骂他,幼者顺从。他选了长者为妻。他以为皇帝用人,也应该这样,不要摒弃反对过自己的人。这个想法太浪漫了。他屡次上疏陈情,光武终以“前过不用”;“显宗即位,又多短衍,以文过其实,遂废于家”。

耕堂曰:“文过其实”, 是什么意思呢?不过是指冯衍的为人,并不像他写的文章那样好。这是可能的。很多文人,都不能用他的行实,同他的文字相比照。文章是做出来的,是代圣人立言,当然是正确的。一个人的行为,就很难说。它是一个人,一生之中的多种表现。是充满变化和矛盾的,要受社会现实、时代风尚的影响。“名不副实”,或“文过其实”,是历史的,自然普遍的现象。

另外,“文过其实”, 文章还是被肯定的。本传保存下来的,冯衍的几篇文章,从文字、见识、学问来看,就不是一般人所能做得出来的。

历史上,又常常有这样一种现象:本来,这个人的文章无可观,行为不足称,却不知为了什么,为当时权贵所重视,为小人所吹嘘。过不了几年,又证实:这个人,这个人的文章，这种重视，这些吹嘘，不过是一个连锁性的骗局。这当然不能叫做“实过其文”，只能说是文、实两空。在人民道德、文化素质普遍下降的时期，这种“人文”现象，是屡见不鲜的。

冯衍的为人，确是言行不一，文实相违。他一方面，在言志时，反复申述：“游精神于大宅兮，抗玄妙之常操；处清静以养志兮，实吾心之所乐。”一方面，又不安于贫贱，向皇帝求情不得，又频频给权贵上书，请求支援，帮他找个官位。言词卑微，和文章大相径庭。

既无治国的机会，也没有“齐家”的办法。他两次离婚，名誉受损。第一次，只是因为他的夫人，不让他纳妾。他非常气愤，在给妇弟的信中，竟胡言乱语地说：“不去此妇，则家不宁；不去此妇，则家不清；不去此妇，则福不生；不去此妇，则事不成。”好像他的失败，都由于妇人。

休妻后，又娶了一个，这个更厉害，差一点没有把前妻留下的儿子毒死。结果又散了。只好自叹：“贫而不衰，贱而不恨。年虽疲曳，犹庶几名贤之风，修道德于幽冥之路。”

他的命运，也只能说是不逢时，并不完全是自身的过错，还是值得同情的，应该原谅的。

耕堂曰：古之所谓少年奇才，因专心读书，遂丧失生活技能。即俗话所说：肩不能担担，手不能提篮。既不能耕，又不能牧。只剩“学而优则仕”一窄途。仕有遇，有不遇；有达，有不达。要看社会环境，要分时代治乱。所以说，士人的命运和前途，是很不乐观的。

“惟吾志之所庶兮，固与俗其不同；既倜傥而高引兮，愿观其从容。”这样说说，或是写写，都是容易做到的。如果遇到衣食不继，或子女号寒，甚至老婆闹着要离婚的时候，那就得另谋出路了。

即使还没有闹到这种地步，念了若干年书，又被人称做“奇才”，也是不甘清苦的。他会看到比他得志的人，吃的什么，穿的什么，住的什么，坐的什么。为什么他能这样，我就不能呢？他是怎样得到的呢？我不会学习着来试试吗？于是冯衍之所为，就无须责怪了。

一九九一年十二月十六日

读《后汉书卷七十·班固传》

(一个为政治服务的文人)

传末，范晔论曰：

司马迁、班固父子，其言史官载籍之作，大义粲然著矣。议者咸称，二子有良史之才。迁文直而事核；固文赡而事详。若固之序事，不激诡，不抑抗，赡而不秽，详而有体，使读之者，亹亹而不厌，信哉其能成名也。

耕堂曰：范蔚宗之论班固，已成定论。其所谓：不激诡，不抑抗，就是对人、对事，不作主观的扬或毁，退或进。客观地记述其本来。这在史学上，是一个准则。

古来论述班马异同者，甚众。然多皮毛之见，又多出于个人爱好。范氏对两人的两句评语，实在明确恰当。

传载：班固，“年九岁，能属文诵诗赋，及长，遂博贯载籍，九流百家之言，无不穷究。所学无常师，不为章句，举大义而已。性宽和容众，不以才能高人，诸儒以此慕之。”

他的汉书：

固自永平中始受诏，潜精积思二十余年，至建初中乃成。当世甚重其书，学者莫不讽诵焉。

传中保存了他写的几篇文章。其中《两都赋》的主题是:“盛称洛邑制度之美,以折西宾淫侈之论。”《典引篇》的主题是:“述叙汉德。”此外《窦宪传》里还保存了一篇《燕然山铭》。

班固的一生,他的全部著作,包括《汉书》,都是为政治服务的,是为一朝一姓服务的。

古代没有“为政治服务”这个口号,也没有人提出过这样的要求。但在中国古代文献中,存在大量为政治服务的作品。不是间接服务,而是直接服务。也没有人讳言或轻视为政治服务。文人都是自觉自愿的。这说明,文学可以为政治服务,文学和政治的这种关系,自古以来,就是很自然的。

自从有了这个要求,有了这个口号,问题就来了,议论也就多了。近的不说,稍远的有三十年代,成仿吾与鲁迅,钱杏邨与茅盾,左联与“第三种人”,越到后来,越是争论不休。前几年,把这个口号变通了一下,还是有争论。这就叫:有口号,就有争论。

世界上,当然有不为政治服务的艺术。但近代历史,也在不断证明:一些大声疾呼“艺术圣洁”的人,常常又是另一种政治的热烈追求者。差不多在他们反对文艺为政治服务的同时,他们的作品,已经成为他们在政治生活中的进身之阶。不只为“政治”服了务,也为经济服了务,使他们能够大发其财!

只要作家本人,不能完全与政治无关,那么文艺作品,就不能完全与政治无关。文艺为政治服务,并不一定就粗糙,就没有价值。不为政治服务,也不一定就高尚,就值钱。这要视作家而定。班固的作品,不是在永远流传吗?

关于班固和司马迁的比较,我也有些浅见。我以为,其不同之处有:

(一)家学、经历、气质之不同。司马谈和班彪留给儿子的思想遗产,并不相同。司马迁的任务是要继承《春秋》的事业;班固的任务,是整齐西汉一代之书。在为本朝服务这一点上,班固的思想比司马迁明确得多。司马迁在遭到不幸之后,生理和心理,都造成很大伤害。这不能不影响他的思想、感情,甚至精神、意识。文学是精神的产物,我们很难估计,这一不幸,在司马迁文学事业上的作用和影响。班固固然也遇到过不幸,但他在第一次入狱时,却因祸得福。著作得以上达朝廷,自己也弄了个兰台令史的官儿,有了个很好的写作学习的环境。

(二)两个人的哲学思想不同。哲学思想是一切著作的基础,史学、文学均同。司马迁的哲学思想,很大成分是黄老,而班固则是儒家,并且是经过汉代大儒发掘、整理过的,训诂、章句过的儒家思想。司马迁作《史记》,几乎没有政治目的,没有想到要为谁服务。他写秦、项和写刘邦,态度是一样的。而班固作《汉书》,政治目的很明确,就是为了表彰汉德。

其相同之处为结局悲惨。然此中亦有分别。司马迁的悲惨在成书之前,而班固的悲惨,在成书以后。

这两位文人之不幸,在于只熟悉历史,而不了解现实。深信圣人之言,而泥古不化。处官场而不谙宦情。因此,其伤亡也,皆在国家政治动荡,权贵剧烈倾轧之际。文人不知修检,偶以言语及生活细故,遂罹大难,为可伤矣!

范晔论曰:“固伤迁博物洽闻,不能以智免极刑。然亦身陷大戮,智及之而不能守之。呜呼,古人所以致论于目睫也!”范氏之言是矣,然彼亦终未能自全,言不旋踵,而身验之,此又何故欤!

一九九一年十二月十九日

读《后汉书卷五十四·马援传》

（一篇好传记）

在小引中，我说《马援传》，写得最好，其理由有三：

一、这篇传记，写了马援的一生，包括他的言行，他的政治活动，他的文事武功。写出了这个人的为人风格和一些精彩的言论。以上写得都很具体、生动，给人留下鲜明的印象。最后写了他奉命征五溪，师老无功，且遭马武等人的谗毁，以致死后都不能“丧还旧茔”。给这个人物，增加了悲剧色彩，使读者回味无穷。

二、马援与光武、隗嚣、公孙述，都有交往。这是当时互相抗衡的三种势力。传记通过写马援，同时也写了三个人的为人，行事，政治和军事上的见识和能力。传记用对比的手法：

> 援素与述同里闬，相善。以为既至，当握手欢如平生。而述盛陈陛卫，以延援入，交拜礼毕，使出就馆。更为援制都布单衣，交让冠，会百官于宗庙中，立旧交之位。述鸾旗旄骑，警跸就车，磬折而入，礼飨官属甚盛。

下面紧接着，写光武如何接见马援：

援至，引见于宣德殿。世祖迎笑谓援曰："卿遨游二帝间，今见卿，使人大惭。"援顿首辞谢，因曰："当今之世，非独君择臣也，臣亦择君矣。臣与公孙述同县，少相善，臣前至蜀，述陛戟而后进。臣今远来，陛下何知非刺客奸人，而简易若是？"帝复笑曰："卿非刺客，顾说客耳。"

后面，又紧接着，写马援与隗嚣的一段对话，使隗嚣的形象，跃然纸上。

三段文字，写得自然紧凑，而当时的政治形势，胜败前景，已大体分明，这是很高明的剪裁手法。写人物，单独刻画，不如把人物，放在人际关系之中，写来收效更大。

三、记录马援的日常谈话，来表现这一人物的性格、志向、见识。

封援为新息侯，食邑三千户。从容谓官属曰："吾从弟少游，常哀吾慷慨多大志，曰：'士生一世，但取衣食裁足，乘下泽车，御欵段马，为郡掾吏，守坟墓，乡里称善人，斯可矣。致求盈余，但自苦耳。'当吾在浪泊西里间，虏未灭之时，下潦上雾，毒气重蒸，仰视飞鸢跕跕坠水中，卧念少游平生时语，何可得也！"

马援确是一个"说客"，他说话非常漂亮，有哲理。"闲于进对，尤善述前世行事。""闻者莫不属耳忘倦。"他的《诫侄书》尤有名，几乎家传户晓。像"穷当益坚，老当益壮"，这些成语，都是他留下来的。他言行一致，年六十岁，还上马给皇帝看看哩！

但据我看，光武对他一直不太信任，就因为他原是隗嚣的人。过来后，光武并没有重用他，直至来歙举荐，才封他为陇西太守。晚年之所以谗毁易人，也是因为他原非光武嫡系。

他兴趣很广泛，能经营田牧，还善相马。他留下的《铜马相法》，是很科学的一篇马经。

但好的传记，末尾还需要有一段好的论赞，才能使文气充足。范晔论马援："然其戒人之祸，智矣，而不能自免于谗隙。岂功名之际，理固然乎？"

耕堂曰：马援口辩，有纵横家之才，齐家修身，仍为儒家之道。好大喜功，又备兵家无前之勇。其才智为人，在光武诸将中，实为佼佼者。然仍不免晚年悲剧。范晔所言，是矣。功名之际，如处江河漩涡之中。即远居边缘，无志竞逐者，尚难免被波及，不能自主沉浮。况处于中心，声誉日隆，易招疑忌者乎？虽智者不能免矣。

至于范氏说的：

> 夫利不在身，以之谋事则智，虑不私己，以之断义必厉。诚能回观物之智，而为反身之察，若施之于人，则能恕；自鉴其情，亦明矣。

这种话，虽然说得很精辟，对人，却有点求全责备的意思了。

一九九一年十二月二十四日

读《后汉书卷六十六·贾逵传》
（关于经术）

两汉经学大盛。但《春秋左传》一经，并得不到共识。从西汉末年,就为是否为《左传》立博士,争论不休。所谓“立博士”,就是得到皇帝的承认,成为国家的一种学科。东汉初年,博士范升对《左传》持否定态度,他在光武帝亲自主持的讨论会上说:

> 左氏不祖孔子,而出于丘明。师徒相传,又无其人。且非先帝所存,无因得立。(同卷范升传)

他条奏“左氏之失,凡十四事”。和他辩论的人说:太史公多引左氏。他又“上太史公违戾五经谬孔子言,及左氏春秋不可录,三十一事”。

学者陈元,则主张《左传》,应立博士。他说范升的言论,不过是“断截小文,媟黩微词”。“所谓小辩破言,小言破道者也。”

皇帝又叫他和范升辩论,他占了上风。“帝卒立左氏学,太常选博士四人。”但诸儒“论议讙哗”,不久,“左氏复废”。

贾逵的父亲贾徽,从“刘歆受左氏春秋”。“逵悉传父业,尤明左氏传、国语,为之解诂五十一篇。永平中,上疏献之。显宗重其书,写藏秘馆。”后来,他又给皇帝作了一篇《神鸟颂》。

肃宗时，他“摘出左氏三十事，尤著明者。斯皆君臣之正义，父子之纪纲”。给皇帝看。然后又说“左氏与图谶合”。更重要的一点论据是：“五经家皆无以证图谶，明刘氏为尧后者，而左氏独有明文。”

这就一矢中的：

> 书奏，帝嘉之。赐布五百匹，衣一袭。令逵自选公羊严颜诸生高才者二十人，教以左氏。

从此，《春秋左传》一经的地位，就牢固地确立了。贾逵实为左氏功臣。

耕堂曰：学术受政治制约。此余幼年所学，至今不容变异。以上史实凿凿，亦非晚近新潮所能打破。学术受政治制约，首先表现为学者受政治约束。郑玄一代大儒，八方仰慕。当病重时，袁绍一命，逼玄随军，他就不得不载病而行，死于路途。学者不能离政治而自由，而能产生自由的学术，这就是梦话。

且一经之立，非只关系一经，能广泛流传。精熟此经者，可得立为博士。博士也是一种官位，可得诸多好处。我们不能把贾逵的这种做法，单纯看作是迎合，投机。因为皇帝选用人才、学术，主要是看能否为当前政治服务。贾逵所谈，多为“安上理民”之策，与皇帝的希望正相合，就容易被接受。左氏的整个著作，也沾了光，随之大行于世。这和一些儒家主张为人要委蛇行事，以求通显，道理是一样的。无可厚非。

但范晔并不这样看，他说：

> 郑贾之学，行乎数百年中，遂为诸儒宗，亦徒有以焉尔！桓谭以不善谶流亡，郑兴以逊辞仅免。贾逵能附会文致，最差贵显。世主以此论学，悲矣哉！

好像我以上的看法，太庸俗了。范晔是一个理想主义者。理想终归是理想，在历史上，从来没有实现过。

另外，学术也不等于政治。有些大儒，固然因学术而显达，在政治上顺利。有的却不是做大官的材料。郑玄虽然那样用功，学术成就那样大，但看来他性情有些孤僻，不愿做官。也可能是感到，自己做不来。他说：“别人都去做了大官，吾自忖度，无任于此。但念述先圣之元意，思整百家之不齐，亦庶几以竭吾才。”他是有自知之明的，也是有识见的，因为当时天下已大乱。

范升争论得那样凶，后来为“出妻所告，坐系。得出，还乡里。永平中，为聊城令，坐事免，卒于家”。官做得很小，时间又很短。

贾逵，“然不修小节，当世以此颇讥焉，故不至大官”。

耕堂曰：

凡以知识学术干政者，贾逵可为师法矣。回忆“四人帮”时期，思想、文化界，此种人不少。率皆从经典中，寻章摘句，牵强附会，以合时势。迹其用心，盖下贾逵一等。其中，自然有人系迫不得已。但主动逢迎者，为多数。文艺创作亦如此。其作品，太露骨者，固已不为人齿，然亦有人，由此步入作家行列，几经翻滚，终于成为“名家”。此亦如范晔所言：“徒有以焉尔！”这个词儿很新鲜，也很俏皮。意思是说：也不过就是那么回子事罢了！

一九九一年十二月二十九日

读《后汉书卷七十三·朱穆传》

(关于交友)

古代主张绝交的人，大都性情孤僻。或处境不佳，遭遇悲惨。心情极度不好时,才这样做。

例如东汉的朱穆,就写过一篇《矫时》的绝交论。其中有:“绝存问,不见客,亦不答也。”这样不通人情的句子。

后来,著名学者蔡邕,以为朱穆这种见解是“贞而孤”。就是狭窄,偏激,不开明。“又作正交以广其志。”蔡邕论交的主旨为:

> 盖朋友之道,有义则合,无义则离。善则久要不忘平生之言;恶则忠告善诲之,否则止,无自辱焉。故君子不为可弃之行,不患人之遗己也。信有可归之德,不病人之远己也。

《后汉书》的作者范晔,在《朱穆传》的后面,就交友问题,发了很长的议论,他引证了古来交友,正、反两方面的史实和教训。重申了孔子、老子两位圣哲对友道的主张,例举了当时一些善于交友的人物。

我以为,蔡氏和范氏的论述,很全面,也很正确,实在无懈可击。也正因为这样,他们的话,等于没有说。交朋友,是一种社会现象。人既不能脱离社会而生存,就像必须娶妻生子一样,交结朋友。但每个人的生活方式,每个人的生活能力，并不相同。所处时代、环境，也不一样。要求每人对待友道，持相同观点，是不可能的。

关于交友，孔子都说过了。“泛爱众而亲仁”，“以文会友，以友辅仁”，“益者三友”，是其要点，是千古不刊之论。

为什么在圣人门徒中间，又有很多人主张绝交呢？就是因为我前面所说的那些复杂情况。有些人生活能力差，应付能力小。想离群索居，又怕没有粥喝。想得到一时一刻的心境平衡，于是想到了绝交。朱穆所为，正是如此。他在梁冀这种人手下工作，劝说又不听。环境恶劣，前景茫茫，只能如此了。

他这个人，还有天生的病态：

> 及壮，耽学。锐意讲诵，或时思至不自知。忘失衣冠，颠坠坑岸。其父常以为专愚，几不知数马足。

这样的人，你叫他广交朋友，应付自如，岂不是打鸭子上架吗？他终于“愤懑发疽”而亡。

但有人，生理、心理都正常，通达世情，并热心公益，乐于帮助他人。对交友，也持消极态度。这就值得注意了。

《后汉书卷五十七·王丹传》

丹子有同门生丧亲,家在中山。白丹欲往奔慰,结侣将行,丹怒而挞之,令寄缣以祠焉。或问其故,丹曰:交道之难,未易言也。世称管鲍,次则王贡。张陈凶其终,萧朱隙其末,故知全之者鲜矣。

范晔对他的评论是:“王丹难于交执之道, 斯知交矣。”因为王丹这样做,不只是由于识见,也是根据经验,不能不令人信服。他的主张是:交友要慎重;朋友之间的来往,要清淡,不要过热。

耕堂曰:交友,是一种生活手段。幼时,在庙会上,见卖艺人开场,必言:在家靠父母,出门靠朋友。朋友与父母并论,可见其与吃饭穿衣有关。这种交友之道,可称做开放型,或进攻型。出门卖艺尚且如此,如果是出国卖艺,那交友一事,就更为重要了。相反,动不动就要与人绝交的人,可称封闭型,或保守型。要之,交友之道,从战术上说,要广交;从战略上说,要慎交。但凡关人事,变化莫测,不能自主。不是你要如何,便能如何的。

关于交友,我在《悼曼晴》一文的附论中,曾经胡扯过一通，这里就不再多说了。

一九九一年十二月三十一日下午

甲戌理书记

《佩文斋书画谱》

内府印本线装六十四册　价 二十五元

此书购置已多年，以其浩瀚，从未细读。今值大病初愈，既读画论诸书，且有文字矣，又念及是书。近日屡拆屡捆，已三次，决心未能下。今晨又打开，并为首二册包装，希能浏览一过，稍长关于书学之知识，日后或能有所论述，与画论配套。呜呼，大难不死，平生多次，上天既不厌其生存，自当努力，散放余光，使之有所辉照。

一九九四年三月二十九日上午耕堂记

《定香亭笔谈》

阮元著。此达官贵人之笔记也。所记无人民生活，更无其疾苦。全部为风雅之事，加以宾客满园，偶有谈吐，即有人捉笔记之；偶有吟咏，即群起而唱和之。诗词满篇，都

为歌颂而作；名流如鲫，皆为附骥而来。每册皆有记录之名，真可谓笔记著作中之阔气者矣。一九九四年十二月十五日记。（第一册）

此卷钱塘陈鸿寿录，不知是否即画家也。三卷录者为仁和钱福林；四卷为钱塘陈文杰；一卷为嘉兴吴文溥。卷首有阮元嘉庆五年序，版成亦在此时也。同日又记。（第二册）

此书购回后，多年未读。近日整理木版书方找出。见书皮残损，乃为之包以毛边纸。此系扬州阮氏琅嬛仙馆原版，亦可珍也。（第三册）

此书纸敝，板片漫漶，原主人圈点殆遍，并有抄补，亦读书人也。其藏书章为“暂留吾家”，亦可谓达者矣。书皮为单页，已朽残，多补贴，不知是否我购回所作。原装订者如此偷工减料，原主人必系清寒之士。

此书购自津沽，我进城后，大买旧书，减去书估多年陈货，使其有利可图，并暗中庆幸遇此大老憨，亦津门书市逸事之一端也。（第四册）

此书一函四册定价五元。书签空白，今日题写之。余尚有《小沧浪笔谈》亦阮元作，性质相同，版本亦类似，用纸稍差。

《粤东笔记》

李调元辑，会文堂石印，线装四册。留此书，可观当时出版界之一格：即向大众普及，向乡村及小城市开扩。纸张粗劣，价格极廉，然于传播文化知识有功，绝非今日印坏书，坏人心者可比。

余近来整理旧书发见：旧书所用中国纸，即使为次等纸张，其寿命亦超越报纸百倍。甲戌。

《妙香室丛话》，《屑玉丛谈》

申报馆仿聚珍版笔记二种。此等书见于鲁迅书账，余从上海邮致数种，现仅存两种，其他已送人，恐散失矣。每种册数、厚薄相同，盖于设计，亦费一番工夫矣。甲戌。

《明夷待访录》

共二册，影印本，当系丛书零种。然原刻字体工整，故影印亦清楚可喜。黄梨洲此书，清末民初颇流行，余在中学即知之，盖宣传民为贵也。甲戌冬为作一简易书套，并题书签。

《湘军记》

光绪十六年袖海山房石印，四册。王湘绮之“志”出，曾国荃不满，乃请王定安为此“记”。湘绮之志，为曾纪泽所请；曾氏兄弟间意见不同，已延至第二代。曾国荃为此书作序，谓为传闻异词，实系主事者之相违耳。出版说明，谓为据木版影印，甚不似，恐系写印。甲戌冬月。

余另有王氏《湘军志》，四川土纸印本，一函四册。

《秦淮广记》

缪荃孙辑，商务大字排印本，线装四册，余前有题识。以缪氏之学识，而有暇辑录此等材料，人可誉之为别有见解。然终是大材小用，不足为训。其后亦有大学者，致力于琐琐，人虽不言，其书亦多不行。甲戌。

《庸闲斋笔记》，《柳南随笔》

余既以多种石印书送人，今手下只有此二种，系扫叶山房印本。书无大用，只存该山房印书格式。

清末民初，石印方便，传奇及笔记小说曾亦泛滥，观当时书籍后之广告可知。然能传至今者寥寥，盖佳作少，而无内容者多,必遭淘汰。甲戌冬。

《知不足斋丛书》第三集

余有多种《知不足斋丛书》,有原刻,有翻刻,有石印,多为零本。此为一整集,而又系原刻,故珍藏之。

又零本三种:农书一册似原刻,其他为该丛书之二十四集,则系尾声矣。纸墨较差,然亦不能遽定为翻刻。时期不同,条件较差耳。

《知不足斋丛书》,为有清一代丛书之最佳者。出书最多,亦最有价值。书多实用,每书有跋,即“编后记”,鲍廷博氏之精细用心,实开鲁迅编印书籍优良作风之先河。鲁迅于二十年代,仍购进北新书局石印《知不足斋丛书》一部,可见其对此丛书之垂青矣。

北新石印本,余存十余种。甲戌。

《清人考订笔记》

线装八册。无用之书。明知无用,而仍印行。好古之士,无时无有。有人印,即有人买,又怪何人?甲戌。

《张大千生平和艺术》

一九九四年六月八日下午,卫建民寄赠。书印于一九八八年,云购于旧书摊,然书甚新,如未触手。建民知我性格,不会寄脏书给我。当即用彼包裹纸装之。闷热,雨短时即停。

余自作《读画论记》,内涉及中国绘画发展史,恐有失误。今读此书,余所作时代划分,尚与大师主张相吻合,乃一块石头落地。

建民后又寄一册,近人所作《中国绘画理论发展史》,余兴趣已转移,遂将书转赠他人。甲戌。

《涵芬楼秘笈》一、二、三、七集

此四套书, 购于南开某马路。路旁有一破废大车,上面散放一些书籍出售。此等书,本各有布套,售者惜布而轻书,将布套留下,只抛卖书。书价甚微,每集六角。余抱回家,已放置多年矣。病后无聊,很少看书,然终日无所事事,亦甚苦恼。乃偶作此等简易书套,以护易损之书。时至迟暮,仍眷眷如此。余与书籍,相伴一生,即称为黄昏之恋,似亦无所不可也。

所谓秘笈,亦甚难言。纪晓岚所谓多读秘书,是指皇家所藏，外界轻易不得见者。后人所谓秘笈，则有好有坏，有些书商，甚至以"秘本"招徕，欺骗读者。故对所谓秘笈，不要过于迷信。一切有价值著作，易于流行传世；一切价值不大之书，保存者少，成为孤本，或成为秘书，亦不足为奇。验之今日作者，动不动即慨叹当世之人，不识彼之天才，书卖不出，即声称藏之名山，寄希望于将来。此等想法和志向，恐亦有验有不验耳。甲戌。

《牧斋初学集》

此书原用《古学丛刊》书套，昨日改题书签，误将初学写为有学，又更易重写，实无事找事也。晚听广播，姚依林同志逝世。一九四五年冬，余从张家口返冀中时，去北方局组织部办理手续，曾见一面。彼时同志之间，识与不识，何等热情。今晋察冀故人，凋谢殆尽，山川草木，已非旧颜，回首当年，不禁老泪之纵横矣。

一九九四年，十二月十三日晨，修理《牧斋初学集》，砚有余墨，袋有碎纸，乃题数语，贴于卷首。

《世说新语》

思贤讲舍本，余尚有《荀子集解》，亦为该社刻印，可靠之本也。

一九九四年十月十九日。今日晴暖,制此书套,并晒衣被。

《十国春秋》

一九九四年十二月五日,余检书至《十国春秋》,忽见书衣上有连日所记与张离异前之纠纷,颇伤大雅。乃一一剪下,贴存于他处。《书衣文录》发表时,亦检及此书,现查阅《文集》,只摘录其中数语。以后因此书部头大,很少折阅。今年老,念及身后,故使之与书本脱离。

呜呼,余一生轻举妄动之事太多,身心受祸亦不少,过去之事,亦不愿永存记忆。然仍贴存之,以警来日。来日虽无多,亦不无意义也。

《扬州画舫录》

昨晚修理此书,又查对中华排印本。排印本在灯下读,已模糊不清,方感此旧本对我之可贵。近年新书新刊,已无可读者。前些年所买古籍新印本,又将因目力日衰,而不能读。余又不能一日无书,则进城后所滥购木版书,即将成为目前唯一之精神支柱矣,可不宝之!

一九九四年十二月二十日下午。此本虽非初印本,然亦不易得矣。

《蜀碧》

彭遵泗著,版破损,字漫漶太甚。

前读《鲁迅日记》,许钦文曾送此书一部与他。后先生著文,引此书,谓张献忠筹杀人太多。近代颇有人讳言之,甚不必也。张流入四川后,杀人更多,几以杀人为战术之一种。此等现象,历史多见。甲戌。

《蜀典》

余胡乱买书之时,于劝业场对过古籍书店,购得《蜀典》二册。破损甚多,纸亦薄脆。原堆于货架之上,无人过问。余喜其字大行稀,拟携归修理。然经验不足以治此,所用衬纸太厚,破页又太多,修补之处,高高突起,难以平整,实不雅观,亦不便阅读。乃拆毁之,用以垫书。今日忽又惜之,叠在一起,差足一卷。

其内容为:故事,姓氏,堪舆,著述各项,皆系辑录旧闻,成为《蜀典》。然已不全,装订亦不易,先收入此袋,俟收集全,再作处理可也。

一九九四年三月二日下午记

《昭陵碑林书法集锦》

陕西礼泉赵君,先后来信,并寄画册、字帖等。又求当地画家孙君作白菜萝菔一幅,为我祝寿,情意可感。去年寄去字一幅,失邮。今又寄去一小字幅,未审能到达否?此帖即赵君寄赠,下午无事包装并题记云。

一九九四年一月二十九日

此君后又来函,有所商谈,余因故未及时作复,音问遂断。交友之道,余甚疏忽也。

《中国书法全集·康、梁、罗、郑卷》

一九九四年三月十九日,北京耿君持赠,余报以小型石印书《西域水道记》一部四册,彼在研究河道。此君读书甚多,今年三十岁,前途正未可限量也。

上午十时,滕云等七人,集于寒舍,商议召开研究会事。据云:筹备甚早,而批下甚迟。余只重申不要拉赞助之旨,余未过问。合影后,彼等移至独单详谈,余休息。

书法者,知识分子之余事,然亦处世之大节,观此集,可知文字非小道,文人之政治趋避,亦反映其间。以历史论，康梁不失为时代之猛士，而罗郑实为因循自私之小人。合编一集，正如一个舞台之上，丑净同时演出。

《阅微草堂砚谱》

河北省沧县筹印《纪晓岚全集》，邀余为顾问，赠以此册。

余向来不当顾问。然报社之顾问不能不当，因系饭碗所在处。中国作家协会之顾问，不到下届改选，亦无法辞掉。此顾问乃柳溪代允，亦不得不当也。

文人好砚，以其为本身工具也，又以其为石也。此亦物恋，实难言矣。米元章得徽宗端砚，至以朝服包之，不畏墨污，此公爱砚可谓第一等矣。

一九九四年三月十九日记

古砚多笨重，不便携带，未知旅行及进考场，所用形制当如何。近友人赠以井冈山所制小砚，盛以竹盒，砚亦薄小，可知古时亦必有此等轻便之物也。

进城后，小摊多有端砚出售，价甚廉。余以其无用，所收甚少，并随手赠人。只留两方，一购自南市，一购自荣宝斋。皆端砚，方整秀美，石色亦佳，并有硬木盒装。近为《南方日报》写字一幅,竟获赠一方端砚,石质已不如旧产,然以余之字换得,亦可谓厚赠。

山东常君,数年前,赠一方红丝砚,甚美观。今查纪氏砚谱,亦谈及红丝砚,然谓青州红丝砚,早已绝迹,纪氏当时求之,已甚难得。不知何以近日又有出产,方便时当向山东朋友询问。

《墨巢秘玩·宋人画册》

书籍翻完翻字帖,字帖观厌观画册。书法画法两外行,艺术之事漫商量。

一九九四年六月四日记

宋代画院,作者如林,待遇优越,作品丰富。然绢素生命不长,且加国家多难,兵火损失,逐年减少,至今只存零缣片羽,收藏者珍贵如此。再越若干年,则并此亦将不存。当时画师,争奇斗艳,心血所钟,竟如此短暂,即告消亡。艺术之局限性,亦令人无可奈何矣。

自印刷术兴,中国古老文艺,得以延续生命,并可广泛流传,此科学救助之力,科学之可贵,正在此等地方见之。

同日记

宣和画谱只存名，历代名画已成灰。所存碎裂，并无款识。收藏家判定为谁所作，恐亦不可靠，聊以慰藉后人思古之心耳。沧海桑田，当是常见之景，画幅小事，尚须论乎！

次日又记

商务印书，无论字帖画册，只要有传播价值，皆不惜工本。此册乃双层宣纸精印，后来无有也。

此册封皮，有余修补痕迹，当年有工具，有各色旧纸，亦有时间去干这种勾当。今日思之，怅然自失。

《顾恺之画女史箴》

一九九四年六月八日重装。近日不能静坐读书，乃觅出一些画册整理。此册原曾修补，今又为包毛边纸皮，稍为洁净，以美观感。

此如系真迹，则中国画法之传，源远流长，不绝如缕矣。余幼年逛庙会，见壁上所绘男女，衣饰风度，无不如此，师徒一线相传，千古不变。

同日记

《华新罗写景山水册》

甲戌夏装。余后半生与旧书打交道多年,所受污染多矣,此亦老死而无悔之一途乎!砚中墨干矣,可以无言矣!

这些画册,都是六十年代,从北京中国书店邮购而得。文明书局所印字帖画册甚精。鲁迅先生居沪,所逛书店,文明为常去之处。兼售旧书,故有时先生一人进去,留夫人及海婴于店外,恐小孩受旧书尘垢污染也。今日装成,忽忆及此。

一九九四年六月四日记

《石涛画东坡时序诗册》

甲戌夏装。东坡诗多凄苦内涵,然又强作洒脱。处寂寞之境,而寻觅慰藉之情。为宦不顺,而关怀庶民之事。有感即发,不作隐晦之态。此种意境,甚宜石涛作画也。闲时当细玩之。

一九九四年六月四日题

《石涛山水册页》

人随世变,情随事迁。

余近日始读石涛材料,知其明末王孙,楚藩后裔,流落为僧,精于绘事。至政局稳定,清朝定鼎之后,此僧北游京师,交结权贵,为彼等服务,得其誉扬资助,虽僧亦俗也。乃知事在抗争之时,泾渭分明,大谈名节。迨局面已成,恩仇两忘,随遇而安,亦人生之不得已也。古今如是,文人徒作多情而已。曹雪芹有见于此,故借袭人,说出一句“名言”。

余少见真迹,此册略见石涛风格。其画法,简洁而淡远,笔墨纯熟如天成。开卷其作风自现,无第二人可比,此谓之创意。

一九九四年六月四日记

《铁桥漫稿》

有虫蛀而不易修,望之兴叹而已。

一九九四年十二月三日

《古泉丛书》(上)

山西杨栋,过去送我四十枚铜钱,我早想还给他。今秋,他来看我。我第一件事,就是还他铜钱。结果,翻遍木匣,一次,二次,第三次方才找到,甚矣老年之忙乱善忘也。

一九九四年十二月五日

《古泉丛书》(下)

余幼年时,犹用铜钱,现身边已无一个铜钱,而有关于古钱之书六种。今晨起,糊两个书套封藏之。其中李竹朋之书,印装何其精美!而戴熙之书,乃余过去所手补者。

一九九四年十二月五日

附一九九二年题书二则:

《宋司马光通鉴稿》

一九九二年九月十九日,九馀老人装。

余自七十年代起,裁纸包书近二十年,此中况味,不足为他人道。今日与帮忙人戏言:这些年,你亲眼所见,我包书之时间,实多于看书之时间。然至今日,尚有未及包装者。此书即其中之一,盖书太大,当时无适合之纸耳。

《宋贤遗翰》

一九九二年九月十九日装。

此过去故宫博物院出版物,印刷精良,为当时先进,鲁迅曾称许之。

故园消失，朋友凋零。还乡无日，就墓有期。哀身世之多艰，痛遭逢之匪易。隐身人海，徘徊方丈。凭窗远望，白云悠悠。伊人早逝，谁可告语。

一九九五年一月二十九日上午抄讫

理书续记

《两般秋雨庵随笔》

清·钱塘梁绍壬撰。光绪十七年汪氏振绮堂版，共八册。

梁氏此书，余幼年即知之。此书与当时流行之《秋水轩尺牍》，名声很大。其实皆名不副实，不知为何能名噪一时也。盖读书人，亦分层次，其修养素质，则如宝塔状，其根基越广，人数越众，受教育的机会越少。群众需要普及的文化，则通俗者能传远，亦能畅销，书籍为商品，易懂易看则购者认为实惠有用，故声名大，卖得多。

余购此书，重其版本。前有汪适孙序，书的纸张印刷，仍有《振绮堂丛书》余韵。初购此书归，浏览数则，颇觉其浅薄。余以为随笔之作,亦必以实践经历为主,穷文人或富贵子弟所作,必流于肤浅。因穷文人所见不广,而纨绔子弟之作,又必流于轻薄也。即如一般名士,如随园大名,其所为笔记,亦陷于浅薄。

余藏有商务排印本,宋元小说大观多种,其作者皆为有政治经验,或经历过社会大变乱的学者。其所记述,皆为一代故实,有益于人生,无一字空泛,更无卖弄学问之意。每册后有夏敬观所作校记。明清之作,能与之比者已寥寥,况近代乎。

近代人粗通文字,写两篇小说,即成为名作家。既不去读书,亦不去采访,自己又无特殊经历。但纷纷去作随笔,以为随笔好作,贫嘴烂舌,胡乱写之即可。其实随笔最不易写好,它需要经验、见解、文字,都要达到高水平。而且极需严肃。流俗之辈,以为下笔即可换钱,只是对随笔的亵渎。

随笔既被人所践踏,亦如其他文章,一代不如一代。此亦九斤之见,必为弄潮儿所笑也。

余好听鼓书,很少听评书,今年先后听评书三四部矣。近人所说评书,亦吸收现代语言,注意人物性格塑造。余因无书可读,乃退而听评书。近听《隋唐演义》,最有趣味。

因曾购此小说而未读,赠与映山。近又读隋唐正史,颇欲知此小说之结构也。

一九九四年十一月二十六日午后记,边听评书

《鲁岩所学集》

清·张宗泰著,共八册;附余事稿、交游录各一册。民国二十年模宪堂重刊。

今日大风,入冬以来,天气偏暖,多雾少风,时又阴雨。今西北风至,冬寒将临矣。近日读目书,今晨翻《清代文集篇目索引》,见此书细目,乃取出,又发见未发表《书衣文录》一则,遂抄出,放回。下午睡起,又取出拟重读之。

一九九四年十二月一日下午

今日检书,见书皮题字,多为一九七五年至一九七六年。盖此二年,心情烦乱,无日不以此为事也。其间一九七五年春,家庭多事,情感尤其波动,如无书籍为之消遣,不知将又如何度日也。同上。

作者一生,州府教授,是一个真正的书呆子,所作几乎都是读书札记,然阅读范围甚广泛,读书甚精细,独自有见

解,故成就如此。阮元称其为“古朴之至,闯然农夫也”。又曰:“足下为人所不为,读人所不读之书,真所谓天机清妙者。凡所论著,皆不急之务也。”此为达官贵人,对穷酸秀才所作评语,既有其赞美超凡之意,也说出书呆子穷极无聊的一面。然而,这是一种现实,历代而不移。说者无恶意,听者亦不后悔也。

作者自序:“余于凡百玩好,无所动心,顾独喜读书,如啖蜜然,中边皆甜,只觉有不尽之意味,浸淫于胸臆间,而莫能自已也。”这是肺腑之言,然也是书呆子的受病处。受病不深,则吐言不实。

孙葆田后序称先生:“学问质实,非如世人之炫博矜奇也。”正因为质实,故其书得以传世。历史不会收留空腹高心,欺世盗名之作。

曾记郑振铎颇喜此书, 谓可随身携带。书可随身,可知爱好之至,有用之极也。

余所藏似为新书,甚可爱。今见书皮洁白,想在上面写些字。但纸质不佳,不吸墨,思想亦枯涩,无词可书,徒事抄写,可叹。

《李文忠公外部函稿》

"文革"前，自南京古旧书店邮购，线装十四册，价十元。有木夹板，已破碎，余黏合之。夹板上原有题字：即译署函稿。都是李鸿章寄交总理衙门的信函、文件和译件。光绪壬寅孟冬，莲池书社印行。书页夹缝，有"三号印一千"字样。

此书为桐城吴汝纶编辑，扉页题字，出自他的手笔，柳颜兼备。吴为清末古文大家，李鸿章得力幕僚，这些函稿，恐怕大部为他所拟。时间起自同治九年，止光绪二十年。

这一时期清朝处于外交多事之秋，蚕食瓜分，无日无之。朝廷处于惶惶不可终日之境，人民陷于水深火热之中。外侮日深，束手无策，群众起而反抗，反遭政府镇压，甚至滥杀本国人民，为帝国主义泄愤。民心失望，民气大伤，国家命运，已不可问。

当时李鸿章任直隶总督，通商大臣，实际上是清政府总理各国事务衙门的高参，但不能决策。政府倚靠他，又不完全信任他。曾国藩、左宗棠一些老人，已经退去，李鸿章以办理洋务，成为重臣。曾、左、李都是镇压太平天国的干将，他们屠杀起义人民有经验，但对列强入侵，则只有退让容忍。一步一步地向后退,一方面给清政府"保留面子",一方面又不敢过于激起民愤。处境十分狼狈,内心十分矛盾。

当时所谓洋务,实际就是传教、通商。外交则是割地赔款。读这部函稿,大者如天津教案,日本侵台,朝鲜事件,越南事件,派人员出洋学习,购买枪弹船炮……同时中国土地之上,不分水陆,无时无地,不发生洋务、外交事件。交涉,谋划,又无不是丧权辱国的结局。

事情已经过去很久,有很多悲惨景象,已被历史风雨淡漠。唯有城市乡村,残存的那些建筑、遗迹、口碑和传说,还包含着民族的抗争、屈辱和血泪。

书用粉连纸三号铅字排印,有栏格,颇清晰。书亦完好,只有一处虫蛀,破损二三页,书鱼做一窠,蜕化而去。

书出自南京,当为国民政府外交人员所用。然利用亦不多,一处用红墨水勾画,系李鸿章与伊藤博文对话。当年正是与日本外交频繁之时也。

此书对余本无用, 然曾修整包装于一九七六年二月一日灯下,今又将第一册书皮上文字剪去,并浏览数日。清末外交,已如过眼云烟,所留存的事件详情,外交对话,皆反映一代真实，使后之读者，不无感慨。保定莲池，为余幼年旧游之地，过去只知有书院，不知有出版机构，此书之外，尚有何书，亦未详也。

一九九五年三月十四日记

《章氏丛书续编》

无书可读，昨夜忽忆及此书，或有可读文章，今晨找出，实无可读，前已有记述矣。正如鲁迅所说，其门弟子编辑此书时，尽量把他们的老师，打扮成当代大儒，纯而又粹，所收皆“皇清经解”式文章。章氏晚年所作短文，竟无一篇生动活泼者存世。是章氏不为乎，或编入他书，余未见乎！实可怪异。

一九九五年三月二十二日

《品花宝鉴》等新印本

新潮小说不足以征服群众，于是请出这些作品，作为文化食粮。评论家以“清代世情小说”推荐之。清代世情，传播于二十世纪九十年代的人民共和国，不亦谬乎！然今之世情，近于是矣，故此等书得以流传也。

此等书虽名载小说史，然余从未想读过，更从未想买过。既不能以之教育自己,又不能以之教育后人,插之书架,亦不能增加书房光辉。

此下流之书也。开放以来,各地出版社竞印过去禁印之书,有些竟不知是何等书籍。而不在扫黄之列,盖即所谓“擦边球”也。

一九九五年二月二十二日

《金石学录》

清·嘉兴李遇孙辑,道光四年原版,西泠印社用活字复印,上下两册。从南方邮购,价只一元五角。今日为制简易书套封存之,并题数语。

今日取《金石文钞》,此书同捆一处,纸张印装之精美,今日所不能见,见亦不能得。余购此等书时,尚无人顾及此也。然细观其内容,亦不过抄录他书,无深刻之见,说不上是学问,只能作清谈之助耳。

一九九五年三月二十三日上午

《金石文钞》

余近日读《汉西岳华山碑》,想查阅其全文,今晨检及是书,该碑已收入都穆《金薤琳琅》,此书无有也。《金石文钞》一书，似见于鲁迅书账。余所购者为新书，非别人看过，盖系印书人家库存，后流入上海书肆，故鲁迅得购于三十年代，余于六十年代，又能从上海邮购也。

《金石文钞》八册，《续钞》二册，泾县赵绍祖辑，原刊于嘉庆年间，有法式善序，为赵氏古墨斋十五种之一。余之所购，系其从侄书升，重刊于咸丰庚申，又有光绪二年潘祖荫序，可见刷印不止一次也。

一九九五年三月二十三日上午记

余喜读碑帖，而患其字体不清，文字不全。曾购《金石萃编》一部，以便查考。该书系石印本，字体缩小，老年已不便阅读。乃又购《金石文钞》一部，以图补救。此书系在上海邮购，书到后方知系续都穆之《金薤琳琅》，汉碑多在都书，此书所抄寥寥。但唐碑仍不少，失望之余，尚可稍慰。唐文亦是古文，可供好古者无聊时念诵。余对此道颇无知，购书亦不细检书目，故常常买来一些不如意之书，然此书字体颇大，便于阅览，纸亦洁白，有可爱之处。近日无事，为制简易书套二，分为上下两函储藏之。

一九九五年三月二十四日记

《古刻丛钞》

近日读《金石文存》，法式善序，谓陶宗仪《古刻丛钞》甚佳。余忆及存有此书，在《知不足斋丛书》零本中。昨晚找出《四库全书提要》称：金石之书，贵在文字，不在目录。此书钞录全文，使古刻得以流传，故可称也。

欧阳修、赵明诚之书，价值非不高，然只有目而无文字，彼时所得见者，今已无处去寻觅，故可惜也。亦遗憾难补之事也。《金石文钞》诸序，极称洪适《隶释》及都穆《金薤琳琅》二书，以其皆录有文字。

《金石粹编》号称全富，然所收时有遗漏，此余所发见也。后人亦多有微词：一为晚年所为，精神照顾不及；二为错误不少。看来集体著书，其弊甚多，实际无人负责也。余对此种学问，纯属外行，不敢妄议，只能鹦鹉学舌而已。

一九九五年三月二十五日下午记

《爱晚庐随笔》

近人张舜徽著，湖南教育出版社，一九九一年版。

湖南出版局李冰封君赠，余为之书一条幅，以此为报也。此书印数七百五十，而仍有余书，可为赠品，可叹也。

余放置案头，已有半年，时常翻阅，认为很有价值。书分：学林脞录、艺苑丛话两部分，均为笔记性质，内容广泛，经史文艺，无所不包，尤于近代史料为详。所记充实有据，为晚清以来，笔记所少有，而书之命运，竟不入时如此。非著作之过，乃社会、文化风气之过也。

旧称士、农、工、商，当然社会有分工，不能人人都去读书，那样将无衣无食，没法生活。然社会也总得有人读书，而读书也总得有个实际要求。现在讲发展教育，讲尊师重教，讲尊重人材。而课堂，出版，已成买空卖空之势，纸张都用来印了无用有害之书，真正有学术价值的书，竟卖不出去，这里面的道理，实在难以说清了。

余孤陋，不知张氏学历、生平，询之在大学教书之姚大业君，得知为历史学家。从其自序中，知有著作多种，然姚君亦不能告知其详也。

一九九五年四月四日上午

吴组缃材料

《新文学史料》，一九九五年第一期，载有关吴氏文章共十三篇，余毕读之。

吴氏创作，崛起于三十年代之初，《一千八百担》最有名。然余对吴氏作品所读甚少，印象亦不深。因当时迷恋革命文学,向往草野作家,认为吴氏小说是科班出身,大学生作文,故注意不够。其实吴氏创作严肃认真,此从材料所知,后人有定评也。然后来颇羡慕吴氏能为冯玉祥国文老师,以为遭遇非凡。近年读吴氏回忆,虽亦有怀恋之情,然此差事,实际亦甚苦。吴氏一典型书生,正值青年,国家亦处在多事之秋。而冯氏当时已是下野军阀,性格、经历、想法,差异必很大,相处实不协调,虽冯氏礼贤下士,在那个圈子里工作,如果不是为了挣点钱,恐怕不容易混下去。后终于决裂,辞职不干,这是必然的结果。

吴氏晚年,有弟子问他,为何不专搞创作,而去教书。吴氏答:写小说不能养家。此言甚确。以当时吴氏之名,文坛之秀,尚不能专业,其他作家可知矣。那时的作家,不像现在这样,专业,即有铁饭碗,如此容易。然非吴氏一代人,已不足与谈此中之甘苦矣。

一九九五年四月四日上午

理书三记

《丁戌稿》

罗振玉撰。我于书衣文录,曾记有一条。此书开卷,有倬庵藏书票一纸，粘于扉页，毛边纸朱色印制，其栏目为：部、类、书名、撰人、卷数、册数、函数、版本、得所、价目、纪要。

文化大革命前，我正买书上瘾，也想照样刻一大木印，印制一些书票，粘在我的线装书上。随即风暴来临，未能如愿。今老矣，万念俱灰，只是觉得这种书票简易而实用而已。

书前还有一方长条印章，藏书者好像叫邵章倬，是罗振玉的熟人。

书中文字多为金石跋尾，关于王国维的有：《王忠悫公遗书序》、《海宁王忠悫公传》、《王忠悫公别传》、《祭王悫公文》，共四篇。我前曾有评论矣。

罗氏此书，印于大连，技术落后，错字颇多。罗氏写有详细校记，附于书后。而书中错字，也已经逐个改正。铅字为三号黑体，改者用墨笔勾画，尽量不留痕迹，是校书老手所为，想即为倬庵所校也。精细如此，值得学习。

一九九五年四月五日上午

《碧声吟馆谈麈》

这也是一部西泠印社的书，书夹缝下端，标为西泠印社胡氏聚珍版。书用上等粉连纸，并有衬页，三号仿宋精印。富丽堂皇，天地广阔，大方无比。上下两册，价只二元，也是从南方邮购的。

西泠印社以篆刻艺术著称，所接触多为书画界名人。其印书亦注意形式，字体、纸张，均极一时之上选，但书籍内容，价值并不太高。此书亦然，多记晚清名流诗文及逸事，均属平平，无特殊之作，但供艺术家们消闲阅览，也就可以说是不错了。

书为仁和许善长编，该人大概是清末一位小京官。

一九九五年四月五日上午

《吾学录初编》

清·吴荣光撰，同治庚午，江苏书局重刊，共六册。

此书盖当时不知内容，以为是笔记购进者。

第一册内容：典制，政术，风教，学校。

此书主要摘录大清会典而成，由此可见当时社会风习，亦不得谓为无用也。

第二册内容：贡举，戎政，仕进，制度，祀典。

吾尝思：如不参加革命，吾亦不能乡居，不能适应当时旧风俗礼教，必非常痛苦，而不为乡里喜欢。既不能务农，稍识字即被歧视，此余所习见也。

第三册内容:宾礼,婚礼。

吾出征八载,归而葬父;养病青岛,老母去世未归;文化大革命时,葬妻未送。于礼均为不周,遗恨终身也。

第四册内容:祭礼,丧礼。

第五、六册内容:律例。

律例部分有参考价值。

以上,一九九五年二月十八日题于该书书衣者。

一九九五年四月六日晨抄

《北隅掌录》

道光乙巳,钱塘汪氏校刊,此老版《振绮堂丛书》。开本甚大,天地广阔,粉连纸,字方整清朗,板有少处漫漶,上下两册。

著者黄士恂,清钱塘人。前有汪迈孙序,作者道光丁酉自序。

汪序称:士人载笔,升高能赋,山川能说。一里一邑,传习其所闻见。贤者之用心,大抵如斯。并谓黄氏此书,可与厉鹗之《东城杂记》相比。《东城杂记》为汪小米所刊,亦振绮堂也。

此书虽亦记述地方掌故,然文字典雅,取舍有序,每记一处,除记见闻,并征引前人记载,与之对证。从现实再现历史,可读之篇甚多。

古人著述,虽记述一时一地,着眼必从大处,求其能以征信。传语流言,亦无不悉意关情,即能把小事写大。不像今日有些作者,把大事写小,写得猥琐不堪也。

一九九五年四月十日上午

《续汇刻书目》

连平范氏双鱼室刊,竹纸十册。

此罗振玉所编书目, 其妇弟范纬所刊也。据自序,清嘉庆间,顾蓑厓有《汇刻书目》,颇便读者;光绪初年,有唐栖朱氏为之增修。清亡,罗氏流亡日本,就其书库所藏,编《续汇刻书目》。基础既小,时间又仓促,其影响远不及顾、朱之作,流传亦不广。我从上海邮购一部,不久即文化大革命,也没有很好利用。偶尔翻阅,发见编写不太细心,一些丛书细目,时有遗漏错乱。当时罗氏失意无聊,以此消遣,心不在焉,故有此失耳。序末不用民国纪元,而称“宣统六年”,甚可笑。

顾书我有,函两小本,共十册,系光绪乙亥琉璃厂刻印。又有《续汇刻书目》两函十册,同时购进。然非朱氏书,而为傅云龙续刻者。皆有满城张氏藏书印，张氏为满城名族，读书人甚多。我在中学时，第一位国文教师，张涤吾先生，即系满城人。未悉此书是他家之所藏否。

《朱氏续刻》，在劝业场二楼书肆遇到过，因已购前书，犹豫未购。

这种书目，于查阅丛书细目有用，后来有了更方便的工具书，如《丛书综录》之类，它的读者就少了。但因它的版本轻便，容易查阅，又有其可爱的一面。

琉璃厂印的书，都是书贾所为，偷工减料，纸张印刷俱不佳。又加年代久远，函套百孔千疮，我用小块蓝布，一一补贴，形同僧衣，寒伧而可怜。近日理书，书写了宣纸书签贴上，增加一点新鲜。有的造反派，估计我的藏书，值多少钱。不知像这样的破烂，能值几何？造反派最容易变为向钱看。

一九九五年四月十日下午，雨

《直斋书录解题》

前面提到的顾藆压，曾在《汇刻书目》自序中说：

古读书者，极重目录之学。自汉刘向《别录》，刘歆《七略》，剖析条流，各有其部，后世簿录皆宗之。孟坚作史，始创艺文,虽标举书名,而铨疏或寡,盖又史例宜然也。自是详略两体,代有成书。

所谓“详”的一体,就是后来的书目书。这类书自宋代以来,浩如烟海,其中最有价值者,莫如宋吴兴陈振孙所撰《直斋书录解题》一书。

《四库总目提要》称:“自刘歆《七略》以下,著录者指不胜屈,其存于今者:《崇文总目》;《尤袤遂初堂书目》;晁公武《郡斋读书志》及此书而已。”而在这四部书中,前二种只有目无注,有实用价值者,只有后二种。故《续汇刻书目》的作者傅云龙说:“刘班肇其规,陈晁拓其体”,成为目录学之宗师著作。

晁书我有《四部丛刊》影印本。

《直斋书录解题》共八册,是外省翻刻的武英殿聚珍版。聚珍版系从《永乐大典》辑出。竹纸印刷,字体亦不大清楚。是在天津购买的,价钱只有四元。我逛书店多年,也没有遇到过别的本子,且跟随我已多年,今年理书,也给它做了一个书套。

近三十年,我倾心古籍,因之注意书目一类书籍,所藏甚多,且多已浏览,虽各有所长,然或多于考订,或流于琐碎,即如有名之作,与此书比较,立见彼书之绌。同是一书,此书所注简明精要，语无虚发，每书必及其时代，述其源流，称其作用。读完注解，读者即对此书具有明确印象，准确的定评，一生受用，不会误导。此不只著者见识高明，且用心超人一等，绝不自误误人。文字典雅，使人乐于诵读。

后之《四库全书总目提要》，及简明目录，均以此书为立论榜样。

一九九五年四月十一日上午

《言旧录》

南林刘氏嘉业堂刊。

大开本，所用连史纸，质地之佳，几如宣纸，余有嘉业堂丛书数种，皆为毛边纸，独此书特为精良，纸白如雪，墨色如漆，展卷如对艺术品，非只书也。

此书为常熟藏书家张金吾自撰年谱，前有其夫人所为序，及黄廷鉴所作《张月霄传》。书末有刘承干跋。刘氏如此看重张金吾，精印其书，也是惺惺惜惺惺，因同为藏书家。另刘氏所印丛书，内容及印刷，皆为上乘，故当时一经传播，竟引起鲁迅的注意，不惜亲自去刘宅买书。屡遭冷遇，也不灰心。

当藏书家也不易，书中记载其祖上藏书楼大火一次。

又一次记载其藏书之失：

> 七月二十九日，从子承涣，取爱日精庐藏书十万四千卷去，偿债也。忆涣为予作贻经堂铭曰：达士旷怀，岂计长久，空诸一切，贻于何有？不竟成此举之谶耶！

张氏于其侄巧取豪夺其藏书，甚想不开，以为聚之二十年，散之一日夜。并不明其侄此举，是为名还是为利。噫，张氏究为书呆子也。不知藏书之家，本有名利两途：书之用也，则为名；书之售也，则为利。书亦物质，并非神物，其遭厄也，古有四端：水火兵虫（鼠）。除此，又有抄家一厄，古之抄，进入官府；近之抄，毁于红卫兵。四厄改为五厄，即水火兵虫红。

张氏失书，不在四厄之内，不过从这一家转到另一家，仍为藏书。后日有的藏书，又能因为利，流入海外，命运就更惨了。张氏早卒于道光年间，幸未见之。

一九九五年四月十一日下午，风

《阮庵笔记》

临桂况周仪著。端方题署，光绪丁未，锲于白门。白纸大本，共二册。价一元五角，南方邮购。

第一、二卷《选巷丛谈》，亦地方志之类，记扬州街巷，兼记名家收藏。

第二册上卷为《卤底丛谈》，记蜀地典故。

下卷为《兰云菱梦楼笔记》，记史实、碑刻、诗词。

此书未细读。当时只重笔记，而近代笔记，佳作甚少。作者当为名士，其书刻得很讲究，余又重木版之书，故不问青红皂白也。

今年老，眼力弱，取出这些书，稍为翻阅，钱也不算白花。

过去的书籍，没有广告。顶多有些本店出售的书目。目前的书刊，从封面到封底，都是红红绿绿的广告，语言污秽，形象丑恶，尚未开卷，已使人不忍卒读，隐隐作呕。

这些往日的线装书，则是一片净土，一片绿地。磁青书面，扉页素净，题署多名家书法，绿锦包角，白丝穿线，放在眼前，即心旷神怡。无怪印刷技术，如何进步，中国的线装书籍，总有人爱好，花颜永驻不衰。

一九九五年四月十二日上午

《野记》

同治甲戌开雕，元和祝氏藏版。白纸大开本，四卷二册。明·祝允明著，此盖其家刻也。有李文楷同治十三年序，毛文烨原序及祝允明小叙。此书亦名《九朝野记》，是祝氏生平所闻，晚年追忆者。名士纪事，未必皆可靠，余一直未读。而书皮上，一九七五年书有：余读《有学集》，而及是书，并为之包装。《有学集》为钱谦益著，已不记何以读彼而又及此。

余向不喜明人文章，包括钱氏等大人物之作。余以为明人文章多才子气，才子气即浅薄气，亦即流氓气，与时代社会有关。近日中国文坛，又有此气氲发生，流氓浅薄之作甚多，社会风气堕落，必有此结果也。

一九九五年四月十二日上午

《辽居稿》

这也是罗振玉的著作，石印写本。开卷是罗氏自作小序，全文如下：

> 岁在戊辰，为予自海东返国之十年。人事益乖，衰迟增感，浩然复有乘桴之志。遣朋旧，卜地辽东，逮乎孟冬，结茅粗毕，遂携孥偕往，戢影衡门。辽东山海雄秀，暮春三月，草木华滋，此土人士，载酒看花，殆

无虚日。而我生靡乐，寤寐永叹，山静日长，摊书自遣而已。百余日间，遂得小文七十首。自避地以来，海内外知好，多邮书存问，并征近著，乃编为辽居稿一卷，将以遗之，俾读此编者，如见老学庵中灯火也。己巳冬上虞罗振玉书。

如果不知道罗氏的历史和为人，千百年后，于旧书堆中，发见此文，披而读之，岂不叹为佳作，抑扬顿挫而诵之，在心目中想象的，又岂不是一位去国怀乡、遭遇不幸、淡于名利、悠然南山的隐士吗？

然而，文章不能脱离历史制约而单独存在。它要伴随的东西很多。

罗氏当时，正在忠心溥仪，往来日本，为建立一个傀儡小朝廷而奔走。当时的辽东，也不像他描述的那么美好，人民也不是那么悠闲。日本侵略的铁蹄，日益深入，人民处于水深火热之中。稍有血气者，无不志在恢复已失的疆土，驱逐日本侵略者。

人之一生，行为主，文为次。言不由衷，其文必伪；言行不一，其人必伪。文章著作，都要经过历史的判定与淘汰。

一个人的历史，更是难以掩饰的。你的言论，有耳共听；你的文字，有目共睹。批判会上的发言，贴在墙上的大字报，虽事过境迁，终有人记得。一位下台的革委会主任，曾对我说，某些被他“结合”的“老干部”，曾如何多次给他写信。我想，如果这位主任，也有机会写回忆文章，把这些信件的内容，透露一二，将使那些直到今天，还自称是“老革命”的正人君子，脸上无光。

当然，学术也要与政治有所分别。罗振玉写的金石跋尾，后世一些专家学者，还是要参考的。

一九九五年四月十三日上午

《使西日记》

《使西日记》二卷，线装一册。一九五九年中国书店影印嘉靖刊本，字方大清楚。日记为明·都穆所著，正德八年，都奉使赴宁夏，经河北、河南、陕西。所历名胜、古迹甚多，日记多有记载。都穆好考古，有学识。所编《金薤琳琅》一书，甚有名。

余因体弱，不喜旅行。即河北各县，所至亦少。又值战争动乱，虽身经之地，亦很少探访古迹。晚年足不出户，反倒喜欢一些舆地之书。此书购置多年，从未读过，昨今两日，把它读完。都氏日记，甚为简略，记于旅程，无暇铺张。

然所记各事,了如指掌,文字功力甚厚。

一九九五年四月十四日下午

《忠王李秀成自述校补本》

广西通志馆编,中华书局影印,线装一册。此书用吕集义到曾家所摄照片十五幅，对校曾国藩删节过的九如堂刊本《李秀成供》,将一部分删去文字用朱文补入。

李秀成自述,余先后买过三种:除此书外,还有罗尔纲所编《忠王李秀成自传原稿笺证二种》。材料来源,大致相同,但此本醒目,故珍藏之。

偶然翻阅所增朱文,一处,李秀成说:“迷迷蒙蒙而来,实不知今日繁难也。”又一处说:“迷迷而来。”

参加革命,何谓“迷迷而来”?但也不能怀疑李秀成故意撒谎。他说这种话的意思是:革命之兴,风起云从,万物随之飘动。李秀成正在少年,自然对革命发生强烈的向往,踊跃随之。并未想到革命道路上的诸多困难,以及最后的自相残杀的大悲剧。所以他说:“实不知今日繁难也。”这是他的痛心之言。不知何以曾国藩也要把它删去。

一九九五年四月十四日

理书四记

《郭天锡手书日记》

元·郭畀著。一九五八年，上海古典文学出版社影印九百本，价二元三角。

据后记介绍，此日记曾有横山草堂刻元·郭退思《云山日记》二卷本，又有《古学汇刊》排印本，还有《知不足斋丛书》节本。

此影印本，附有校记，与前二种刊本对勘，但因并未附有任何释文，使读者莫名其妙。如以郭氏手书日记为书法作品，就应该由美术出版社印；现既由文学出版社印，则应附录一种刊本，以便对照阅读。字帖后面还附有释文，况文学作品乎！郭氏虽系行书，然字颇草，有很多字认不清，真是苦事。这样一来，既欣赏不了文学，也无暇欣赏书法，可谓两误事矣。

一九九五年四月二十日中午

《汪悔翁乙丙日记》

线装，四号字排印本。价八角。书缝下端有明斋丛刻字样。扉页为丙子三月念园题署。

此日记为江宁汪士铎梅村原稿,邓之诚文如辑录。原稿甚乱,整理后尚不易阅读,没有标点,很多地方,难以断句。

前有邓之诚民国二十四年十月长序,首谓:

> 晚近治洪杨史事者日多,诚以洪杨创业,垂统历十有五年,兵锋所及,达十六省,摧陷六百余城。当道咸之际,外侮凭陵,朝政日非,洪杨投袂,起于金田,由桂入湘,顺流而下,奠都金陵。复度江北伐,又复夹江西上,摧枯拉朽,所过如入无人之境。亦以山陬海澨,尚有故国之思,豪杰之士,欲倚洪杨以立功名。饥寒亡命之徒,蚁聚蜂屯,往往不招而致,故其部众数百万人……

邓之诚为历史学家,所写长序,有声有色。概括了太平天国,从起义到“君殉国灭,十余万人,同日自焚而死,无一降者,何其烈也”的曲折悲壮的历史。也涉及曾胡诸人平定这次农民革命的策略。

日记的作者汪士铎,当太平军攻入金陵时,他陷在城中,后来逃出,两个女儿,死于战乱。

邓之诚在序中,极力称赞这个人物,如何足智多谋,为曾胡所器重。但从他的日记,实在看不出他有什么异乎常人之处。他遇难时,六神无主,措置失当,身家不能自保。对于财物,则斤斤计较,一分一文,都记得清清楚楚。我真怀疑,这样的人,能成大事,能治国安邦。

曾胡所以捧他,大概因为他是一个名士。所谓名士,就是能说大话,不能做实事,乡谚所谓"说大话,使小钱"的人。

我看日记中,他所发的议论,如生齿过繁,政治腐败,为致乱之由。战乱时,应崇尚申韩,少用文人,多招亡命,也都是老生常谈。最使人吃惊的是,这位尼采式的人物,对于妇女,竟如此不敬。他写道:顿觉眼前生意少,须知世上女人多。他主张:"弛溺女之禁,推广溺女之法,施送断胎冷药。家有两女者倍其赋。……严再嫁之律,犯者斩决。……广清节堂……广女尼寺,立童贞女院……"他说女人多是致乱之由。

他认为,以上这些主张和措施,是"常治久安"之策。据说,汪士铎如此仇视妇女,以半边天为敌,是因为他娶了一个刁恶的继室。这当然有些弗洛伊德的味道。但如此残酷的主张，竟形之文字，就有些不正常了。无怪他一生潦倒，到老年当上国子监助教，大概还是有人给他说情，才有了一个副高级职称。

书后有邓之弟子谢兴尧和俞大纲的跋，得知邓氏尚抄有汪悔翁遗诗，邓所著《清诗纪事》，舍下只有初编，恐汪氏之诗，及其事迹，不在其内。

以上是我一窥之见，不能说汪氏的全部言论，都无道理。

一九九五年四月二十四日上午

《翁文恭公军机处日记》

民国二十八年六月，燕京大学图书馆影印，线装二册。

第一册，未标年，从二月初一日至八月二十四日。第二册，从光绪九年八月二十五日至十年三月十一日。两册衔接，时间一年有余。

翁氏原为光绪师傅，光绪亲政后，得入军机，位至相国。这段日记，当是他执政时所记。但不久即因政变被贬。此日记亦不知是否全本。

我另有翁氏日记全部四十册，可以对照阅看，但已无此兴趣。

此日记，所记甚简略，如记事簿。主要有如下几项：旨，重要折片，发下的封奏，发往各地大员的廷寄。遇有召见，则题于日记上方，不记内容。

观此日记，才知道什么叫日理万机。

翁氏写一手漂亮的行书小字，这本日记，虽然不及他青年时日记的秀丽，还是可以看出他的书法的功力：快，清，秀。

日记除军国大事外，也记一些民间情状，如北京旗民妇女开烟馆赌局，苏杭上海等处，恶妇开花烟馆。学政勒索新进童生，每名三四十金或百金，至少十八两(上册六十六页)。这也可以说是清朝末年腐败现象的反映。

一九九五年四月二十六日上午

《三愿堂日记》

丹徒赵君举著，连史纸影印一册。价一元。

书前有柳诒征序，谓赵氏日记，年竟一册或二三册，没齿不懈。其孙鸿谦无力全部影印，先印一册。

据书后鸿谦跋，其祖父日记，自道光戊申，装订成册者，共二十二册。此处尚有散页两束。今所印者为道光己酉岁一册。

所记可谓浩瀚，柳诒征至以与清代三大日记相比拟。然日记亦有幸有不幸，赵君此册印行后，以其字体为细小行草，一般人阅读不便。此或因影印时缩小，或因日记作者寒士惜纸，原书如此。总之销路不畅，难以收回成本，以后似亦未再印其他。

有清三大日记，翁以相国之尊，王以文士之重，李以名士之奇，皆具极高之声誉，其日记亦具极大之吸引力，故能有影响极大的出版机构，为之出版。这种出版物，亦非普通读者能买得起，只能存之大图书馆或高贵人家客厅的书架上。也不一定有多少人去利用。更实事求是地说，这些名日记，也不一定就都有那么大的学术价值。《湘绮楼日记》，印得那么精美，读起来实在清淡寡味。

赵文举一寒士也，观其自订年谱，一生馆幕，从未发达。所记，因字小难于细读，然柳氏序称：

> 其关于朝章国故者，虽较瓶庐为逊，而谭艺稽古，觇缕佚闻，旁及民生物力之消息，可备史料，不在越缦湘绮下。

其文字之谨严深厚，尤可与三家颉颃。当非虚言。

书内夹有广告一纸，赵氏除日记外，尚影印有《三愿堂遗墨》，附述其身世，惜余未得见也。

一九九五年四月二十七日上午

《西征日记》

古棠汪振声录、光绪二十六年庚子八月开雕，书缝下端有梦花轩字样。价一元。

作者身世不详。据自序，曾于上海江南机器制造局工作。后随该局负责人冯卓儒，去甘肃办事，从兰州东归。他先从上海坐轮船至汉口，后经河南、陕西至甘。水陆所经，逐日记之，主要着意于山川名胜、地理风俗。所记颇得体要，并附歌咏，盖亦能文之士也。日记起于光绪三年三月，终于次年三月整整一年。作者文末云：追忆前游，忽忽如梦。其记陕西大旱：

> 至西安省城，寓城外太白庙。时设粥厂，赈济饥民，远来就食，接踵于道。小儿女乞卖于人，莫有一顾。饿死者日以千计。沿途树皮草根，剥掘殆尽，或易子而食，甚有人死两三日，复掘而脔分其肉。富者握金银，不得一饱。此历来未有之奇灾也。

其实,这种灾情,在历史上屡见,陕西尤甚,可惜国人易忘,故此不幸亦不能绝也。

此书亦从南方邮购,多年未读,今昨两日,才把它读完。

一九九五年四月二十七日下午

《秦辅日记》

这是潘祖荫在咸丰戊午年,奉旨为陕甘正考官的日记,副考官为翁同龢。

我前记此书为刻本,非,乃西泠印社吴氏聚珍版。潘氏所行路线,亦不同于都穆《使西日记》。此皆素日读书不精细之过也。

书后有山阴吴隐跋,即吴氏聚珍版主人也。知此书以前尚有京版印行。吴跋谓:

> 日记中多唱酬诗词,足征声应气求之雅。间及山川形胜,宾朋晋接,乃至古迹金石,尤足资考证,备掌故。

名流之日记，其价值亦止于此矣。但潘氏诗词，不脱馆阁浮艳之体，无可读者。

一九九五年四月十八日

《越缦堂日记补》

影印，十三册。民国二十五年十月，商务印书馆初版，次年二月再版，当时定价十二元，可谓贵矣。我购于解放后，处理价只六元。

书的题签及印行缘起，均为蔡元培所作。缘起写于民国二十二年十月一日，蔡时任国立北平图书馆馆长。缘起要点：

民国九年初印《越缦堂日记》五十一册。根据李莼客的自述，有一部分没有印行。莼客的原话是："平生颇喜骘声气，遂陷匪类，而不自知。至于累牍连章，魑魅屡见。每一展览，羞愤入地。"因此，这一部分日记，"或投之烈炬，或锢之深渊，或藏之凿楹，以为子孙之戒"。

初印日记之时，主持此事的浙江公所，就尊重他的意见，把这一部分搁置起来。但人死得久了，子孙们也都不那么关心了，他的话也就不大算数了。这次主持印务的是国立北平图书馆，请钱玄同检阅一遍，认为李莼客所虑，无关宏旨,而且许多处文字,他自己已经剪截涂抹过了,不会再引起麻烦。因此主张援初印之例,仍付影印。这就是这十三册日记补出版的经过。

原有五十一册,再加上这十三册,《越缦堂日记》就还差樊樊山借去的八册了。蔡氏希望樊的后人把这八册也献出来,使它成为全璧,好像没有下文。

原印五十一册,寒斋未及购存,只是在别处借阅过。后来见到这十三册日记补,就买了一部,藉见李氏日记之一斑。

鲁迅先生曾谓:记上的还抹掉,不记的就更多了,是对李氏日记的微词。翻阅他的日记,常遇到漆黑一片,或抹来抹去的地方,看起来实在不舒服。可见此翁,心猿意马,变化无常。从上面所引他的一段自述,也可以看出他的性格和文风。

我老年眼力差,已不愿再读这样紊乱的文字,说实在的,虽然佩服他的学问,对他的尖刻的文风,也不大喜欢了。

从蔡元培所写的缘起,还知道越缦堂藏书,归了北平图书馆,王重民等人辑录其书端识语,曾次第印行。现在流行的《越缦堂读书记》,就不像我过去所想的,只是从日记中抄出的了。

一九九五年五月七日

《郭嵩焘日记》

湖南人民出版社整理排印,共四厚册,布面精装。从一九八一年,杨坚、王勉思同志陆续寄赠,一九八三年出齐,共二百万字,亦为大型日记。第一卷为咸丰时期,第二卷为同治时期,第三卷为光绪时期上,第四卷为光绪时期下。原稿本共六十一册,略有遗失。郭氏日记,一直记到他去世前一天,可谓鞠躬尽瘁矣。

郭嵩焘号筠仙,生于一八一八年,终于一八九一年,道光进士,曾署理广东巡抚。因熟悉洋务,后以礼部左侍郎衔,出使英、法。晚年在湖南讲学。

我对郭氏所知甚少,过去读曾国藩文书,常见他的名字,又买过他写的一本《史记札记》,印象亦不深。今天写这个材料,忽然想起前些日子读《李文忠公外部函稿》时,有地方说到他。查检抄录如下:

函稿卷第十,五月二十一日论郭刘两使违言:“平心而论,筠仙品学素优,而识议不免执滞,又多猜疑……”

致沈中堂:“自称实不愿与同列,只有奉身以退。”

六月十一日论郭刘二使:“一意孤行,是已弃官如脱屣。”

以上是因为郭嵩焘在英国,与一位姓刘的同事不和,李鸿章向总理衙门写的意见。虽是官场套语,但也可以看出李对郭的认识和评价。我认为这是可靠的。郭是一位书生,性格孤傲,不宜做官,也不恋栈,后来讲学以终,最为得体。

他的日记,我也部分读了,多是行程琐事,官场应酬。

一九九五年五月九日上午

日记总论

我曾购置《曾文正公手书日记》、《湘绮楼日记》、《翁文恭公日记》、《缘督庐日记钞》及《越缦堂日记补》等书,且择要读之。又浏览上述诸小型日记,兼及近代学术名家之日记。对于日记这一文体,遂积有一些感想,分述如下:

人之喜读日记,主要认为日记是一种可靠的史料,可反映一个时期的政治、社会的风貌。其实,并非如此简单。曾国藩、翁同龢日记,这是政治家的日记,然研究政治历史的学者,想从他们的日记中,寻觅当时的政治材料,并非如入宝山,美不胜收,却似披沙拣金,十分不易。这是什么缘故?答案是:正因为他们是政治家,所以对于政治问题,才讳莫如深,守口如瓶。日记是私人著述,不易传播,但向来稍有文化的人都知道,这是危险物品,一旦遭抄家之厄,要首先上缴。政治家对此尤其敏感,翁同龢称其书斋为瓶庐,其含义或即为此。

对于文人名士的日记,也不要多抱幻想。王湘绮号称一代大家,郑振铎编《晚清文选》,把他列于首位。张舜徽笔记中,则称他在政治上,能倾动公卿,驱使将帅。见到他那印制豪华的两大函三十二册日记,以为都是事关大局,名言谠论,那就会大失所望。他的日记,极其平庸,琐碎,我几次都读不出兴趣来。

倒是越缦堂的日记,名不虚传,自成一格。他的日记,包括读书记,创作的诗词,自圈自点,顾影自怜。加上评论时局、人物,喜怒无常,关起门来骂大街,然后用浓墨再涂去。正像鲁迅所说,他是把日记视为著作的,所以如此细心经营。他的日记,的确很有内容,给后人留下了不少财富，可以说前无古人，后无来者。

日记，归根结底，是个人的生活史。话虽如此，一个人既生存于一定的时代一定的社会，那么他个人的历史，也必然或多或少反映出那一时代，那一社会的某些面貌。例如《鲁迅日记》，简略之极，但还是能看出那一时期的文学史的轨迹。

《鲁迅日记》，我购有人文两种版本，并借阅过影印本，可以说是阅读多遍，印象甚深。《鲁迅日记》，只记天气，来往，书信，出门办事，学校讲课，买办物品，出入账目。也偶及大事，然更隐晦简略。

日记各有风格，各有目的。有的记事失实，有的多存恩怨。有人甚至伪造日记，涂改日记，以作自我修饰。另外，日记亦如名人字画，传者不必佳，埋没者或有真正价值。此乃天道之常，更难言矣。

总之，日记并非读书之要，然藏书家颇以收藏名人精印本为荣。余之购存，正值社会变革之时，日记已无人看重，故得以廉价收存，非为夸饰也。

有很多人，记日记，一生不断，这实在是一种毅力，不管其内容如何，我对作者，佩服得很。因为我自幼缺乏耐心，经历战乱，未养成记日记的习惯。晚年偶有感触，多记于书衣之上，为关心我的友朋看重，成为阅读的热点，实在出乎我的意料。

再，日记遗书，如字体大体清楚，最好影印，保存原貌。一经排印，反易出错。然今日语此，有些不合时宜。一切文言古籍，都在译为白话，不久将无能读中国古典书籍者，况古人书写之日记乎！

一九九五年五月九日耕堂记

读《清代文字狱档》记

前　言

《清代文字狱档》，民国二十年五月，北平故宫博物院文献馆编印第一辑，六月出版第二辑。第三辑改题为故宫博物院·北平研究院出版。至第九辑，又改为国立北平故宫博物院文献馆出版。此盖官场建制之变易，实际工作人员，并未改动。

我购到九辑原印本，张继题署，线装，粉连纸，有行格，四号字精印。近闻上海古籍书店有重印本，未见。

据凡例，其材料来源为：一、军机处档；二、宫中所存缴回朱批奏折；三、实录。其内容为上谕、奏折、咨文、供状等。前八辑皆为乾隆朝案件，第九辑曾静一案，则上连雍正一朝。

此书购于“文革”之前，我好像粗略读过。今春无事，乃逐辑细读，记各案大略，并加分析，略有评论。随读随记，不知能否卒业也。

一九九五年二月二十一日记

谢济世著书案

（乾隆六年九月起，七年正月止）

皇帝不喜欢做官的人著书立说，谢济世做官又注经书，有人告发。皇帝着湖广总督孙嘉淦查办。上谕说：

> 朕闻谢济世将伊所注经书刊刻传播，多系自逞臆见，肆诋程朱，甚属狂妄。从来读书学道之人，贵乎躬行实践，不在语言文字之间，辨别异同。况古人著述既多，岂无一二可以指摘之处？以后人而议论前人，无论所见未必即当，即云当矣，试问于己之身心，有何益哉！况我圣祖，将朱子升配十哲之列，最为尊崇，天下士子，莫不奉为准绳。而谢济世辈倡为异说，

互相标榜，恐无知之人，为其所惑，殊非一道同风之义，且是为人心学术之害。朕从不以语言文字罪人，但此事甚有关系，亦不可置之不问也。

此谕来势很猛。孙嘉淦随即从严办理，可能有些过头。皇帝又谕：

谢济世著书，识见迂左则有之，至其居官，朕可保其无他也。

这样一来，孙嘉淦就明白，皇帝是保谢济世的，他不便再投井下石，就也转口说：

谢济世为人朴直，颇知自爱，其居官操守甚好，奉职亦勤诚如圣谕，可保无他也。

只将书籍、板块销毁完事。皇帝最后朱批：所办甚妥，止可如此而已。

耕堂按：这是皇帝对谢济世怀恨不深，只是听了一些人讲他的坏话。大概后来看到，说他坏话的人，也有私心偏见，于是就如此结案了。这是一次有惊无险的文字狱，皇帝转弯之快,也是很少见的。

王肇基献诗案

(乾隆十六年八月起,本年九月止)

山西巡抚兼管提督事务,臣阿思哈跪奏:为奏闻事,窃照乾隆十六年八月初九日,据汾州府知府李果禀称:有流寓介休县居住之直隶人王肇基,忽赴同知图桑阿衙门,呈献恭颂万寿诗联,后载语句,错杂无伦,且有毁谤圣贤,狂妄悖逆之处。佯做似癫非癫之状。现在押发介休县收禁,跟踪来历,研究确实,另行呈报等语。臣查借名献颂,妄肆狂言,大干法纪。未便以其佯作疯癫,少为轻纵。臣恐该府县不知轻重,办理不善,臣随密嘱按察使唐绥祖,饬令该府,将王肇基押解赴省,并将所献诗联,封送查阅,以便臣与藩臬两司,亲加研审,务必追究来历,查其如何狂悖,有无党羽,讯得确情,恭折具奏,另行委办。一面密谕介休县亲赴王肇基家中,逐细搜查,有无收藏别样字迹及违禁器物,并查其同居,有无父母伯叔兄弟妻子,及平日交结何人,祖籍直隶何县,逐一跟追,悉心穷究,不许该府县稍有讳饰。

我连篇累牍地抄录奏折,是想向读者说明,清朝定鼎以后,经历顺治、康熙、雍正三朝,大规模的文字之狱,已经有过多次。一些封疆大吏和一些老练的幕僚师爷,都从中吸取了不少的经验教训。最主要的有这样几点:

一、遇到有关文字的案件,当地大员要亲自抓,且要一抓到底。

二、处理案件的尺度,要宁严勿宽,用今天的话说,就是要宁左勿右。法网要撒得远,撒得密,就是要广泛株连,不使一人脱漏。

三、要立刻派人去犯人家抄查,财产入册上报。

我们现在看到的这篇奏折,可以说是写得颇为得体,无懈可击,一定是出自老练的师爷之手,当然也和这位巡抚的做官经验有关。

上折奏事,可不是一件简单的事,弄不好,轻则申饬,重则交部议处,可以把官帽丢掉。

所以,奏事时第一要弄清朝廷的基本政策,或者说是“精神”。第二要了解皇帝当时的心理状态,或者说是“感情”。不然,你严了,他会说你不识大体,甚至说你不懂人事；宽了，他会说你“瞻顾”，甚至说你“徇私”。这些词儿，在皇帝的“朱批”中，是经常遇见的。

人人都愿做官，人人都愿做大官。其实做官有做官的难处，大官更有大官的难处。像这里说的这位山西巡抚，大概也是皇帝派下来的心腹。这些人自称是“满洲世仆”，“奴才”，为皇帝所“豢养”，办事可谓忠心，但还是常常因处理案情不当，受到责骂。

明白了以上道理，然后再去读读这篇奏折，你就可以知道巡抚措施之得当，以及奏折措辞之得体了。

耕堂题跋

题《俞平伯序跋集》

孙玉蓉女士赠。

近读《新文学史料》第四期俞平伯材料。中国所谓名门世家,书香门第出身的学者,俞氏为最后一人矣。

一九九〇年十二月二十二日

题《岳少保书武侯出师二表》

姜德明寄赠。

病中只能读字帖,然遇到不识之草字,亦必翻阅原文,故此二表亦读熟。诸葛亮非文士,其叙事说理,简要通达,文无冗词，意无虚饰，非文士所能为也。作文与处事同，其根基在所处地位，所操权柄。立在根基之上说话，则语无虚发，情无粉饰，忠诚义气，情见乎词矣。此二表仍为两汉文风，以实事求是为重。后随政治变化，魏晋以来，文章渐变为空谈。

诸葛亮秉公持正，用心自无论矣。即单就文章而言，亦毫无可挑剔之处。两汉政治家，多有文才，魏、晋亦然。至南北朝，当权者虽多武人，仍重文章，即如侯景之辈，亦聘用有才华之文士，掌文墨之事。从此政治家与文学家分开，文学与政治，不再是统一体，而是为政治服务了。

一九九一年一月十日

题《莲池书院法帖》

保定莲池，为余读中学时旧游之地。时有一同乡同学，在莲池内当图书馆员。当时莲池既非公园，游人寥寥。图书馆也没有读者。同乡只是看管那些旧存图书，每月领一份微薄薪金而已。这种生活，当然很无聊，很寂寞。但这一职业，还是靠他父亲在保定教书多年，认识很多文化界人士谋来的。很为穷学生如我辈所羡慕。

我有时找他去玩,即顺便逛逛莲池。当时石刻尚完好,镶于廊庑间,但青年时无心于此,走马观花而已。今老矣,保定来人送此帖,系初拓复制。细观之,其书法价值,实不下于一般名帖。莲池文物,在有清一代,因近京畿,主持者皆名流,实不可等闲视之。

一九九一年二月九日病中记

当时同学,亦不知下落如何?

昨夜醒来,忽记起此同学姓陈,名耀宗。其父在育德中学当音乐教员多年。音乐课堂在大饭厅,台上有一架钢琴,每逢学生不安静,陈老师即用力击键盘示警云。当时学校和学生,都不重视音乐、美术课,也从不计分考试,老师也只是应付。他系安平县北苏村人,所忆不知准确否?

十日又记

题《知堂谈吃》

卫建民赠。

文运随时运而变，周氏著作，近来大受一些人青睐。好像过去的读者，都不知道他在文学和翻译方面的劳绩和价值，直到今天才被某些人发现似的，即如周初陷敌之时，国内高层文化人士，尚思以百身赎之，是不知道他的价值？人对之否定，是因为他自己不争气，当了汉奸，汉奸可同情乎？前不久，有理论家著文，认为我至今不能原谅周的这一点，是我的思想局限。

有些青年人，没受过敌人铁蹄入侵之苦，国破家亡之痛，甚至不知汉奸一词为何义。汉奸二字，非近人创造，古已有之。即指先是崇洋媚外，进而崇洋惧外。当外敌入侵之时，认为自己国家不如人家，一定败亡，于是就投靠敌人，为虎作伥。既失民族之信心，又丧国民之廉耻。名望越高，为害越大。这就叫汉奸。于是，国民党政府，也不得不判他坐牢了。

至今他早期的文章，余在中学时即读过，他的各种译作，寒斋皆有购存。

对其晚景，亦知惋惜。托翁有言，不幸者，有各式各样，施于文士，亦可信也。

一九九一年一月十五日，旧历元旦，晨记

题《纪晓岚文集》

河北教育出版社，一九九一年七月第一版，精装三册。

柳溪持赠，纪氏，其六世祖也。

纪氏文集，不多见，余逛书市多年，不曾遇之。只于青岛养病时，于病友处，见一石印本。当时无心读书，亦未细看，不知是何书店所印。

此书凡例称，纪氏文集曾有家刻本，小嫏嬛山馆刻本，上海保粹楼石印本。病友之书，或即后者。

纪氏文集，虽有旧本三种，然不常见于书肆，盖印数少，书亦不大流行。较之纪氏笔记，版本之多，甚至超出《聊斋志异》，读书之家，无不有之，亦大寂寥矣。

书，流行与否，在其内容。纪氏文集，读者需要的东西，实在太少了。在清代文集中，也是一个特殊的例子。

纪氏功业，在于《四库全书提要》。他不主张著书立说，他说，一切道理，古人都说过了。他说，有些人，在那里苦思冥想，坐卧不安地从事著作，是可笑的。

纪氏笔记五种，过去都是单行，此次河北教育版，将笔记收入文集，这是一种互补，也增加文集的吸引力。

一九九一年六月十二日上午

题《袁世凯奏议》

天津古籍出版社,一九八七年版,精装三册。余案头有近年出版物精装本数种。装订多不得法,料不能说不精,而工艺实在太差。多难于翻检,读时不能放平,盖操作者多乡下妇女,非专业也。此本较佳,厚薄适中,能翻开放平。

郑法清所赠,彼爱人为此书装帧,得有两部,法清知我喜读此种书,故特为相赠也。

奏议起于光绪二十四年(一八九八),止于光绪三十三年(一九〇七)。全书四十四卷,收奏片八百篇。原系绍兴沈祖宪所录,沈在袁幕二十余年,盖多出其手笔也。

从事文字工作,不可不读“奏议”。古代名臣之作,固无论矣。余读《东华续录》,曾、左、胡、李等人之奏议,多有佳作。曾、左多能文,其幕僚亦多高手。此编文字稍差,盖沈祖宪、吴闿生辈,均非此种文字程式之首选,而袁氏本人,一介武夫,对此亦不大讲求也。晚清皇室、内阁,正在手忙脚乱,对文字已无暇多作挑剔,故奏议水平,亦降低要求。

此书校对不善,标点亦多可议之处。

一九九二年六月十二日下午

题《唐才子传校注》

孙映逵校注，社科出版社一九九一年版，价十七元八角。

余原有解放后出版的白文本《唐才子传》，薄薄一本，携带方便。二十年前，与新结婚的张氏，一同回老家探望，所带书籍，就有这本书。已阅读矣，张氏说她有一位江西友人，想找这本书，久而未得。要我送给他。我当时重违其意，遂割爱。

后来一直觉得少了一本重要的书，愿意补上。前数年见中华书局广告，有《唐才子传校笺》出版消息，托人购买未得。今年春季，又见此书出版消息，以为仍是中华那本，遂托北京卫建民代为访求，建民跑了几个地方，终于买到寄来。我一看书前序言，才知和中华那本，不是一码事：中华为“校笺”，此为“校注”。

我买此书，只是为了补足旧存，不在版本。只是薄薄一本小书，换成了厚厚一本大书，阅读不方便。好在原文我已读过了，插上书架吧。

但书价太昂，建民已跑路，不好再叫他贴钱。乃汇去二十元。建民复信云：你头脑中没有货币贬值观念，以为花十几元买一本书，是太贵；捐二千元帮助家乡建校，是“大出血”，可笑。

一九九二年六月十三日晨

题《汉娄寿碑》

余有碑帖画册五六包，均用麻绳捆扎，放在独单大柜中。独单现为厨房。

一日读夏承碑跋语，连及此帖，早饭后寻觅不见，午饭后寻觅又不见，心遂不安，念及心脏有病乃止。

午睡起，又至独单，书捆已全部翻过，仍不见，颇为烦躁。后念及有一捆，只打开一端，未细检阅，又至独单，乃见到，索然自责：年事至此，小事不能从容、忘怀，实堪忧也。

昔读翁文恭日记，知其宝爱此帖，晚年失意，放还乡里，以帖自随。一日，帖忽不见，多日查找未得，长随恐被怀疑，寝食俱废。翁亦自思：“此仆岂偷拿字帖者耶？”实已怀疑及之。后于小茶几下面抽屉得之。余记此段日记甚确，以其乃晚年易犯之遗忘症与心神颠倒耳，不可不慎重处之也。

翁之字帖乃原拓，价值连城，失之焦急，尚有可说。而余之字帖，乃珂罗版印制，且为旧书，购时定价只一元，也跟着着急，岂非太不值得？此帖无版权页，末有民国四年李鍾珏跋，原本为彼所藏，此次只印二百四十部云。

一九九二年四月十九日下午记

此碑号称不缺，文字实不全。检《金石萃编》，正续编均无著录。钱泳《履园丛话》有记载，亦颇简略。然文字古朴典雅，仍可诵读也。

六月十三日补记

题模印砖画

上题《中国古代的工艺美术》。郭若愚编著。公私合营艺苑真赏社出版。一九五六年修订本。文字朱绿两色。只印五百部，余所得为处理本。

墓砖系战国时产物，一九二五年至一九三二年，陆续在洛阳附近的金村发见，多数已被运往外国。

近日无聊，读砖石书，连及此本。本书图版共二十六幅，宣纸印制，甚为精良，解放初期，尚有些好的工艺，艺苑真赏社所印字帖，余购存多种，印得都很好。

余对美术无知识，然本书所印砖画，无论飞禽（鸿雁）走兽（马、鹿、虎、豹、狗、兔），均系白描，十分生动，既通俗而又令人喜爱，实艺术之一种极致。末附出土铜印模一具，使人知砖画印制方法及过程。

耕堂曰：余幼年乡居，进村小贩，有呼喊："换布屑烂套子"者，小贩多老年，担两个破筐，专收破布块和旧棉絮。前一筐上有木盘，上面放着他用来交换的货物：老年人用的火绒、火石，妇女们用的火柴、针线。此外，还有一些应付儿童的东西，其中就有一种叫"模"。"模"用胶泥烧制，浅红色，凹形，里面的画，多是戏曲人物的头像。

儿童换回以后，也用胶泥填在模中，弄实，脱出晾干，则为一凸面人像。然自制人像，不能烧制，一烧就裂，不成样子。不然，又可以用泥贴在上面，复原一个小贩制作的"模"。这是因为我们的工艺不行，所用胶泥也不行。但是从这里，可以知道所谓"模印"，是怎么回事了。

儿时意趣,实可回味。

一九九二年六月十三日记

题《专门名家》

我有一本书,书名如此。这本书好像还不是我从书肆亲自购买,而是从外地邮购来的。这就有些奇怪,单从书名,我是不会知道书的内容的,何以贸然选购?想来想去,可能是它的出版单位:“广仓学宭”这四个字引起的。

原来我也不认识这个“宭”字,现在查了一种收字较多的,过去商务印的《学生实用字典》,才知道就是“群”的意思。

这个出版单位,属于犹太大贾哈同的门墙。当时的上海,被称为“冒险家的乐园”,哈同“冒险”成功,自己建筑了一个“园”,这个“宭”,就设在园内。清朝灭亡后的一些遗老遗少,为了吃到洋人的一些残茶剩饭,投奔到这里,弄一些洋人喜欢,中国有些人也喜欢的古董玩意儿。当然其中也有不少真正的人才。国学大师王国维就曾在这里,待过一段时间。

它的出版物，印得的确不错。即如这本书，汇集的是砖文的拓片，宣纸印刷，拓片有大有小，有高有低，有宽有狭，把它们一一折叠好，弄得平平整整，厚薄一致，装订成一本大书，这就不容易，就是工艺，就是细心负责的工作。

至于砖文，因不懂，未敢妄评，买了这些书来，闲时翻翻，真如面对无字的砖石，无喜亦无忧，无誉亦无毁，求心境安静而已。

古代砖质，仅次于石，烧制得法。余之叔母，其弟烧窑多年，给她烧制了一块洗衣用的砖。我们那里，妇女洗衣无搓板，多用青砖代替，有的也只是刻上一些横渠。叔母这块洗衣砖，周围却是花纹和蝙蝠，砖也烧得特别坚实。叔母洗完衣服，总是把它好好收藏起来，年代久远，也会成为古董的。

一九九二年六月十四日下午记

题《南阳汉画像汇存》

编纂者南阳孙文青。金陵大学中国文化研究所，民国二十五年十二月以哈佛燕京学社经费印行。

南阳汉画像,是我读许广平编辑的《鲁迅书简》中,鲁迅和王冶秋的通信知道的。一九三五年,鲁迅几次给当时在河南的王冶秋写信,托他访求南阳画像。

鲁迅汇款三十元给王冶秋,请他雇拓工,并告诉他一定用中国连史纸,不要用洋纸,还附寄连史纸的标本,以免弄错。鲁迅对这些事,非常认真、仔细,给我留下深刻的印象。王冶秋第一次寄给鲁迅十张画像,后又托一位姓杨的,寄给鲁迅四十五张画像,鲁迅很高兴。这是鲁迅逝世前一年的事。

我们知道,鲁迅在文章中,或致美术青年的书信中,经常提到汉画像,评价很高。

我见不到拓片,只能买画册。第一次,我邮购到一本《南阳汉画像集》。关百益编辑,二十二版,四十一图,惜画面较小。

前有关百益民国十八年二月,在开封写的序。从序中知道,这些画像的访求者,是南阳张中孚。序中介绍了汉画像的几种不同的刻法。

后来,上海古籍书店到天津展销,我又在展销现场,买了这本《南阳汉画像汇存》。这本书,印得很堂皇,版面也宽大,图像清楚,用手书原稿影印,小楷秀整。用宣纸印刷。

编辑也精细，每图都有说明：原石何时何地出土？现存何处？原石尺寸等等。

前面有孙文青写于民国二十三年和二十五年的两篇长序，前者介绍访石经过，后者介绍汉画像知识。他以为汉画像中的神话题材，与佛教、道教无关，而出于汉儒邹衍学派的图谶，具体形象，出自《山海经》(如人首龙身像)，此像通称人首蛇身，然有足，当称为龙。

画像内容，包括天象图、地域图、历史图、礼乐图、游戏图、祥瑞图。

孙文青，这人很有学问，原来是南阳河南省立第五中学的教员，闲时散步，见道旁，桥下，荒寺，井台，到处都有汉石画像，发生了兴趣，立志搜求，一共收集二百余石，经挑选，合关百益所辑，共得一百四十五图，汇印成此书，于抗战前出版。书后有商承祚跋，无多内容。

南阳为刘秀发祥之地，贵族多，墓中多画像，然此等像皆刻于墓内柱、梁、门、楣之上，石料粗，故刻画亦多粗犷，不清晰。而如武梁祠堂之画像，则作于石壁之上，石壁平整，故画亦细而清楚。这点知识，亦得自鲁迅写给王冶秋的信中。一九三五年，王氏为“饭碗”奔走，当无意于考古，然受先生委托，不得不全力以赴，完成任务。解放后，王氏领导国家考古事业，任文物局长，其知识之源始，也应归功于当年鲁迅先生的熏陶吧？

夏中无事，翻阅汉画，谨记一些心得如上，也是纪念鲁迅先生，为学博大精深，一言一行，无不惠及后学也。

一九九二年六月十七日上午记

附　记：

余青年时期，奔走于乡间道路，常于疲累时，坐于道旁墓冢碑座上小憩。回忆碑正面两旁，多有装饰画，其形制仍汉画遗风。然碑面打磨平细，其刻法似是武梁祠风格，而非南阳画像风格也。文化大革命，北方碑碣全部打倒砸断，亦多用于砌猪栏，建公厕，作台基，私人收用者少，因视为不祥，后之考古者仍须从这些地方，发见此物，此亦文物之历史规律也。下午又记。

题《蒿里遗珍拾补》

广仓明智大学出版，邹安(适庐)编辑。

邮购得来，书店盖以甲字小圆印，定价三元五角，系当年购书之贵重者。

检罗振玉《雪堂校刊群书叙录》,有《蒿里遗珍序》,已将较精之品影印,此书非罗氏所编,而是将他不要的东西,杂乱无章地编成一书。所收之品, 亦无使我感兴趣者,面对一些破烂古董,都是外国人挑剩的,不要的中国文物,中国的学者们,仍在那里孜孜不倦地作跋考证,引起无限感慨。

不过,在一张“地券”的说明中,有这样的记述:这个砖券,在水灾后冲出,一个农民拾到,想叫人看看卖了,后来一想,怕人说是“盗墓”(他深知这是大罪过),又反悔了“放回原处”去了。

这是一个典型的朴实农民的心理写照, 看过后有久违之感。

陕西、河南为帝王建都之地,文物层出不穷。一方水土养一方人,靠山吃山,靠水吃水,农民得些便宜,本来也说得过去。但历来得到好处的,还是一些非法之徒,而得其精华者则为外国人。现国有明令,而屡禁不止。枪毙也没用。送进博物馆的,照样丢失。发展到群众性盗墓,挖掘,其结果,仍是要运往港台,卖给外国人,以致那里供过于求,减价处理,可叹,可叹。今日破一案,明日又破一案,不破之案有多少,可想而知。地下的文物,其将绝迹乎?

看一本破书,引起没用的感慨,非读书之原意也。此所谓多愁善感欤?

一九九二年六月十七日下午记

题《何典》

一九九二年四月二十八日,山东自牧寄赠,贺余八十岁生日也。书颇不洁,当日整治之,然后包装焉。

此系工商出版社一九八一年据北新书局本重印。

一九三三年,北新出版此书,颇热闹一时,然余并未读,兴趣不在这上面。也没有想买过,好像也没见到过。但鲁迅先生的两篇《题记》,我是读过不止一遍的。这次得到,修净后,我又读了这两篇题记,并同时读了刘半农和林守庄的序,忽然产生了一个"比较文学"的念头。

俗话说:"不怕不识货,就怕货比货。"欧阳文忠有言:文章如金玉,市有定价,非口舌可争。都是说的比较。

同是作家,或者同是著名作家,这是得不出什么结论的。如果有这样的机会:几个作家同时为一件事写了文章，这文章又接排在一起；而你也有机会同时读了这些排在一起的文章，你心中自然会有一种比较，分清了优劣。

这次，我就感觉，拿鲁、刘、林的文章，在心的天平上一衡量，轻重大有差别。林的文章，写的是别的方面的事，姑勿论。鲁、刘高下，自在眼前。

这不是天赋天才的分别，是写作态度、写作用心的分别，刘的文章，虽是他自己的事，写得轻飘飘，极不严肃，而鲁迅为朋友作序，却投进全部感情，非常认真。高低之分，就出自这里。鲁迅文章，无论大小，只要有意为之，就全力以赴，语不惊人死不休，必克强敌，必竟全功，所以才得成为文坛领袖，一代宗师。

小说原文，还是没有看，对这种文字，兴趣不大。至于吴稚晖，我学习文字时，他已过时，或者说已到尾声，我好像还赶上读了他写的一本谈人生观的书，是安志成先生讲解的。但他的"放屁，放屁，真真岂有此理"，却给人留下深刻印象。进城初期，我还在冷巷买到一套小书，就叫《岂有此理》，这部书好像送给了映山。

但把骂人的俗话，写进小说还可以，《红楼梦》就有"放你妈的屁"这句话。但用于文章，甚至诗词，则不大合适，后者尤不便于吟咏。

一九九二年六月十八日上午

题《雪堂校刊群书叙录》

永丰乡人稿甲种，上虞罗振玉著。

二册一函，连史纸仿宋体大字排印。六十年代从北京中国书店邮购，书后有“甲5”蓝色方印，价三元五角。

书前有王国维序，写于戊午六月。

据一九八〇年江苏出版社，甘儒辑述《永丰乡人行年录》称，罗氏尝言平生未尝求人为书作序，此序静安主动为之。并称：此序无一贡谀语，宜非静安不能为此言。

甘氏书中，引王静安序，几近全篇。然亦略有删节，如“至于奇节独行与宏济之略，往往出于衰乱之世，则以一代兴亡与万世人纪之所系，天固不惜生一二人者，以维之也”一段则删去，而此段正多“贡谀语”。

此亦不足为王氏病，行文中有些过头话，是常有的事。也可能王国维当时是这样认为的，也可能是迎合罗振玉的观点。

就在这部书中，罗振玉几次提到“天将降大任于斯人”

一类的话。开卷第一篇:《殷虚书契前编序》中,即有"今幸山川效灵,三千年而一泄其秘,且适当我之生,则所以谋流传而攸远之者,其我之责也夫"的话。《殷虚书契后编序》中又说:"私意区宇之大,圆颅方趾之众,必将有嗣予而阐明之者,乃久而阒然。……至是予乃益自厉曰:天不出神物于我生之前,我生之后,是天以畀予也。举世不之顾,而以委之予,此人之召我也。天与之,人与之,敢不勉夫!"

王国维序中说:"案先生之书,其有功于学术最大者,曰《殷虚书契前后编》;曰《流沙坠简》;曰《鸣沙石室古佚书》及《鸣沙石室古籍丛残》。此三者之一,已足敌孔壁汲冢之所出。"

耕堂曰:《殷虚书契》,即甲骨文,寒舍无力购存,亦未能涉猎。《流沙坠简》购存矣,实亦未能全懂全记。至于石室佚书,即敦煌占写本,也只是从王重民之序录,及其他有关材料,略知大概。但不知为什么,对这三种学问,总想多知道一些。这也是发思古之幽情吧。

因此买了罗氏这部著作。确实像王国维说的,罗氏在这三方面,做了很多工作。但做这三方面工作的,并不只是他一人。他在哪一方面,也并不是开创者,也不是成就最大的人。甲骨文在他以前,或在同时,已有刘鹗、王懿荣、孙诒让;流沙坠简则是斯坦因先发掘的;石室遗书,则是伯希和先得到的。二人都是外国人,是盗取中国文物。罗振玉不过是用的人家寄给他的影片材料,谈不上是什么发见。

至于释文、考证,罗氏确也做了一些工作。特别是对甲骨文字的识辨,他下了很大功夫:“或一日而辨数文;或数夕而通半义”。但震动全世,被称为人文科学重大成果的,是出自王国维之手的“考释”。

罗氏在三方面,扮演的角色,并不是像他自称的,“其存其亡,唯予是系”那么重要。他的劳绩,确也不能抹杀。

罗氏这个人物,也是时代的产物,具备以下几个特点:

一、继承了清朝朴学考据的一些治学方法。但他主要是印书。

二、信息比较灵敏,接受了西欧、日本的一些现代考古知识。

三、结识了一些外国朋友,不管这些人是干什么的,只要帮他印书就好。

四、印书不惜工本,精益求精,充分利用现代印刷新技术。所印书籍,定价昂贵,使鲁迅吃惊,但又因为印得的确好,又不得不买。

他印书是为了传播学术,也是为了赚钱。他总说他印书花了多少钱,从没说过印书赚了多少钱。从他印的书的定价看,一定不会赔钱。

五、罗振玉是学而仕,仕而估者也。他善于经商,曾在大连开过古玩店。他搜罗古物,不分巨细。然后影拓。用钱时,把原物卖掉;再用钱时,就把拓片印成书,而且一印再印。

六、他结交估人,熟识收藏家,见实物多。印书又极负责,“自编次校写,选工监役,下至装潢之款式,纸墨之料量,诸凌杂烦辱之事,为古学人之不屑为者,而先生亲之”。(王国维序)这是值得今天的出版家学习的。

我购买罗氏所印书多种,其中见于本书序录者,有《流沙坠简》、《世说新书》及《六朝墓志菁华》。其印刷之精良,装潢之讲求,称得上是空前绝后。至于罗氏在政治方面的所作所为,不在本文论述之列。

一九九二年六月二十六日晨

题《秦淮广记》

商务印书馆民国初年大字排印本,线装四册,缪荃孙编著。前有缪序,大骂人心不古。

缪荃孙为清末名士，图书收藏家鉴赏家，据传张之洞《书目答问》，即出其手。民国后在上海开设蟫隐庐书铺，经营古籍，所印《柳河东集》，余有藏本，并购存其藏书记数种。

此书得于天津旧书肆，因读鲁迅《中国小说史略》，知《板桥杂记》等书颇有名，而此书收之，并不止一种，故购之。

然于“文革”后，已列入“拟处理”部分，几次想送人，均因无适合之收受对象而作罢。后古旧书籍难得，日子也太平，就没有再送人的打算。

开放以来，“秦淮文化”大为时髦，并有人想藉此以“弘扬”中华民族文化。此原始材料，不只收罗宏富可作。“秦淮辞典”，并且千姿百态，确系“名妓大全”。有些“著名作家”，或尚不知。且海内少见，没准已是孤本。编制电视片，或写历史小说者，其有意睹此秘籍乎？

耕堂曰：此书虽系无聊之书，然编者仍以严肃态度出之，叙述秦淮制度沿革，历史事实，著名人物均有史载。其首引《明实录》几节材料，后见鲁迅文章中亦曾引用之。余读鲁迅日记及书信，均未见提及有机会阅读《明实录》，故余颇疑先生所引用，亦出于缪氏之书。

一九九二年六月二十九日晨

题俞樾书《枫桥夜泊》诗（石刻）

此片为江苏文化部门拓印，已忘记是哪位朋友寄赠，存于书笥，已有数年。余有一四尺花梨大镜框，近年多装自己习字及胡诌诗句，字既无章法，诗尤不协音韵，并有时为来客抄去，在报刊发表，贻笑大方。余引以为戒，遂撤除之。近日念及此片，找出装入，大小适合，满室增辉，搬一小凳，对坐观赏，不能不叹石本之佳，书法之魅力也。

俞樾为清末经义大家，著作宏富，无学不通，兼及小说（如改写《三侠五义》）笔记（如《春在堂随笔》）。其著作，余购存多种，《茶香室丛钞》，并为原刻。

俞氏书法，为学者字，即鲁迅所说：字写多了，自然就写得好一点。没有丝毫馆阁气，也没有丝毫怪气，规矩之中，自有本身风神，余深爱之，悔面对之晚。

字不怕俗，却怕怪。俗能通向大众，怪则为多数人不认识，不认识之字，尚得称为书法乎？

近看电视，寒山寺已成旅游热点，一对对情侣，争相撞钟。枫桥想来也该塑一个诗人夜泊实景。江枫渔火都好办，月落乌啼，就不那么容易。而钟声不分昼夜传来，噪音乱作一团,扰人清梦,诗人就更难对愁眠了。正是:昔人抒写真情意,当今化作生意经。

一九九二年六月二十九日下午

题《簠斋藏镜》

蟫隐庐影印,连史纸有衬页,两大册。扉页为郑孝胥乙丑年(这些人不用民国纪年)。题写的书名,隶字,不知是去东北当汉奸之前,还是以后。

目录后附有高邮宣哲乙丑冬所作题记, 称陈簠斋藏镜拓本,原藏丹徒刘氏抱残守缺斋。所拓皆系精品,故只百有八镜。宣哲不知为何人。

此系邮购而来,下册封底残破,经余修补。

陈簠斋,即陈寿卿,山东潍县人,为清末大收藏家。罗振玉引端方之言,认为当时古器收藏,首推吴愙斋与陈簠斋。吴久官秦中,故收藏富。而陈则因富于财力,能驱使天下估人,为之奔走,不出户庭,所收却多于吴。

此册印刷精良,所印均按原镜大小,不惜用两面纸,合印一图,如蝴蝶状。

解放后,出土古镜甚多,我买了两本文物出版社印的,湖南和四川出土的古镜图录,都是照相印刷,又不照原大,加上出土铜镜色暗,图片都黑糊糊。四川一本有拓片,大小一样,看不出镜的原貌。印刷进步了,反不如手工操作之精。金石易损,且易流失,古人即重拓印,而金石文字,非拓印不能见其风采。故历代重视拓本,然必有良工,今日已不可能矣。

然余对此道,实在外行,只能就书本而论之。

一九九二年七月三日晨

古铜器重铭文,陈氏所收古镜,铭文最多,花纹图案也好,所以说都是精品。有的铭文多至数十字。因年代不同,字体也有变化,隶书楷书都有。镜的名目亦多,其中有尚方镜、十二辰镜、位至三公镜、心思君王镜及绝照镜等。

陈氏收藏富,但很少作考释之文。别人有一件两件,便大做文章了。据罗振玉说,陈氏在文字上,甚为矜慎。他的藏品,都是后人代为辑印,所以大都既无说明,更无考释,没头没脑一大堆。这本藏镜能有个目录,有个简短的附记,算是很不错了。

同日又记

余无一古镜之储，幼年乡居，见妇女结婚时，仍悬古铜镜于腰间以避邪祟，然只见正面，未得细审背面铭文及花饰，亦见如不见也。

又记

题《簠斋古印集》

神州国光社印行，线装四册，粉连纸印，有衬页。六十年代从北京中国书店邮购，定价四元，有甲字小方印。

此书无头尾，无说明，只在书前有“光绪辛巳秋簠斋所拓”几个篆字。

印为朱墨拓本，甚精工。其排列顺序为：古印，秦印，周秦朱文印，巨印，肖形印，官印（亭侯乡侯、将军、司马、将、督、千人监、相、太守、尉、丞、仆射、令、宰长、牧卿执法、侯、伯长、邑长、小长），神印，黄印，单印，唯印，私印，姓名印，姓二名印，之印，子母印，六面印、两面印，肖形姓字印，朱白文相间印，白阑姓名杂印，吉祥印，长方朱文姓氏印等。分得也很杂乱。

全书共一百六十八页，每页印数，多者三十印，少者十二印，共有多少，没有去详计，总之，这是一部古印大观。秦印以后，当大都是汉印。

但我对古文字，一点不懂，多数印文，不能识别，闲时翻阅，好像是欣赏一种抽象艺术而已。

陈簠斋收藏古文物甚富，前文已及之。他家有一楼，即名万印楼，可见他藏古印之多。我还有一本他手拓的玉印集，其中居然有一枚赵飞燕的玉印。此书已送友人。

我有几部印谱，都已送人。这部书不知道为什么留下了。可能是书印得好，书品又好，不忍送人吧。晚年却成为自娱之物。现值炎暑，居然能伏案逐页抄写印名，可以说是“无事可做”了。

据说，古印多出自归化城，估人去一趟，能得到千余枚。归化是古代争战屯戍之地，用印的机会多，用印的官员多，所以能有这么多的印出土。也因为那里的土地干燥，能保存这些铜印，风沙大，也容易暴露出来。这都是我的猜想，我并没有到过那里。

罗振玉说，古印的出土，对历史考证有诸多裨益，我看有些夸张。就像古钱一样，许多人喜好古印，不过因为它是一种小古董，既可欣赏，也可以买卖。

一九九二年六月三日

题《古泉丛话》

清·戴熙著,同治壬申滂喜斋刻。

书共三卷。卷一,十四页;卷二,十四页;卷三,十页。后又附加七页,而不标卷,却装于卷一之前,殆装订之误也。

书重修过。书脑破裂,已全部裱衬。视其工艺,如书店为之,则似劣;如系我为之,又似精,不易辨矣。

书前有戴氏原序, 首引张宗子之言:“人无癖不可与交,以其无深情也,无疵不可与交,以其无真气也。”这大概指的是:从癖与疵,才可以看出一个人的真正面目。因为癖与疵,不是装出来的。序作于道光丁酉。

后为潘祖荫题识,谓他之刊本,以鲍子年、胡石查两家手抄本合校,并由吴清卿手录上版,于同治壬申年刊成。

今余为此书题识,亦为壬申年。

戴字醇士,谥文节。他的这部丛话,在谈古钱的著作中,名重一时,是权威之作。这些破烂书,都是六十年代初,我从苏州邮购而来。

余对古钱无知识,戴书所记故事甚多,尤多假钱、铁钱的记载,颇有趣味。余作笔记小说读之。

一九九二年七月六日晨

题《梅村家藏稿》

我不喜欢读明清人文集,故购存甚少。或已购,亦不惜送人,如《壮悔堂集》。

但却花重价,购买了这一部《梅村家藏稿》。书为木刻本,共八册,连史纸精印,有“宣统三年武进董氏诵芬室刊”方形书牌。我从南方邮购,价二十五元,是我收藏的贵重书之一。

武进董氏,即董康,著有《东游日记》,我收存,书为石印,共三册,前有胡适序。然所记,号称访书,无多内容。故鲁迅《答日本友人》信中,曾谓:这种人,在中国,不能说是学者。但观其文字,还算是念过书的出版商人,较之今日,亦难能可贵矣。

清朝末年,石印技术,已传入中国,并大为流行,不只方便迅速,而且书写体直接上石,使一些书法家大显身手。罗振玉印书,多用石印,为他写版的书手,颇富功力。书的纸张版式也讲究,从各方面说,都凌驾木刻书之上。

木刻，旷日持久，木板堆积，实在不方便。但有一些好古之士，还是喜欢它，视为正宗。所以石印、铅印，已在市场广泛流行，仍有私人，用木板刻印丛书，供应那些好古之士。如缪荃孙、刘承幹、董康就是。

不过，清末、民初的木版书，已经在字形上，有很大变化。受石印、铅印的影响，它们的字体，从厚重逐渐向细小方面转化。董康刻的这部书，其字体，已与铅字的四号仿宋体，相差无几。这和老年花镜，已经比较普及有关。

此书，字虽较小，然开本大，栏格疏朗，在木版书中，别具一格。商务的四部丛刊，吴集即据此影印。

题《入唐求法巡礼行记校注》

日本　释圆仁

李屏锦寄赠。一九九三年四月十三日装。

余欲读孤行苦历之书。今不只无书可读，甚至无报刊可读。报纸扩版成风，而内容变为小报。世风日下，文化随之。读了一程子字帖，亦厌烦矣。乃忆及此书。病中虚弱，精神短少，读书数行即倦。

题《鲁迅书简》

许广平编，一九四六年版。

一九九三年九月三十日上午，于阳台用细砂纸打磨书顶尘污，略为整洁，并包以新装。

近一期《新文学史料》，载姚克材料，涉及与鲁迅关系。乃想到鲁迅致姚书信。此编共收三十二封，时间为一九三三年三月至一九三六年四月。

姚能得鲁迅欢心、信任，实由于他的能干。他关心鲁迅的身体、工作、心情，并能投其所好，帮他做一些实际工作。能在很短期间，与鲁迅关系非常，还能拉他去照相合影。这是一般文学青年，很难做到的。

鲁迅书信：此编八百多封，人文第一次书信集三百多封，第二次一千一百多封。然与此编相较，所增多无关重要。此编成于鲁迅刚刚去世，收信者热情献出，内容多有关鲁迅思想、作风，为文学史重要资料，并按人集中排印，看时方便。

十月一日上午记

题《明史纪事本末》

丛书集成初编，据畿辅丛书排印。

此书购置多年，从未读过。近日偶然翻阅明末野史，见《小腆纪年》多引此书，材料翔实，议论准确，乃觅出浏览。其叙事，简明有据，非一般野史可比。谷应泰议论，虽用典太密，然颇为平允，不失为大家之作。明史浩瀚，老年已无力读之，有此一书，藉知有明一代梗概。

此书当时购价，仅为一元六角八分，且分订为十册，不惜工时，可见当时出版家精益求精，为读者着想的精神。纸为道林纸，经历半个世纪，仍如新书，可不珍视乎？丛书集成零本，“文革”后，损失颇多，余尤为此书未被处理掉，而内心为之庆幸也。

一九九四年二月一日，为作一简
易书套储之。芸斋记于阳窗下

题文集珍藏本

一九九二年十二月四日，我刚吃完早饭，走出独单，百

花文艺出版社的社长,还有一位女编辑,抱着一个纸盒子,从楼下走上来,他们把《孙犁文集》这一部书,放在我的书桌上,神情非常严肃,连那位平日好说好笑的女编辑,也一言不发,坐在沙发上。

这是一部印刷精美绝伦的书,装饰富丽堂皇的书。我非常兴奋,称赞出版社,为我办了一件大事,一件实事。女编辑郑重地说:“你今天用了‘很好’、‘太满意了’这些你从来很少用的词儿。”

我告诉她:我走上战场,腰带上系着一个墨水瓶。我的作品,曾用白灰写在岩石上,用土纸抄写,贴在墙壁上,油印、石印和土法铅印,已经感到光荣和不易。我第一次见到印得这样华贵的书。

有好几天,我站在书柜前,观看这一部书。

我的文学的路,是风雨、饥寒,泥泞、坎坷的路。是漫长的路,是曙光在前、希望的路。

这是一部争战的书,号召的书,呼唤的书。也是一部血泪的书,忧伤的书。

争战中也含有血泪,呼唤中也含有忧伤,这并不奇怪,使人难过的是:后半部的血泪中,已经失去了进取,忧伤中已经听不见呼唤。

渐渐,我的兴奋过去了。忽然有一种满足感也是一种幻灭感。我甚至想到，那位女编辑抱书上楼的肃穆情景:她怀中抱的那不是一部书,而是我的骨灰盒。

我所有的,我的一生,都在这个不大的盒子里。

一九九三年十一月一日

芸斋短简

致卫建民

一

建民同志：

久未通讯，我想你在忙于安顿家务。入夏以来，天气奇热，我消夏之法，即为写作，虽汗流浃背不止。陆续发表了一些读书记，惜都在天津，你可能看不到。这倒真是一个“小高潮”。

《如云集》的稿子，谢大光昨晚已拿走，字数是没有问题，惜读书记多了一些，创作少了一些。

后记，一点想法也没有，不知道能写出否？因你一直关心这本书，故及时奉告。

我一切如常，希勿念。

祝

全家安好！

孙　犁

一九九〇年九月八日

二

建民同志：

十月三十一日信，今天收到。十月份没有写东西，不是身体的原因，而是情绪又有些低落。

你总是能先得我心。近日写了一些文学杂记，原为十五节，经合并，成为九节，共五千余字。已经复印了，细读一遍，真如一路闷棍横扫下去，不分男女老少，多有得罪，因此，能否有勇气发表，尚不敢定。

另，出版社已经着手编辑我的文集续编，约计字数为八十万，拟出两册。同时再版原有五册。此事，春节即动议，拖到现在才开始动作，何日能出书，则甚难预料。知你关注，特先告知。

我一切如常，请勿念。你多写些东西吧，路子可放宽一些。

即祝

近安！

孙　犁

一九九〇年十一月五日

三

建民同志：

六月十五日信早拜读，所释“穷愁”二字，甚确。

我的字写不好，你花钱去装裱，实是浪费。上款因系后加，过去有人多谈到，剩墨易阴湿，致使字幅整个作废。此次我极力少用墨，未审效果如何？

《光明》文章，无多大意思，又赶上“七一”，恐怕还要等一等，方能刊出。此篇以后，即未再写，恐从此结束矣。

我的病，仍如前信所述，无大变化。

炎夏到来，望注意起居。

即祝

全家安好！

孙　犁

一九九一年七月二日

四

建民同志：

昨天读了您发在《文汇读书周报》上的文章。好像话还没有说完。

您走后，我即查阅“书目”，没有《契诃夫书信集》这本书，有一本契诃夫的妹妹写给他的信，这种书恐怕早已送人了。

我一切如常。天太热，脑子不清楚，东西写不成了。即

祝

全家安好！

孙　犁

一九九二年八月五日

五

建民同志：

来信收到。

欧公是个纯净的文人，是安分的“儒”，所以他的一生，虽然也有人造他的谣言，但官做得还是平稳的。几次贬抑，也只是仕途之常，没有流到琼崖去。他的这种想法[1]，是真

---

① 欧阳修反对新法，请求致仕。他对神宗说：“时多喜新奇，而臣思守拙；众方兴功利，而臣欲循常。”“这种想法”即指此。——建民附注

心话。当然他也遇到了好时光，宋朝对待文人，是很宽容的。

每到换季，我就担心犯病。近日又是心悸亢进，又在吃药。

前几天，"陕人"出版社来组稿，又是"名人随笔系列"，经过考虑，我谢绝了。今后再也不叫人"炒剩饭"了。

你那里如果有登载《我的珍贵二等》的《文汇读书周报》，请把这篇文章复制一份寄我，如果不方便，就算了。他们寄给我的报纸遗失了。

你读的宋书，是什么版本？

即祝

全家安好！

孙　犁

一九九二年九月十五日

六

建民同志：

中午收到您的信。我是读了林纾的春觉斋论文、论画，又在中国书店的图书目录上，见有他的文集，而且售价非常便宜，才临时写信，请您去问问有无存书。结果又浪费您几个小时，甚歉甚歉！

我当即读了您复制来的几篇“林文”——桐城味太浓，实在与他论画论文之作——言之有物者相反，兴趣顿减。想来他的文集，大都是这种文章，不必再去搜求了。

此人因能文能画，收入颇丰，有友人誉之为“造币厂”。室内有桌面二：一画画，一写作，交替而作。与人共译法国小说，那个人还没说完原文大意，他的译稿已画句号，文思敏捷如此！当《茶花女遗事》初入中国时，国人耳目为之一新，新潮汹涌，无可匹敌。他因此发了大财，亦时势造英雄也。——现趸现卖，我前几天读来的。

我还是乱翻一些书。近日又读中华书局前几年校释的两种佛经，只读前言和附录，正文读不下去。

天冷，早晨去阳台感冒了，连续服药，已经好些了。

即祝

冬安！

孙　犁

一九九三年十二月二十三日

七

建民同志：

刚刚收到您的来信，所论林纾，甚是。

解放后，我逛天津早市，见到地摊上有全部林译小说，都是花花丽丽的封面，书很新。当时，我还没有想当藏书家的念头，失之交臂。听说，商务印书馆的起家，也仰仗林译小说的出版发行，而且中国之有版权，也从林译开始。商务另一发祥，为印制译本《圣经》。其影响中国文化，至巨且远，推本求源，亦不能不念及林纾矣！

我读书无计划，不知由何引起而读何书。例如您复制林文来，我忽然想起我也有一本《续古文观止》，找出读了两天，并把顾炎武转引的一句话："士当以器识为先，一命为文人，无足观矣！"记在笔记本上。另外，从您寄来的古籍出版简报上，又记下苏轼的四句诗："著书多暇真良计，从宦无功漫去乡；惟有王城最堪隐，万人如海一身藏！"

开卷有益。不知何时可触动情思，即爆发读书乐趣也。

另，前几天得到一本《阅微草堂砚谱》，是柳溪同志送来的。因为沧州要出《纪晓岚全集》，她叫我当一名顾问，念在老同志面上，我不好拒绝。纪是她的先祖。这本砚谱，据说卖得很贵，当顾问，居然可以白白拿到一本，无怪有些人之热心于"顾"也。

每砚都有铭，有的一铭再铭，文字多可观。查纪氏文集，这些砚铭都编入。另有他的一些小用具，如刀剪之类，均有铭文,从中可看出纪氏生活和文字的风格,较之皇皇大文,尤为明显,是可贵的古代小品!

因为大意,前几天在凉台受寒,感冒了,又因不慎,腹泻数次,都及时吃药,好了。看起来,人老抵抗力弱,无论怎样注意,也难免出现变故。

祝

新年好!

孙　犁

一九九三年十二月三十一日

八

建民同志:

收到来信。如您所知,我青年时读书,局限性很大,一心只读革命书。每天啃哲学和政治经济学。布哈林的书,河上肇的书,中国陈豹隐的书,都很厚。文学方面,非左翼不读,这样就限制了自己的眼界。例如张恨水、包天笑、严独鹤、周瘦鹃这些人,只闻其名,不读其书,一律斥之为"鸳鸯蝴蝶""礼拜六",其实"礼拜六",不就是今天的"周末版"?所以除了读过一本《啼笑因缘》外,这些人有什么著作,我也说不上来。周瘦鹃后来善做盆景,我倒听说过。现在老了,也不想补这一课了。

近日读书,还是拉曼式:因《续古文观止》,又找出《顾亭林年谱》(清·张穆);因年谱,又找出《归庄集》,也只是翻翻而已,都未细读。顾、归的文章,确是大家,而黄梨洲的文章,好像就不擅长。我有他的全集,前些日子,整理了一遍,看了看首尾,又放起来了。《续古文观止》,只选了他一篇,就很难读。

祝

冬安!

孙　犁

一九九四年一月十一日

九

建民同志:

信及明信片,同时收阅。所示书籍,有的有,有的不想看,不必寄我。

我近来的工作是:每天站在书柜前,观察包扎旧书的报纸,如有的太脏太旧,则取出重新包之。换下的旧报纸,多为一九七四年,其上文字多为"批林批孔",已成历史文献,偶尔读一些,啼笑皆非。当然,也翻翻所包的书。最近,因找出一部民国十八年商务所印《南明野史》(线装三册，本名《明末五小史》,朱希祖考订,纸白,字大),看了半本，就又想起我曾买过不少南明史料,都未细读,随即又转到排印本书柜前。好在都捆在一起,是《小腆纪年》等共十余种,这两天就又看起李自成、张献忠的故事。这些史料,也只能当故事看,例如一种叫《纪事略》的史料,结尾竟是:从此滇黔道上,添许多杀人放火的魔君;六诏城中,出一个盗名僭号的假主。后事尚多,另文分解,云云。

另外,铅印平装或精装,立着放久了,书顶即变黑,整治之法:用细砂纸打磨之,就干净多了。我近用此法,整修商务旧版书多种,颇为得意,也证明我爱书之情,至死不渝了。您忙,不必回信。

祝

冬安!

孙　犁

一九九四年一月二十日

十

建民同志:

其实,现在整理书籍,仍然是无聊性质,非此不足以解烦忧,所以也谈不上您说的“宁静”。

明末野史，据说共有三百余种，清道光年间，徐鼒所著《小腆纪年》（中华五七年排印本）参考了六十二种，号称丰富。我这次，就集中精神，读了这部书（姊妹篇为《小腆纪传》），也只读了二百来页，就又放下了。不过，这已经打破近年读书纪录。我已很难读这么多页的书了。

汇编的书，我有《荆驼逸史》，石印线装本，包括史料五十余种，共十六册，两函。尚有商务排印线装本《痛史》，包括史料近三十种，线装两函。此外，商务国学基本丛书《明季稗史初编》，所收亦十余种，总计也不下"六十二种"之数了。但是，徐氏的书，研究者都以为是最完善的明末史记。纪年是"纲目"体，叙事详明。

李、张戎马一生，迅速消亡，其部下孙可望、李定国、刘文秀等都有改弦更张，建立一个根据地的想法。但时事已不同，故亦失败。明末清初，的确是一个大动乱的时代，知识分子很难应付得当，非死即降。像钱谦益、吴伟业这些人，是很狼狈的，而顾炎武和归庄却能活下来，是各有各的特殊能力和办法，实在不容易想象了。

祝

冬安！

孙　犁

一九九四年一月二十七日

致徐光耀

一

光耀同志：

昨晚写一信，今日即收到寄来之照片，欣赏一遍，非常满意。明芳的已经妥为转交，希勿念也。

李桂花那个人物[①]，确实可做一部作品的主人公，略其弱点，突出其舍身为人的精神，确实是很能感动人的。

这两天翻阅浩然新出版的长篇小说《艳阳天》，这是有生活、有情节、有语言、有人物的作品，虽然我是“跳”着看的，但很赞赏。这几年确实有些作家在努力，在进步。我们都不能故步自封，要看看其他同志的成绩，多加努力——这是我随便想到的。

很希望早日读到你写的剧作。明年春季我们去白洋淀转转吧。

---

① 李桂花，保定郊区少妇，是一九六三年特大洪灾中涌现的救灾模范，当时正考虑把她的事迹写入剧本。

敬礼！

孙　犁

一九九〇年十一月二十五日

二

光耀同志：

昨天晚上，才收到您七月间寄给我的信、书和剪报。不知为什么耽搁了这么久？以后有信，可寄《天津日报》转我。

我很注意您写的东西，登在《人民文学》上的，《新文学史料》上的，《散文选刊》转载的，《长城》上的，我都读过。写得都很好。使用某些古典词句的地方，有时还欠准确。希望你多写一些。

前些日子，我心血来潮，写了一篇短文，题为《寄光耀》，已投《光明日报》，如能刊出，请您看看。

我自年初，因长期腹泻，心脏出了毛病，身体大不如从前了，偶尔写点短文，也写不好了。

祝

全家安好！

孙　犁

一九九一年十二月七日

三

光耀同志：

前接来信，知您心脏不好，望注意休息，心情平静。老年人有点心脏病，不是什么大事，但也要注意才好。我的心脏，主要是时常“心慌”，即跳动太快，声音太大（自己能听到），心绪烦乱。去年春节甚为不妙，今年春节较好，也没到医院认真检查过。其详情，可参看去年发在《光明日报》上的小说《心脏病》。

《光明日报》迟迟未发我写的那篇《寄光耀》，可能是我写得太消沉了一些。说是二月一日发，可我又没有收到报纸，也不知到底发了没有。文章也没有说什么，前边是我写给你的两张明信片，后面是叙你我的交往。

这次复信迟，是等着那篇文章发表，请你原谅。

即祝

春安！

孙　犁

一九九二年二月十八日

四

光耀同志：

前来信，早已收悉。今转上《光明日报》复信，可知该小文发表日期。此稿去年十一月二十六日寄出，迟迟不登，也不能怪人家，是文章质量，均不大好。您看后，也不一定满意。

我一切如常，希勿念。

即祝

近安！

孙　犁

一九九二年三月十三日

五

光耀同志：

收到您七月二十八日的信，并同时见到了《长城》上发表的照片。这是一张很宝贵的照片，将来有机会我把它印在书上。我青年时的照片荡然无存，近年所照，都是在房间里，一个姿势，衰老不堪一睹。

当时，您曾送我几张，都是立着的，有一张已印在文集，另一张印在郭志刚、章无忌同志写的传记中。但都没有这一张传神。

您写的文章,也当即读过,很好,含蓄一点好。

希您保重。

我一切如常,只是越来越没精神,入夏以来,整天迷迷糊糊,连书也很少看了。

即颂

暑安!

孙　犁

一九九二年八月十日

六

光耀同志:

昨天才收见您八月二十一日的信和寄来的照片,非常感谢。

你我合照的一张,很有纪念意义,可惜太靠近那块大山石,有压迫感。

《长城》登载的一张,我准备用在北京电影广播出版社为我编的散文集上。现有的就很好,不必再洗印。

我一切如常,希勿念。

祝

您保重！

孙　犁

一九九二年九月五日

七

光耀同志：

前信忘记写邮编：300192。

兹有一事拜托，我有一批信件，是寄给赵县邢海潮的。是我高中时同班（我曾在《光明日报》发表《老同学》一文，就是写他）。我想请您先看一下，看是否可以请《长城》编辑部看看，可不可以发表？如您认为不必，或他们认为不可，就还寄给我，这是一点关系也没有的。

给您添麻烦。

祝

好。

孙　犁

一九九二年九月十日

八

光耀同志：

顷奉九月十四日来信，《长城》能如此慷慨地接受这批信件,实在令人高兴和感激。我这些年的经验:一般报刊编辑,不喜欢发表与写作无关的书信。

其中实在没有什么内容,或内容重复的,也可酌情删掉一些。至于什么时候发表,更是无关重要。

写作一事,确是很难了,没有情绪是主要的,文章也不好写,我想您体会比我更深。

即祝

安康!

孙　犁

一九九二年九月十七日

九

光耀同志:

当我告知老同学,《长城》将发表信件,并想约他写一篇文章时,他马上写了一篇寄来,说是就不必让编辑部跑一趟了。

兹将他写的稿子寄上。请转《长城》审定。

我一切如常,希勿念。

即祝

近安！

孙 犁

一九九二年十月三日

十

光耀同志：

刚刚接到您十月二十日的信，我立即找出一张字幅寄给您。我不会写字，近来手颤，已很久不写了，留个纪念吧。

我也正想给您写信，我今天读了《长城》上您的两篇小说，觉得很好，尤其是第一篇。您如此年岁，还能如此用功，一丝不苟，在艺术上精益求精，实属难得。

我也看了贾大山的短篇，我诌了四句顺口溜：

小说爱看贾大山，
平淡之中有奇观；
可惜作品发表少，
一年只见五六篇。

供您一笑。

正在读铁凝的《他嫂》，文长，还有两节没读完。铁凝的文章，才真正是行云流水。我的“行云流水”远不如她。

天骤然变冷，我的心脏又不适应，然不要紧，希勿念。究竟是太老了。

写写散文好，但要注意休息。

即祝

全家安好！

孙　犁

一九九二年十月十二日灯下

十一

光耀同志：

接到您十一月三日的来信，知您又犯病一次，甚为惦念。冬季对老年病人，威胁很大，务希注意保暖，注意休息为盼。

我每年到这个时候，心脏也不稳定，到这个时候，我也特别留心，停止写作，书也很少看，情绪要保持稳定。比如昨天看电视，中国队与日本队比赛[①]，心跳得厉害，我就把

① 指中日广岛足球半决赛实况广播。

电视关了。只是举这么一个例子,希望您注意情绪的外界影响。

铁凝那篇小说[1],已经看完了,看时只注意故事和文字,也没有看出是什么主题,看完,也没有再去想它。现在,不像我们过去那样重视主题了。讲究“淡化主题”,作者如此,读者也如此。

书信[2],删去重复的几封,很好。

即祝

冬安!

孙　犁

一九九二年十一月七日

十二

光耀同志:

收到您二月十七日信。关于信的事,昨天《光明日报》来问,我已经答应可以发表。您寄稿时,再把信看一遍,如有可能得罪人的言词,可径自抹去,不必和我商量。

很多日子,常常想给您写信,问问您的身体情况,因为

---

① 指《他嫂》。
② 即《芸斋短简——致赵县邢海潮》。

懒散,没有写成。且自入冬以来,我的心脏,一直不平稳,夜晚难以入睡,必须服药。还有奇怪的,过去是好腹泻,近来忽然转为便秘,比腹泻还难受。关于便秘,我的经验是,便前散步,多吃红薯,最忌年糕。

我是不吃药有了名的。药有时必须吃,多吃必有副作用,中药亦然。养生以饮食,运动,心静为主。

即祝

近安!

孙　犁

一九九三年二月二十日

十三

光耀同志:

昨日奉上一函,谈正事。还有些闲话,今日续说:文集一事,动手于一九九〇年十一月,我原以为还像一九八二年一样,同社方及参与编校者同志座谈了一次,交出稿件,致以希望。其实,事情却与过去大不相同,屡出差错,我多次发现致函社方,郑法清同志注意到,才亲自抓,组织了一个较强的校对班子,共校了三遍,我又亲自把续编三册校样,从大局看了一遍。所以最后结果,还算不错,书出来以后,我很满意,也很高兴。您也看出,还算校得认真。

书据说卖得还不错,现已涨价到三百元,黑市且有售价四五百元者。不管怎样,出版社不赔钱就好,据说还有些盈余,再印些续编的普及本,以供应曾买第一版五卷本文集者。

现在印书很难,我们希望不高,于生前能看到这么一部印本,也就心满意足了。过去,我们的作品,不是只能在墙报、油印石印的条件下发表吗?情绪不是很高涨吗?事到如今,也该知足长乐了。

务望您注意休息,少介外务,以养身心,并希望多给我写信。

祝

春安!

孙　犁

一九九三年二月二十一日

附近作二首:

一、为保定荆小珍题条幅(帮忙人之女):

保定风光好，抱阳一亩泉。
莲池多古迹，少年曾流连。
至今不能忘，秀水白衣庵。
旧事已成梦，故人散如烟。

二、为娄向丽题条幅（娄凝先之女）：

八年争战成陈迹，故人音容已渺茫。
只有白发存记忆，太行山顶衰草霜。

癸酉春季

十四

光耀同志：

前来信两封，都仔细读过。所删字句甚妥，“局”字亦无误。

只有老朋友，能说出知心话，您所谈写作与我身心的关系，实为至理名言，我应该听您的话。但确实很难了。近日身体有急遽下坡之势，前几天，本来写好给您的一封信，后因其中情绪不佳,就废置未寄。

我愿意在我心情较好的时候,给您写信。再谈些闲事:

我从去年就通知各地亲友,不过"生日"。这是考虑到主客观各种条件,才决定的。然对文艺界朋友的热心,我还是很感激的。我说:组织一些有内容的文章,或作一些小规模的、实质性的座谈,也无不可。

今年人们又谈及此事,天津方面,根据本地情况,已定按我的提议办理。北京刘润为同志来信,我也以此原则相告。前几天,浪波同志来舍,据所谈拟议,我仍以为规模太大,人数太多。但未予争议,只表示感谢而已。

当前,"研讨"、"庆祝",已流为形式。而一举一动,都要花钱,文艺团体又穷,只能去拉"赞助"。

"花钱买名声",尤其是"花别人的钱,替自己造声势",我极不愿为,而耻为之。但这话,只能向老朋友说。请您在开会时,再委婉地申明我的主张。光耀,我们苦难一生,到了晚年,还争个什么?特别是和"别人"争个什么?那会有什么用处?

此信暂时"保密",但方便时,可复制一份寄我。

即祝

春安。

多加保重，少生闲气，看点有趣味的书。

孙　犁

一九九三年三月十五日晨

十五

光耀同志：

三月二十三日信收到。周申明同志已来过舍下，我把意思①都向他说了。

那张照片，我这里无有，也忘记了。但我送您的东西，不愿收回，以后也印不了多少书了。如有可能，可翻拍一张寄我。如不可能，您就保存吧。

我说的有趣味的书，指的是让人开心的书。高雅的如《太平广记》、《阅微草堂》之类。通俗的如《杂纂》(李义山)、《笑林广记》之类。

《笑林广记》，在我幼年时，庙会上有卖的。"文革"前，曾托旧书店给找了一部，纸是草纸，字是不识字的妇女们刻的，东一刀，西一刀，多一笔，少一笔，就像灶王爷神像上面刻的那种字体。"文革"后，有一位乡亲，是老八路，在

---

① 指"孙犁文学活动六十年学术研讨会"筹办原则。

警备区当干部,他向我借书看,我想这部书或许他喜欢,借去了。

你可能看过这部书,虽然不登大雅,我以为是笑话书中的精品。其中当然有不少庸俗的内容,但我并不认为那是“下流”,较之当前的黄色小说,艺术高超多了。可惜看不到新出的版本。过去乡下还有一种小石印本。

这也算我给你说了一段笑话吧。

我的病,主要是消化系统紊乱,不吸收,现正积极医治。

祝

春安!

孙　犁

一九九三年三月二十七日

十六

光耀同志:

先后收到您的信,和周良沛同志惠赠的书。我衷心感谢他送我这样好的书①,请代我致谢!

① 指《丁玲传》。

近一时期，我一直为疾病严重困扰，精神大差，已从石家庄把大女儿叫来照料我。

听说《河北日报》发表了我致铁凝的信，没有寄报给我。请您便中给我复制一份寄来。

草草，即祝

近安！

孙　犁

一九九三年五月三日

十七

光耀同志：

我大病一场，幸得生存。

患病期间，您前后来信，均得拜读，系念之情，深为感谢。

自今年春节，我的病急转直下，发展很快，到五月二十四日晚，忽然休克。当时，我一人在屋，非常危险。次日，被迫住院。先是内科看，又延误一些时日，后经专家会诊，方弄清是什么病症。

此次大病，全怨我平日不愿动弹，从不检查身体，又不明生理及医理，造成恶果，几个月来，所受痛苦，实难尽述。

幸手术成功,目前在家中静养。然究竟年老体弱,大伤元气,恐短期内不能恢复。

知挂念,谨报告如上。

即祝

近安!

孙 犁

一九九三年九月十三日

十八

光耀同志:

十月九日来信,顷奉到。那些信件,可以发表[1]。发前,仍希仔细看看如有妨碍他人的话语,请即径自抹去,不必商量。

我的身体,手术后已过百日,总的情况还算不错。基本上生活又恢复了老样子,每天弄弄书,也看不了多少。现在可看的书报很少,我正在看李屏锦送我的,一个日本和尚到唐朝取经的书——《入唐行纪》。我愿意看一些苦行、孤行的书。这比《大唐西域记》和《法显传》还有趣,因为

① 指后来《长城》杂志发表的《孙犁致徐光耀信九封》。

他在中国的幅员上行走。

文章,恐怕一时写不成了,不是绝对不能写,是不愿再沾这个边,想就坡下驴。——恐怕您又反对。

即祝

近安!

孙　犁

一九九三年十月十二日

十九

光耀同志:

十一月八日来信,今日收到。信改动得很好。我的身体,逐渐向好的方面发展,勿念。

没事,逛逛小市,花不多的钱,买些小玩意儿,回家拾掇拾掇,确系消遣解闷之一法。但据我的经验,一不可太上瘾;二不可花大钱。你想,真正的文物,哪能卖到我们手里?我想,也到不了石家庄旧物市场上。

近年出土文物之多,以前各朝各代,都不能比,原因不必说,是动土的机会太多。但真正的文物,在民间流失惊人,河北为一走私重地。所剩破碎小件,也必然到了京津贩子之手,我们外行人,决不会买到便宜。

但近来文物方面的工具书，出版不少，关于瓷器，最近复印了《饮流斋说瓷》，可以看看。但据我的经验，看书是看书，不懂还是不懂。所以，从事此道，最好是多看实物，多到博物馆，多到出土现场(您有这个条件)，多请教此道上的行家，增加知识。但也只是玩玩，既不想买古董，也不想当专家，只希望不上大当。上点小当，也是玩，也是乐趣。

我老了，什么乐趣也没有了，"文革"前，买了一些零碎，"文革"中，糟蹋了不少，剩下的，存放在那里，连看也不愿看了。你说的那件所谓"明瓷"，并不是我买来的，乃是老伴生前从她娘家拿来的。

我闲着没事，和您胡扯，也是为了练练笔墨，不是给您泼冷水。

余后叙，即祝

冬安！

孙　犁

一九九三年十一月十二日下午

二十

光耀同志：

祝您新年快乐，全家幸福！

我的身体，逐渐恢复正常，室内生活，可以自理。每天整理整理书籍，找出一些过去买了而未细读的书，消遣消遣，近读《民国通俗演义》。每天也练练笔，给朋友们写封短信，思路如常，文字尚无大碍，春暖后，可望下楼走动走动，也可以写点文章了。

看《人民文学》广告，您又写了小说，刊物到后，一定看看。最近您又买了些什么古董？有些仿古瓷器，我看比较实用，真正出土的东西，放在屋里，也不一定好看，这都是外行话。

即祝

冬安！

孙　犁

一九九四年一月三日

二十一

光耀同志：

来信收到。青花瓷，确是一种艺术。天津旧家，有个叫“青花孙”的，专收青花瓷，我跟一个卖古董的曾去他家，但所见瓷器甚少，只剩了些放瓷器的架子，都是紫檀木的。青花，据说以明代为最，清初次之。河北民间，尚有不少遗留，除盘以外，康熙大碗，据说别具一格，请您留意。

我也买过一些，都系仿制，有一个青花瓷瓮，“文革”后留给孩子盛面粉，现在我手下，还有一个青花大花盆，年代旧一些，但养花则死，干别的又有洞，只是陈列在柜上。日本青花，我买过不少，多已糟蹋。

买些玩意儿，确是养生之道，青花尤其雅素，如水墨画，变化无穷，民间多有，石市易得，可多收集，但不要买太贵的。十元左右，这价格太合适了。

我一切如常，前些日子，不慎重，感冒、腹泻各一次，及时医治，已愈勿念。便秘，多吃菜蔬、红薯，比吃药好。

即祝

冬安！

孙　犁

一九九四年一月十一日

二十二

光耀同志：

昨天收到《人民文学》，晚上阅读了您写的小说[1]。这

---

① 指《忘不死的河》。

种事情，在时代上说，已成逝波；在情感上说，乃是积淀。老来写出，是一种陶醉。但有人很忌讳回忆这些往事。当然另有原因，主要是些为人师表的人，也无可厚非。流水溅溅，溅溅应为潺潺，这是我现查字典才能说准的。

我一切如常，勿念。我病后写给您的信，也希望您整理一下，另外请您通知映山，请他把我病后写给他的信，抄一份寄给您。也请您代为看一下，删去有碍字句。然后合在一起，我准备发表一下，当然不忙，要看时机。您看可行吗？

祝

春节好！

孙　犁

一九九四年一月二十九日

二十三

光耀同志：

二月十二日信刚刚收到，上一封也收见，谢谢您。信，标题及编排都很好。投稿：一、不要勉强人家；二、也要投信得过的报刊。我说的"时机"，就是等机会，不忙于发表。《天津日报》最近要发我给邢海潮的信，所以不能再寄给他们了。《文艺报》、《河北日报》如果欢迎，可以给，否则先在您那里放放，以后再说。

积习难改，春节《人民日报》刘梦岚来，我交她一篇短稿，又寄一篇给《新民晚报》，这就是说，又开始投稿了，您听到，一定很高兴。

即祝

春安！

孙　犁

一九九四年二月十六日下午四时

致韩映山

一

映山同志：

刊物及来信均收到。手术不知已痊愈否？甚为惦念。

此次来津，望来舍下，我们好几年不见了。

《天津文艺》上第二首诗，是指郭。

纪"远"一文已寄《河北文艺》，来信说要用，有些地方需商酌云云。

小引已排过，我看了样子。

大星给我刻名章，实在感谢得很，你带来吧。

我又感冒，咳嗽。

祝

好！

犁

一九七八年五月二十三日

二

映山同志：

一月前寄上新版《白洋淀纪事》一册，不知收到否？念念。

我一切如常，近来事也多些。写了一篇《关于〈聊斋志异〉》交报社，另整理旧稿（新发见）分寄上海《少年文艺》及《宁夏文艺》。

纪念远的文章，《人民文学》拿去，据说可用。

祝

好！

犁

一九七八年八月十九日

三

映山同志：

那篇《紫河套》超出了保定范围，写到北京去了，也并不好，今天叫《十月》来人拿去了。

这并不可惜，我想给你个京剧脚本，字数不多，不知你那刊物，登不登戏曲？这个剧本是写白洋淀抗日斗争的，我看虽不能上演，却有些生活。而且，我正为它写一篇长序，已写成几千字，如果你能登，则连同序文也给你。

我原想把剧本寄给叶蓬同志，已封好了，又拆出来，原因是也不了解他那刊物登不登这种东西。

如你不愿要剧本，则等我把序写好，单独登序也可以。

祝

近安！

犁

一九七九年四月十三日

四

映山同志：

来信收到了。前天已经把剧本挂号寄出，想已收到。

你看可以用吗？如不好用，千万不要勉强。发不发都没有什么。如可用,可以分期刊登,不要占篇幅太多。

那个序,只写了一半,又放下了,回头看看,是否结束一下,就寄给你。作为后记发也可。

我近来杂事太多,写篇短文,也很吃力,并写不好。有时也很泄气。

祝

好!

犁

一九七九年四月十九日

五

映山同志:

今天把那篇序,交给克明他们,由他们看过后寄给你。共六千字。收到后望来信。

此系抄件,即可据以付排,但如同时发剧本,则希把剧本重抄一下,保存原稿,便中寄还。

排好后,可寄清样看一次。

祝

好!

犁

一九七九年五月三十日

六

映山同志：

剧本原稿收到。

刊物收到，还没有细看，大体是好的。

你的书面的字“紫苇集”，我又写了几条，寄给出版社美术组了。不如上次好，因为很久不动毛笔了。

那篇序，《新港》从克明那里看到原稿，要登，我已婉言谢绝了。

我近来身体不很好，浮肿，不知何因？近日抄录那些年写在书皮上的字，已抄得一万余字。序及第一部分，将发在《长城》上。另寄一些给《长春》。

另一个材料是《善闇室纪年》。序发在《榕树》。另一段给《江城》。《十月》上那篇你是知道的。此外就没有将发的东西了。

祝

好！

犁

一九七九年六月二十四日灯下

七

映山同志：

前来信收到。

我近日为《散文》月刊续写读书记，已成七则，在二三期发表。另为从维熙写一序言，将在七日的《文艺周刊》登出。

关于文艺理论问题，最好认真读些书，先读马克思：《政治经济学批判序言》。如欲深造，可再读《鲁迅译文集》第六卷中那四本书。这样心里有底，并可以知道，现在的理论之争，其实在几十年前已经争论过多少次了，老是弄不清楚，是因为有些理论家不断在那里摇摆之故。

祝

好！

犁

一九八〇年二月三日

八

映山同志：

收到你和大星的信及印章，甚为感谢。大星治印进步很快，慢慢将成名家。但戒骄戒躁，精益求精，多浏览名家印谱，从正途逐步创新。日常写信，可用毛笔，以便习字。我对此完全外行，我觉模汉印的数方，都很好，先不急于别开途径。给我刻的两方，也很好，有便人捎来吧。

我自春节后，很忙乱。近《文艺报》来人采访，在津停留一星期，连续录音三日，题目为“如何艺术地反映生活”[①]，此系大题目，将来刊出，请你看看。

其他也没写什么。李季逝世，写一短文，在《文艺周刊》。

祝

全家安好！

犁

一九八〇年三月二十九日

九

映山同志：

寄来保定市报并信收到，散文写得很好。

我的身体，已逐渐恢复。但这次病，究竟是一个前兆，并使身体受到影响。今后只能更加注意了。

这次患病，蒙你多次关心来信，十分感激。

近来我只是读一些书，偶尔给《人民日报·海外版》写

① 指《文学和生活的路》。

点读书记，你大概不能见到。

《羊城晚报》的万振环来信，称赞你写的印象记[①]是“权威”的。

祝

好！

犁

一九八六年三月十四日

十

映山同志：

三月十六日信收到。《中国青年报》上的散文[②]当即读过，“羊城”一篇，前天也读过，我觉得越写越带劲了。

我身体如常，也不愿多写了。

望你注意休息。

祝

安好！

犁

一九八六年三月二十一日

---

① 指《孙犁印象记》。

② 同上。

十一

映山同志：

接到来信和报纸，近来读到的印象记，写得不错。

我一切如常，偶尔写一点文章，有时用“姜化”的笔名，不知你注意到了没有。

每天也不知怎样，就过去了，看东西的时间很少，压着人家不少要我看的东西，只好分缓急处理。

自己看书也没计划，逮住嘛看嘛。近看《吕氏春秋》为《人民日报·海外版》写读书记，想来你是看不到的。

听说金星已结婚，谨向他致贺！

祝

全家安好！

犁

一九八六年十二月九日

十二

映山同志：

先后来信，及寄来的东西都收到。我这里近来乱一些，迟复为歉。

你写的论文[1],我又在《文艺报》读了一遍,写得很好。

孟庆祝已来信,我复信:因看不了长稿,请他送你或别的同志,帮他看看。

以后,不要寄挂号件,因我下楼盖章不便。

信,可抄出放着,有机会再说。

《北京晚报》的小文[2]读过了,不错。

祝

凯瑞安好!

犁

一九九〇年二月二十四日

附　记:

以上短信十二件,年前映山即抄来,希望有机会发表。我复信说:"机会难得。编辑们对这些东西没兴趣,不好意思拿给人家。这是我近些年投稿得来的一点经验。"

情况不断变化,今年各地报纸,大兴"增刊"之风,而所增刊,又多有"随笔"一版,而随笔版约稿,又多有"书简"一项。我想,映山抄来的这些东西,或有时来运转之机遇乎?

① 指《关于荷花淀文学流派》。

② 指《读孙犁的〈无为集〉记》。

遂找出来试试看。

任何事情，如果单从“宏观”着眼，或者就觉得没有什么意思。甚至可以说：某某创作才情已断，发表之欲未消，捞取稿费，迹近无聊。如果从“识小”方面去想，则从这批短信中，可以看出：在一九七八年之时，“四人帮”早已垮台，而我的写作，我的投稿，尚处在托熟人，寄边远，多挑剔，遭退还的情况，不是那么顺利，曾遇到不少波折。其原因何在？结果如何？这都是评论家，所愿意接触的问题，可惜很少有人去思考过，研究过。有些人，不知道注意这些看来不起眼的材料，因此，他们写出的东西，就很难深入到“几微”的领域。

信中小注，都系映山所加。

一九九一年十一月十三日孙犁识

十三

映山同志：

来信收到。见面后，我的身体，逐渐又有些恢复，虽然很慢，但总的来看，是不错的，希你勿念。你专程来津看望我，我由衷感谢！

最近给关心我的朋友们，都写了信，报告近况。郭志刚教授，来过一次。

东西是不想写了，书也很少看。每天只是看看《参考消息》和《天津日报》。另外研究一点鲁迅晚年的书信。

即祝

近安！

孙　犁

一九九三年十月二十七日

十四

映山同志：

来信收到。您在《人民日报》发表的文章，我听说后，即托人去复制，但一直也未见到。

我写给大星的几封信，段华复制寄来，前几天在《天津日报》登载了，请转告大星知道。

我的身体基本恢复正常，除做饭，一切又都自理，每天整理整理书籍，也多少看一点。近读《民国通俗演义》。您买的韩、柳全集，是什么书店印的，有无注释？可再买一部白乐天。

即祝

近安！

孙 犁

一九九三年十二月十二日

十五

映山同志：

收到来信，剪报都看过了。您的讲话很好，但看不出是登在什么报上。关于写我的文章，别人讲的，不要轻易引用。我是一九四二年才在山里入党，我的工作单位在路西。这些事都写在我的自传里，查阅一下就弄清了。过去，有人写文章，说我是吕正操用小毛驴接去参加抗日的，郭志刚引用了，我劝他删去，因为这不是事实。我前二年，也说过要注意细节的真实性，希望您不要见怪才好。

剪报寄回，您保存。大星给您寄了些什么禅书？请把书名告我(我不要书)。信的剪报，寄上一份，请转大星。陆游的文集，当然可以买。我最近也读了两部禅书：一、《华严金师子章校释》。二、《坛经校释》。但只是细读了前言及附录的材料，正文没细看。我不是对佛经发生了兴趣，只是为了长一些知识。

前几天,早上七点到凉台活动,叫冷风吹了,呼吸道发炎,现正在服药。我有时很大意,就引起麻烦。

即祝

新年全家快乐!

孙　犁

一九九三年十二月二十一日

十六

映山同志;

收到来信。我过去写文章,也有很多不注意的地方,特别是《风云初记》中,用了一些当地的真名真姓,而事迹又系创作,与真人无关。后来颇为后悔,然已不及改。好在是乡亲,也没人追究这些,不然就会造成麻烦。所以现在写文章,顾虑重重,也就没有生气了。

《容斋随笔》,是随笔中的上乘之作,我买过多种版本,后来送人了。这是一部很有价值的书。至于你读的那些禅书,我看都是现代化了的佛书,就像现代化了的《周易》一样,看起来实用,但已非原教旨,而上海古籍影印的佛教典籍,又非常之贵,也不易读懂,对于此道,也只好略加涉猎了。

我的身体,手术后已经半年,一直很好,最近天气一凉,先是感冒,前天又因吃饭不慎,引起腹泻,今天请大夫来,打了一针,还按时服药,恐怕也就止住了。我有时大意,家里人又缺乏卫生常识,虽屡屡嘱咐,有时还是疏忽。现在有病不敢再拖延,只能赶紧吃药。

我读书没有计划,现在读柳溪拿来的《阅微草堂砚谱》,此书卖得很贵。因为我当了《纪晓岚全集》出版委员会的一个顾问,她就送我一本。纪是大学者,河北出的全集,不知能保质量否?现在的出版物,实在令人不放心。所以我宁可读一些旧版本或影印的书。

今天大风,有病不能做别的事,就给您写了一封长信,耽误您的时间。

即祝

新年快乐,全家幸福!

孙　犁

一九九三年十二月三十日

十七

映山同志:

接到来信。我近来还在读书,读的是明末野史,这类书,新版、旧版,我有数十种,过去没有系统看过。这次看得比较详细的是张献忠和李自成的故事。他们杀人很多，妇女尤其遭殃。他们攻城时，叫妇女们裸体围城，向城上守兵大骂，这样，城上的大炮，就会点不着，响不了，甚至炮身会崩裂。有人说：张、李杀人多，但明太祖起事时，也是这样。果然，我昨天读《明史纪事本末》一书，就读到了同类的故事：元兵包围明太祖的城，他叫兵士们进屋掩藏，叫妇女们“倚门，戟手大骂，元兵错愕不敢逼”。元兵为什么这样老实？因为是少数民族？也不一定。反正明太祖的战法起了作用，张、李用妇女帮忙进攻，他用妇女帮忙守卫罢了。历史如此反复循环，所以很多人就信佛经和易经了。

明末清初，中国大动乱，时间之长，情况之惨，人民真难活下去。张、李之起，主要是因为天灾、饥荒、政治腐败。再加上异族入侵，镇压掠夺，知识分子，尤其不容易过关，非死即降。

我的身体，逐渐恢复正常，不读新书，只好读旧书，好在我存书很多。

即祝

春节全家快乐！

孙　犁

一九九四年二月七日

十八

映山同志：

来信敬悉。《中流》我有，文章是×××所写。

光耀处，只要我病后的书信，您的和光耀的，叫光耀编一下，找个地方发表，算是我病后的文字。其他书信，先放在您那里，以后，可能要编书信集，再寄来。但这些事，恐怕是由别人做，也不知在何年何月。

您最好系统地读些书，这对写作以及思路开拓，都有好处，现在文章不好写，可节省时间多读书。

即祝

春安！

孙　犁

一九九四年二月十六日

致邢海潮

一

海潮学兄：

自北平一别，即未再见，今得手示，欣慰莫名。因弟不在协会工作，今日下午，才见信件。

一别数十年，所历实非一纸能尽。而近日弟又犯眩晕旧疾，故先致一片，以免悬念，稍俟痊可，再为详谈。

弟进城后，一直在《天津日报》社工作，兄日后赐信，可寄该处。

匆此，祝

大安！

弟　孙犁

一九八九年三月二十五日

二

海潮学兄：

本月二十五日寄上一片，不知收见否？日前又托人寄上手边小书一册，刊物一种。前者可藉知弟大体经历；后者可略见晚景情状，兄于闲时翻阅，较弟写信叙述，更易得其详也。

兄再来信时，可简略告知经历大略以及近日生活工作状况为盼。

弟近年写信，皆用明片，已成习惯，想故人不至见怪也。

祝

春安！

犁

一九八九年三月三十一日

三

海潮学兄：

四月八日信，昨日转到。见到照片，审视久之，于眉宇间，尚有迹可寻耳，不胜今昔之感。今亦呈上近照一幅，兄看后，定有面目皆非之慨叹！

弟于去年八月份，迁入新居，然邮路不畅，赐信，近期仍寄报社较妥。

弟有一男三女，均已独立生活。老伴于一九七〇年病逝。后再娶，又离异。今仍一人生活，琐碎尚可自理。唯自一九五六年患神经衰弱以来，身体一直虚弱。雇一人，为我做饭。也是度日而已，乏善可述也。

看照片，兄身体较我为佳，字迹亦清楚，长寿之征，望诸多保重！

诗词学会，弟无联系，因弟不会做旧体诗词。

望常赐信！

祝

春安!

弟　孙犁

一九八九年四月十七日

四

海潮学兄:

五月三日信,前日转来。近来邮政,时常稽压,挂号印刷品尤甚,前寄书刊,想系挂号,故迄今不能到达也。

兄之"谈剧"可寄我数则看看。如另有著述需发表或出版者,亦望寄我断片。弟在文化界尚有些熟人,可作介绍也。

育德同学,弟亦难得联系,盖变乱多年,各自东西,今已年老,音问遂绝。故得到兄之消息,弟曾大为兴奋也。

祝

近安!

弟　犁

一九八九年五月十三日

五

海潮学兄：

前后两信均收见。大作读后即交《天津日报》副刊，并请他们与您联系。

关于家事，子女皆系亡妻拉扯大，弟每念及，不无惭疚。

关于京剧，弟青年时只是好看好听，自己闲时也哼哼几句，实无腔调可言，近已唱念不出矣。

弟时有消沉气象，每思振作，甚不易也。

天气多变，望兄珍重。

祝

大安！

弟　犁

一九八九年五月二十九日

六

海潮学兄：

六月十三日函奉悉。

报社传话，兄之大作，他们可能选用数节。以弟所知，近年颇有些人，写这种文章，兄所记，有些已谈过。他们一定是选用新内容的。

弟贸然询兄，如精力有余，是否愿从事一些业余工作，如代出版社看一些古籍文稿。如有此需要，望告知，弟当与出版社联系。如无此想法，即作罢。

弟一切如常，希勿念。

祝

夏安！

犁

一九八九年六月二十三日

七

海潮学兄：

接前信后，以为兄不久赴京，故即未奉复。今接九月十六日信，知尚未动身。弟自春季突发眩晕以后，虽已恢复，然精神时有不佳，今年一年，几乎没有动笔。

目前，出版社事多，郑君恐未能去石家庄。因之也未到兄所。

报社拟再选一段“剧谈”刊登。

很久前寄兄小书一本，想尚未收到。

又届秋凉，望多珍摄。

祝

好！

弟　犁

一九八九年九月二十三日

八

海潮学兄：

前后来信，均收见。知已手术后出院，甚慰。

弟处近日较乱，故未及写信，希谅。

郑法清出国刚回来，最近他会写信给你的。

本月十八日《光明日报》，有弟作一文，如方便，可找来看看，以作消遣。

祝

令妹春节快乐！

弟　犁

一九九〇年一月二十三日

九

海潮学兄：

三月一日函敬悉。知兄已返赵县，此行未得晤谈，怅甚！

郑法清是个忙人，近日闻又去东北。然前成议，我想不会食言。他那套丛书,仍在计划之中,望兄稍等,俟彼返津,我当再问之。

现在叫小孩汇上二百元,微不足道,备兄烟茶之用,万勿推却。

弟一切如常,希勿念。

祝

好!

梨

一九九〇年三月五日

十

海潮学兄:

前后来信均收到。我这里也是乏善可述,所以写信也不及时,望多原谅。

有人编辑弟之书信集, 兄于无事时能否将弟近年致兄明片,选稍有内容的,抄寄几件给我,以便编入,存你我友谊? 如无暇顾及,就不必了。弟一切如常,勿念。

祝

好!

梨

一九九〇年三月三十一日

十一

海潮学兄：

四月四日函,敬悉。

弟前信原拟请兄选抄数件,今既全部寄来,弟已全部录副,兹仍将原件寄兄保存,以为纪念也。

前与郑法清见面,彼谓俟书稿到后,即与兄联系,现在的事,只可听之而已。

弟近日又偶为短文,上海文汇及广州《羊城晚报》,均有刊载,想兄处不一定有此等报纸也。

希多珍摄,祝

春安!

弟　犁

一九九〇年四月十二日

十二

海潮学兄：

前后两信均收到。

念希师何年逝世,弟不清楚。因自离北平后,即无联系。

出版诗集事,见到郑君时,当将您意转告,然据弟所知,他的出版社,经济情况非常不佳,恐有困难也。

祝

近安!

犁

一九九〇年五月一日

十三

海潮学兄:

六月一日信顷收到。

前见到郑君,对出版诗词一事,他倒没有说不可以。看稿事,他也提到了。我请他快与你联系。但此君甚忙。

我有几本书要赠兄,然近因寄书太麻烦,且常丢失,拟有人去时捎去。

书信集系友人编辑,此类书销路不好,什么时候出,实难预料。有机会,弟拟将致兄信件,先在报刊上发表,如能登出,当剪寄也。

弟一切如常,情绪亦常常不佳也。

祝

夏安！

弟　犁

一九九〇年六月六日

十四

海潮学兄：

前来信奉悉。兄对弟之生活及精神，不太了了。弟之现状，问题亦不少，实在乏善可述。唯望你我保重身体。不然，将更麻烦。

兄撰写自传，弟甚赞成，并颇愿一读。兄何日旋里？亦望告知通信地点。今后如有适于兄做的工作，弟仍当注意。

祝

夏安！

弟　犁

一九九〇年七月四日

十五

海潮学兄：

七月十四大函奉悉，前信亦收见。

评传一书，已请郑法清寄兄一部。其实，没有什么意思。

兄之著述稿，均甚有意义与价值，有机会，望能看到。唯《黄权的悲哀》一稿，不知是何内容？望便中告知。

能有新的工作，甚好。老年人是得有些事做，不然更无聊，且赵县人物志成书后，也是有价值的著作。

祝

夏安！

弟　犁

一九九〇年七月十八日

十六

海潮学兄：

前后惠书均奉悉。入夏以来，因气压低，弟时感不适，又以生活时有不安定，故写信少，望兄原谅。

前嘱郑法清寄一册评传给兄，该同志现在太忙，办事也拖拉无准则，恐怕还没寄。闻近又去国外，只好等见到他再催之。

弟很少出门，已经多年不到书店。

兄如有短小文章，仍可寄弟处，介绍发表。

弟衰年独处，性又孤僻，心情时常处于无可奈何之境，只有读书作文，以作消遣耳。

祝

近安！

犁

一九九〇年九月一日

十七

海潮学兄：

前奉大札，敬悉。稿件两篇，已转本地报纸，他们将与您联系。我看，您还可以写些文学和历史方面的文章，知识性的或趣味性的。可否写一篇回忆钱穆的短文？此人已逝世。

弟已再次写信给郑君，请他寄一本评传给兄。

弟近抒发胸怀，胡诌旧诗一首，兹抄奉，望兄代我修改修改。

一生多颠沛/忧患无已时/沉迷雕虫技/至老意迟迟/实是无能为/藉此谋衣食/大难竟不死/上天赐耄耋

祝

节日快乐！

弟　犁

一九九〇年九月三十日

十八

海潮学兄：

前后来示均奉悉。大稿二件，交此间《今晚报》，已登出一篇，第二篇亦将刊出。日前见到该报副刊编辑，对兄稿之干净无滞，甚为推誉。今后有稿可直接寄给他们，一来可以消遣，二来于读者有益。

拙荆忌日经查对，应为一九七〇年四月十五日。她长我四岁，属鸡，然生辰月日，则不复记忆。弟自进入中年，颠沛流离，患难相仍，后又患病，对亲人生忌之日，多不记忆，思之，甚为愧痛。

随信再寄上近来所作短文一篇，为老兄闲时解闷之用。至于评传，以弟观之，多赞誉之意。作者的热诚，可感念，然并非实录，不可全信也。

弟近况如前，精神时好时坏，近亦无新作。前些日子，又写了一阵字，对于此道，亦因幼年缺乏基本功，很难于老年得到进步矣。

祝

近安!

弟　犁

一九九〇年十月七日

十九

海潮学兄:

前接来信,知兄身体不适,不知已痊愈否?变质食物,万不可用,因年老抵抗力弱。

寄来稿三件,均交天津《今晚报》,张衡一稿已登出。前寄来孙殿英一稿也早已登出。不知他们与兄已联系否?

弟所作旧诗,蒙兄批改,甚善。弟对诗韵,从未认真学习过。

不知兄近日生活及工作情况如何,望便中见告。

祝

好!

弟　犁

一九九〇年十月二十一日

二十

海潮学兄：

顷奉八日手书，前信亦奉悉。《今晚报》已将弟转去稿件全部登出，这是可感的。达生未复信，可能是因为忙。

弟近日一切如常，希勿念。近已大冷，望兄多加珍摄。安全过冬为祷！

遵嘱，找出一幅字寄上。弟不会写字，兄所素知，然有人要，我也总是写一幅给人家。晚报如继续登，兄可多写些寄给他们。

祝

冬安！

弟　犁

一九九〇年十一月十三日

二十一

海潮学兄：

前接信，知安善，甚慰。

前数日见郑法清，他说还是要请兄校阅古代散文稿件。

《天津日报》编辑张金池说，兄可再寄一些稿件给他。

弟曾将致兄函件,选了五则,寄《羊城晚报》,未被采用,大概系因内容太少。

寄上剪报数纸,备兄消遣。

弟一切如常,前又犯腹泻二次,已愈,勿念。

祝

冬安!

弟　犁

一九九〇年十二月十三日

二十二

海潮学兄:

前去一信,想已收见。

十五日信奉悉。《老同学》一文,写作前并未告兄。弟作文,好胡扯,如有不妥之处,想兄一定能谅解也。

今冬,弟身体情况颇不佳,近一月之间,连患腹泻三次,身体大弱。虽多方留意,还是不大好,此真所谓老之将至矣。

我记得兄之毛笔字很好,有何经验?初临何帖?望有兴致时见告。寄上纸一幅,如笔墨方便,望兄书自作诗词一首见赠。如不方便,则待以后。天寒,望珍摄。

祝

大安！

弟　犁

一九九〇年十二月十九日

二十三

海潮学兄：

十二月二十五日大函奉悉。兄诗甚佳，读之颇增惆怅。李先生书法甚佳，请代致谢意。

寄上弟近习字一幅，字是丝毫谈不上，只是留念而已。

兄稿，当晚即拜读，俟见张君即转去。

弟腹泻已停止，今后当注意饮食及被服诸事，不使再犯。

兄以后如寄挂号信件，可寄《天津日报》转弟。因弟大部时间是一个人在家，下楼盖章不便。

即祝

新年快乐，身体康健！

弟　犁

一九九〇年十二月三十日

二十四

海潮学兄：

一月五日大函奉悉。

因为我写的那个“大”字很像“六”字，所以兄才认为是个“六”字，不足为异也。

日前见到达生同志，谈起《老同学》一文，他还说：近来没有来稿？我说：快来了。兄可多写些历史、文学知识方面的稿子寄他。《天津日报》的稿子，已转去。

附上百花文艺出版社地址及编码。

祝

冬安！

犁

一九九一年一月十日

兄作魏延一文，似已刊出，改题为《魏延的冤案》，想报纸尚未寄到也。

附上弟作文一篇，供消遣。

又及

二十五

海潮学兄：

一月二十日大函奉悉。李先生惠赐法书，甚为感谢。兹寄上字幅一，请转致。

寄上弟旧诗稿，请即于稿上大体改正其声韵（因恐改不胜改）然后寄回。

弟一切如常，希勿念也。

祝

春节快乐！

弟　犁

一九九一年一月二十五日晚

二十六

海潮学兄：

一月二十九日信奉悉。弟因长期腹泻，身体虚弱，近日忽引发心脏不适，正积极医治中。然因年老体弱，如何发展，尚难预料。目前并不严重，望兄勿念。

兄之晚境，弟每念及，为之神伤。幸兄旷达，万望达观处世，保重身心为盼！

附上致项先生一函。

祝

春节快乐!

弟　犁

一九九一年二月六日

二十七

海潮学兄:

儿子持来大函,知悬念,甚为感谢。弟一月底至二月初,心脏病突发两次,颇紧张了一段时间,经多方医治服药,近已稍平稳,仍闭门静养。春暖后恢复有望,望兄释念可也。

祝

春安!

弟　犁

一九九一年四月一日

二十八

海潮学兄:

五月二十日大函敬悉,寄小儿信,亦皆拜读。兄赴京前,弟曾寄一片至邢村,如尚未见到,恐已遗失。

弟春节前后,大病一场,亲朋均未能接见。近虽稍平稳,然症状尚存,仍在服药静养。老年经此一病,前途未卜也。

不知兄近来寄稿给报社否?情况如何?甚以为念。

祝

近安!

犁

一九九一年五月二十五日

二十九

海潮兄:

兄上月二十九日发信,昨日才由报社转来。日后来信,仍望寄至舍下,以免稽迟。

见到张金池,询及兄有无来稿,他说没有。我还是希望兄多写些历史知识、古典文学知识的短文,投寄报刊。

另外,年纪大了,也应该有一个一劳永逸的生活定点,要有依靠。

弟病仍不见大的起色,但尚能活动,希勿念。

祝

夏安！

犁

一九九一年五月八日

三十

海潮学兄：

六月十七日大函敬悉。上次明片，是弟错写月份，并非延误。

上次明片后段，弟提出兄生活上应如何如何，实际上，这正是兄面临的难题。弟非不知，但又无以慰安吾兄，心实矛盾。

弟病如前述，心情亦颇不佳，然亦无法改善也。

寄上弟病前后所写文章二，仅供解闷而已。

祝

夏安！

弟　犁

一九九一年六月二十二日

三十一

海潮学兄：

六月二十七日来信敬悉。兄能安心乡居，写些文章，以遣时日,是弟之所望也。

昨日报社来人,托其挂号寄上弟所作《芸斋小说》一册,为兄消夏之用。弟本拟捎些拙作去,但又难遇机会,寄书又必到邮局,且甚麻烦,故迟至今日也。余如常。

即祝

暑安!

弟 犁

一九九一年七月一日

三十二

海潮学兄:

七月十三信收到。今日见到张金池,兄稿已收到,他们准备压缩一些刊出,请勿念。此类稿件,兄驾轻就熟,可多写几篇寄他。另弟嘱他寄一些稿纸给兄,因县志稿纸恐将用完也。

《芸斋小说》,今日另交一本,请金池挂号寄呈。上次,也许是我疏忽忘寄。

弟病无恶化现象,请勿念。生活上问题亦多,情况不同而已,不详谈。

祝

夏安！

弟　犁

一九九一年七月三十日

三十三

海潮学兄：

兄撰论赵高一文，金池转给《百科之窗》版刊出，弟已拜读，写得很好。金池编的版，不大登此类文章。今后比较深奥的历史短文，可寄给《今晚报》的达生同志。

从《芸斋小说》，兄可见“文革”期间弟之经历。寄上近作短文一篇消遣。

祝

近安！

弟　犁

一九九一年八月十五日

三十四

海潮学兄：

两信及稿件五篇均收见。弟看过后，即分别交与达生与金池，请他们酌用，希勿念。

今夏闷热,于弟疾颇不利。自今日起已凉爽。算是闯过来了。

兄在乡村,可多看书,写些见闻,当可减少寂寞。

祝

近安!

犁

一九九一年八月二十六日

三十五

海潮学兄:

九月二十一日信,今日收到,上次来信亦收见。当时即托出版社代为挂号寄上弟著《耕堂读书记》一册,近日想可收到。弟手下无存他书,此书系新印,寄呈解闷。

为吴君索的条幅,因病后没有习字,仍捡旧作一张附上。至于弟的诗,是一向不敢发表的。实在拿不出手。

弟病近日又稍有反复,又在服药,但极轻微,兄勿念可也。

祝

秋安!

孙　犁

一九九一年九月二十六日

三十六

海潮学兄：

十月初来信，早已收悉。弟于十月七日又腹泻，随之又心脏不适，近日方安稳，故迟迟未复也。

兄之大作，见晚报已刊出两篇（历史），日报刊出散文一篇（石榴），我想他们会寄给兄报纸，不知有删节否？

冬季又到，于弟颇不利，现拟购置取暖器一具，在有暖气以前使用，以防着凉腹泻，另用一药制围腰系于脐间。其他如常。

祝

冬安！

孙　犁

一九九一年十一月五日

三十七

海潮学兄：

十二日手书，今日奉悉，知兄平安返里，甚慰。

弟自去年十月份犯病一次，腹泻倒是没有再犯，然心脏仍不佳。加以失眠宿疾，使心率更为不齐。手亦颤抖，艰于书写，因此文章也写得少了。

兄乡居无事，仍希多撰写文章，投寄张金池或达生处，他们甚欢迎也。

即祝

春节大喜！

弟　犁

一九九二年一月十五日

三十八

海潮学兄：

二月四日信，今日收到。弟平安度过了春节，较去年为好，望兄勿念。

弟之书信，原由康濯同志编辑，并加注释。康兄不幸逝世，改由其夫人经手。她心情不佳，不能再催问。另，出版社亦不愿出版这类赔钱的书，何年何月出版，实难预计。

兄可多给晚报写些稿，达生是主编，可做得主。望多保重。

祝

春安！

弟　犁

一九九二年二月十三日

三十九

海潮学兄：

二月二十二日信，今日收见。并于今天收到的晚报上，拜读了兄作《费祎之死》一文。此文文笔甚佳，非今时所多见，望多写。投稿有登有不登，乃是常事，不必管它。

我们相别数十年，弟何能不盼望见面？俟有方便机会，望能相聚一叙也。

乡村不知看报方便否？如能订一份报纸，亦解闷之一方。《光明日报》办得不错，适于读书人看。

附上剪报二纸，为兄解闷。

即祝

近安！

弟　犁

一九九二年二月二十七日

四十

海潮学兄：

前奉手书，值弟病因春寒又有反复，致迟至今日，才写回信，希见谅。

兄年纪大了，晚年生活，应详细考虑，主要是食宿及医药。如乡居不便,回原单位,也是一种依靠。公家自亦有诸多问题,然其对职工应负有照顾之责。望兄详计之。兄之四篇文章,《今晚报》已发完。

弟心情亦不佳,所述如有不妥,望勿介意。

即祝

近安!

弟　犁

一九九二年四月二十二日

四十一

海潮学兄:

四月二十八日信,今日收到。此信情绪较好,弟读之甚慰。老年人,应以自我宽慰为主。

弟劝兄写作,也是为了使兄解除寂寞,排除烦恼。稿费太低,无补于生活。近日文化界问题很多,没法谈。弟之书信集,恐短期无望出书。勉思新遭不幸,又赶着给康濯编文集,近来信,一句未及此事,也不便催问。即使编好,出版亦不易。即如弟之文集,号称“珍藏本”,定价那么贵,编辑过程中,屡有重大失误(丢一本书,或忘记一个门类)发生。我又无力照顾,究竟何日印出,编得怎样,都难预料。

到处一样，不赚钱的书，他们无心思搞。

附上小稿二，供解闷。

即祝

夏安！

弟 犁

一九九二年五月三日

四十二

海潮学兄：

五月十日信收悉。弟之闇弱，兄所素知，“名”“家”云云，徒增愧悔。别无他能，遂坠此途，回顾一生，如梦境然。

近检数年来兄所赐信函，竟有七十余件，弟呈兄信，当亦不亚此数。通信持续之长，往来之频，为弟生平所少有。实亦不易之遇也。因思：兄能否从弟信中，选择若干件稍有内容、文词可观者，烦一位能抄写清楚的晚辈，用稿纸抄一下给我？连抄即可，不必一信一纸。前十封已抄过，不必再抄。抄后，兄校核一下，每次用平信方式，寄稿纸五六张，可不超重，亦不必挂号，分寄数次，即可完事。遇有机会，弟拟编入通信集。请兄考虑，是否可行？如有不便，即可作罢。

县志一事,弟亦稍有了解。今之修志,人才太少,水平太低,对“志”的知识亦差,多不成样子。贵县能得兄襄助,实为不易了。

即祝

夏安!

弟　犁

一九九二年五月十七日

四十三

海潮学兄:

昨日同时收到四封信,抄件全到,请勿念。如此热天,兄亲自抄写,目力又不佳,实感不安。弟当即将前所录十封,加在一起,订为一册,遇有机会,拟全部收入书信集,以资纪念。

近日天津大热,前晚高达37℃,芒种前如此高温,实少见。弟近来已完全休息,读书、写作已停止。望兄亦珍摄为盼!

祝

夏安!

弟　犁

一九九二年六月二日

四十四

海潮学兄：

兄所提示同班名单，只有三数人，弟留有印象。五六年大病之后，记忆力大受损伤。

近日报纸全变成商报及娱乐报，对学术文章，不感兴味。兄之稿件迟迟未见登载。刊登之前，可暂不给他们寄稿。写了自己先保存。弟最近亦很少写作。

今年天津大热，今日又报35℃，想石家庄地区尤甚。气温对老年人影响至巨，望兄珍摄，如出村送信，可暂不写回信，一切以安全为重。

即祝

夏安！

弟　犁

一九九二年七月二十八日

四十五

海潮学兄：

接来信，知兄平安度过炎夏，甚为欣慰。今年天津多日闷热，弟什么事也干不了，只求闯过此关，好在没出什么事。

但近两日又热起来,季节已至白露,恐很快就过去了。

上信发出次日,即见晚报刊登兄作。他们都欢迎带娱乐性的文章,兄仍可给他们写一些。

摔跤确为老年人致命伤,弟亦知注意,然出事都在偶然,不过时时警惕而已。

即祝

近安!

弟　犁

一九九二年八月二十六日

四十六

海潮学兄:

前后来信均敬悉。今冬弟身体情况进一步恶化,心情亦不佳,又虑及兄年老出门送信不便,不愿再加烦琐,所以写信就少了。

弟已不再写文章。兄如写作,先自保存,亦是消遣之一法。日后,文化情态好转,仍可想法发表。目前则较困难。

兄能安心乡居,实是上策,于起居饮食诸方面,仍希随时注意为盼!

即祝

春安！

弟　犁

一九九三年三月十一日

四十七

海潮学兄：

三月二十三日信早收到。今日又接读张爱乡携来三月十九日信，并询问了兄在乡下生活情况，甚慰。

弟入冬以来，身体一直呈下滑状态，主要是消化系统紊乱，胃肠功能减退。腹泻情况也有变异。过去，连泻几次，服药即停止，近期则变为隔数日泻一次，或于晚上，或于清晨。夜间则腹内寒痛，影响睡眠，长期服药亦无效，身体逐渐虚弱，精神大减。然短期当无大碍，希勿念也。

河北省报刊如能发表兄作，望多写一些给他们。

即祝

春安！

弟　犁

一九九三年四月一日

四十八

海潮学兄：

弟大病数月，幸得生存。兄前后来信，均得拜读，系念之情，深为感激。

弟自春节以后，病情急转直下，五月二十四日晚，竟致休克。当时弟一人在屋，非常危险，次日乃被迫住院。

弟近年不进医院，从不检查身体，有病就在家挺着，思想顽固，不明医理，以致有此后果。数月来所历痛苦，实难尽述，亦人生之一经验也。

病为“幽门梗阻”，切除半胃，与十二指肠吻合。手术为权威所做，效果颇佳。然究系年老之人，大伤元气，一时恐难以恢复。现在家静养，诸希勿念。

即颂

近安！

兄在《河北日报》发表文章，已拜读。

弟　犁

一九九三年九月十三日

四十九

海潮学兄：

九月十八日来信，早已收到。因养病生活平淡，无事可谈，故迟复，希谅。

弟手术后，元气大伤，恢复极慢，出院已近两月，身体仍很瘦弱，今日借一磅称，只得一百零六斤（出院时九十六斤）。病的时期很长，消耗殆尽，补充甚难矣！

据兄描述，兄近生活环境，较为理想。弟向以为在中、小城市生活，较大城市为佳。平日清静，遇集日可逛逛市场，买些吃食、用品，也有趣味。在大城市，像我们这样年岁，只好闭门枯坐了。但今后必须注意身体，使之健康，能自理自动，不然，环境虽佳，也不能享受了。

所谈纪念文集，我估计一时出不来。大家为的是开会，热闹几天，也就完事大吉，至于文字，却在其次。我对这些事，一向没有多大兴趣。当然大家的热情，是可感的。

即祝

近安！

弟　犁

一九九三年十月二日下午

我在北平时，颇喜王金璐的戏。《翠屏山》一场“六合刀”（？），至今印象犹深。毛世来的《辛安驿》，印象亦甚佳，此人年岁一大，身段不苗条了，进城后看了他和贯盛习演

《乌龙院》,从此未再看他的戏。——无聊之谈。

五十

海潮学兄:

前来信,早收到,关于食物,弟多年不进饭馆,但以买来食品看,质量均大不如从前,味道大差。此原因甚多,水、粮食、蔬菜均因化肥等污染,味道变坏。再加从业者经营素质差、手艺差,想吃到三十年代的饭食,已经很难。狗不理名声虽大,吃起来,味道已不如从前。保定的白云章,恐怕早已不存在了。至于育德中学的包子,弟则印象亦不佳,总是南瓜馅,一进食堂,就闻到那种气味,至今想起,仍不想吃。(你吃了二年,我吃了六年。)

郑法清已升任市出版局副局长,不久即离开百花。目前文章不好写,能给出版社校正一些旧书,也是一种消遣,对于生活,也小有补助,但不知他们给的报酬如何耳。

弟身体略有好转,然年纪大了,前景很难说,只能随时注意而已。也很少看书报,只看《参考消息》报。近研究鲁迅晚年的书信,想写点东西放着。

冬季又至,不知兄之取暖用具已准备齐全否?务希注意!

即祝

近安！

孙　犁

一九九三年十月二十二日

五十一

海潮学兄：

十一月七日信，前日收到。冬季室内装火炉，要多加注意，以防煤气中毒。

关于为百花审校古籍事，弟曾问过百花的人，我问得笼统，他们回答得也不具体。今见兄信，始知如此微薄。郑法清升局长后，张爱乡仍在百花。

弟已不能写文章，但我仍希望兄有所研究与写作。前所说《镜花缘辞典》，不知进行得怎样，共有多少字数？是与人合作，还是一人经营？总之，要有一些业余活动，增加些收入，调剂生活。

我的身体逐渐好转，希勿念。每天也看些书，近读一部叫《赖古堂集》的书，是偶然检出的。作者周亮工，由明入清。做了大官，遭了大难，诗文多凄苦之词。弟已读完其下集（文集）。弟读清人文集甚少，像这样有兴趣，还是首遇。

即祝

冬安！

弟　犁

一九九三年十一月十四日下午

五十二

海潮学兄：

十一月二十三日付邮信，前几天收到。为百花审阅古书事，我想可以继续。他们不断出一些古典文学书籍，而真正能校读这些书籍的人，据我所知，该社还没有。而且张爱乡是该社总编办公室主任，这些事，她可以做主。另外，我见到她时，也可以再和她谈谈。但看来报酬很低，我们只是找些事来解除寂寞而已。

关于文学作品的辞典，近年出版很多，但真正有价值者少。大都是临时找些人，凑些词条，仓促成书，错误甚多，贻害读者。兄能一人独创，我想一定是精审的。但《镜花缘》究竟非《红楼》、《金瓶》可比，读者较少，辞书出后，销路是否能好，也要考虑一下，当然这不是主要的，主要在书的质量。

弟生活基本已恢复病前状态，除做饭外，一切自理。人都愿多活几年，实际上，年纪太大，处处用人，也没有什么意思。不再愿写文章,读书也很少,近读《民国通俗演义》,这种书,在年轻时是不屑一顾的,现在是只求解闷。

即祝

冬安!

孙　犁

一九九三年十二月四日

五十三

海潮学兄:

十二月十一日来信敬悉。达生、金池皆在原处工作。达生虽退休,但已"返聘"。兄如有稿件,可仍与他们联系。

像蔡东藩这些文人,也着实令人佩服。一生能写这么多书,据弟所知,解放后,历代通俗演义印数很大,发给军队老干部,当历史读物。即以弟近所读《民国》一书而言,保存了很多史料文件,今日已甚难见到者。只此一点,已难能可贵。

《废都》一书,只听别人谈论,弟未读过,因多年已不看当代小说,特别是长篇,没有那么多精力去读。兹寄上剪报一纸,诗系一外文专家所写,是位老先生,意见是可信的。

我们在高中时，有一位英文教师，姓杨，名字似与此公相仿，弟曾向人打听，据杨先生称，并未曾在育德执教。杨先生英文、中文，均修养甚深，已翻译多种中国古典及现代文学作品为英文，弟之《风云初记》即为其夫人所译。

刘绍棠同志如去赵县，望代我问候他。

贾平凹君与弟，亦有文字之交。此君在文坛，异军特起，名声噪甚，弟早年曾为文介绍其所作散文，他后来的得美国某石油公司大奖的小说，则未读过。不知何以又写了《废都》。

读来信，知兄生活顺适，甚慰。

即祝

冬安！

弟　犁

一九九三年十二月十五日

五十四

海潮学兄：

前接来信，知兄体重有加，心情转好，甚为欣慰。看来，赵县这个地方，不失为北方文化名城。可惜弟还没有到过，石桥也无缘一看。刘绍棠同志不知去过没有？

弟近则因不慎,先是感冒(我很少感冒,甚至一两年不感冒),是因为在阳台晨起做操受寒;后又腹泻,是因为吃了蒸得不够火候的食物。现得病不敢再拖延,吃药打针,全都好了。但也证明,虽经大病折磨,生活有时还是疏忽大意,所谓禀性难移也。

即祝

冬安!

弟　犁

一九九四年一月六日

五十五

海潮学兄:

元月十七日寄信收到,即将近日习字一纸寄上,请转致。已经不成字体,不过请您的朋友留个纪念而已。

前所剪寄诗,系刊于上海《文汇读书周报》,该报是一种小报,专谈书的。

弟一切如常,近读南明史料。

即祝

春节好!

孙　犁

一九九四年一月二十三日

致 阿 凤

一

阿凤同志：

你好。

请你在写信给滕鸿涛时告他：我的书只再版一本，手下已无书，其他更找不到，等以后得到时，一定寄给他。

写信给吕剑同志时，告他：向他问候。希望他寄诗作来。他过去写的我的“访问记”，我已编入《村歌》作为“附录”，东北一些大学也翻印了。

麻烦你。

祝

好！

犁

一九七九年一月十六日

二

阿凤同志：

函敬悉。

吉学霈同志文章，因恐影响发排，我不看了。写信时，代向他问好，等出版后再拜读。

请告谷应同志，她的稿子我看过了，请她来取一下。

祝

好！

犁

一九七九年三月六日

三

阿凤同志：

六月十六日来信收到。

吕剑同志诗，也寄给了我一份，我已读过，觉得很好。

今寄上曼晴同志前寄来的一首诗，请你们看看，能否发在《新港》上？

我一切如常，给国儒同志写的小引，你读过了吗？

祝

好！

孙　犁

一九七九年六月十七日

问候苗得雨同志

四

阿凤同志：

屡蒙代为处理函稿，迅速而井井，实深感佩！

我一切如常，唯近日写作甚少，近日《散文》、《山东文艺》、《天津团讯》及《莲池》均将有小文发表，望便中注意及之耳。

祝

好！

犁

一九八〇年一月二十二日

致王兆新

兆新同志：

收到您的信和诗，非常感谢！

您的三首诗，我都读了，您的诗写得很好，很朴实。

我太老了，近年已经很少写作，偶尔写一点，也写不好了。希望青年人努力。

祝

近安！

孙　犁

一九九〇年十一月八日

致赵日升

日升同志；

寄来的信和报纸收到了[①]。并拜读了张守仁同志的散文和你写的诗，我以为都是很好的。刊物印刷和编辑也很好，其中一些杂文，读起来是使人感到兴味的。我如写出文章，一定寄呈你们请教。

拒马河，抗日时我曾往返渡过多次，只记得水急石滑，山风凛冽，水也很凉。

匆此祝

好！

孙　犁

一九七九年十一月九日

① 指《房山文艺》。

致潘之汀

一

之汀同志：

收见七月二十九日来信。我正在搬家，简复如下：

一、很关心你的身体，肠炎，一是不要着凉，二是少吃油腻。

二、小孩要条幅，等我搬过去，给她写一张，你可以先告她。

三、我的著作，最近不会有人给再版，你也别跑了，等我过去，找一本《陋巷集》寄给你。

问

全家安好！

孙　犁

一九八八年八月四日

二

之汀同志：

大函及剪报，均收见，当即看了几篇，写得很好。今后可多写一些反映当前生活(个人的或别人的)的散文。你的文笔很流畅朴实。

春天给你孙女寄去一幅字,不知收到没有。字写得不好,她可能不喜欢,但当前,我连那样的字,也写不来了。

见到葛文同志，望代我问候。我自三月份晕了一次，就很少给朋友们写信了。文章也不写了。

邹明病得很重,刊物也要停了。

剪报过些日子,托报社寄回。

祝

近安!

孙　犁

一九八九年十一月二十七日

致高云华

云华同志:

奉到您的诗作,高谊厚情,不胜感激。深望多写,丰收为盼。

我已七十八岁,日见衰颓,乏善可告。有时写点短文,也是消遣性质。

自邹明逝世,每以人生无常为叹。

祝

近安!并问候您的女孩子!

孙　犁

一九九一年九月六日

致康濯

康濯同志:

七月二十五日信敬悉。

那篇文章,已收入文集。

知兄家属已搬入新居,甚慰。因长期惦记,兄到京后无住处。这几天,我也正在搬家。书籍杂物,已于日前搬过去,因旧居漏雨,恐书受潮湿。俟天气稍凉,我也就过去了。老年随遇而安,无可庆贺。

今年春天,也写了几篇东西,已陆续发表,想兄均已见到。无善可述,消遣而已。

兄体力精神均好,多走些地方,做些工作,于公于私,还是很好的。

问

勉思同志好！

孙　犁

一九八八年八月一日

致魏巍

魏巍同志：

今天收到惠寄大著，甚为感谢！这样厚的一部书，足见兄近年的努力。

弟一切如常，有时写一些短文章，都发在报纸上，想已见到。

这几日正在搬家，先写这几句。祝夏安，并问秋华同志大安！

孙　犁

一九八八年八月四日

致邓基平

邓基平同志：

寄来各件均收到，甚为感谢。然所寄《小说选刊》(一九八七年第六期)，并无大作在内，想系误取。

关于我的会，听说是十月份开，具体日子，我还不知。

题字事，斋名等我身体好一些，试写一张。书名，因有时间性，望能找另一位同志写一下。

我近日因搬家劳累，及不适应新环境，又犯腹泻，精神委顿，简复希谅。

祝

近安！

孙　犁

一九八八年八月二十六日

致曾镇南

一

镇南同志：

最近，我托人找来六期《作家》，通读了你写的关于我的文章[①]。我感觉这是迄今为止,写得最有功力、最见匠心的著作。

有些人要写我,我总是劝他们去读我的作品,但他们对于读书,兴趣并不大,总是愿意和我谈。我又不好谈话,谈来谈去也无非是那么几句话。于是他们就根据别人写过的,已经存在记忆里的几条去论述,这样,就总是那么几点,没有新的途径,没有新的发见。

我觉得你的文章,完全得力于读书,读得细,读得认真,因此,有很多新的见解,新的内容。

读后,有一种感激之情,也有很多感慨。我本无什么可写,但同志们写作的热诚,我都是由衷感激的。

随信寄呈《无为集》、《芸斋小说》各一本请教。

我一切如常,只是日见衰老,无可奈何,近来只能写些短文章和读书记,想能见到。

恭祝

撰安!

孙　犁

一九九〇年七月二十八日

---

① 指曾镇南发表在《作家》杂志(一九九〇年一至六期)上的六篇《孙犁散文研习录》论文。

二

镇南同志：

日前叫孩子寄给您一封信，另挂号寄上小书两册，未悉已达台览否？信写好，因不知您的确切通讯地址，放了很久才寄，希原谅。

信寄出的第二天，就收到您的大札及杂志八期，大作二种。甚为感谢。大作当从容拜读。杂志前已读过七期，当即拜读了第八期，印象颇佳。不知杂志，您是否留着用？如用，当即寄回，望便中示知。

因前信已报告过我的近况，就不多写了。望常赐教。

祝

近安！

孙　犁

一九九〇年九月二十六日

三

镇南同志：

上午收到惠寄大作，饭后即一口气拜读毕。

以充沛的感情，作详尽之评述，加之以文采，此文论写作之三要素。兄作兼之,余不避嫌。惜不谈拙作之缺失耳。

前承问及,《青春遗响》一书,未出成。河南诗集,已无存者,现正编辑我的文集续编,均可收入。出版时当奉寄。

我一切如常,偶有小作,均在报章,想能见到。

即候

冬安!

孙　犁

一九九〇年十一月二十七日

致陈晓峰

晓峰同志:

大函奉悉。您的文章我读过。作为文章,我觉得写得很好,也是一种探索。

但我读沈[1]的作品不多,只读过他写的《记丁玲》、《记胡也频》等书。直到现在,我也不大喜欢他的文字,我觉得有些蹩脚。

---

① 沈,指沈从文。

他编的《文艺》,当时我确很注意,也投过稿(一次),他没有用,退给了我,有铅笔作的改正。

三十年代,我读书兴趣很广,不只文艺。而文学方面,当时我读得多的是十月革命后的作品。

专此奉复。

即祝

大安!

孙　犁

一九九一年一月三日

致刘宗武

一

宗武同志:

三月八日手示敬悉。

节前后蒙探问、送花等盛情,均铭感在心,十分感谢,并望代向学正、滕云、哲明同志等致以谢忱。

我的病近虽稍平稳,然身心仍很虚弱,尚在积极医治中,每日按时服药,请勿念。

鲁承宗写一稿来，并有致你的信，恐转去超重，俟你便时来舍下取去。稿件虽有些环境内容，然关于我的仍不太多。

葛文处文件，大多已有了，就不必急于去翻找了。我想看的是《陈独秀书信集》，不要文存。身体不好，不多写了。

即祝

春安并问候夫人好！

孙　犁

一九九一年三月十日上午

二

宗武同志：

您好！

有一件事，预先通知您，鉴于我的身体现状：怕兴奋，怕紧张，怕累。今年决定不过生日。您的热情，我是知道的。今年千万不要再组织朋友们给我过生日。朋友们有什么意思，一律用通信方式表达。“恭敬不如从命”，至希谅察！

专此，祝

近安！

孙　犁

一九九二年三月十日

致郭保林

保林同志：

昨天奉到惠寄大著多种，甚为感谢。今晨当即拜读了《远山的雾》集中第一篇《春风入夜》。

我以为您的小说，语言文字很好，写法仍是现实主义的，想象也很丰富，这都是很难得的，可贵的。且著作宏富，足见在创作上的努力。

但在结构之间，似仍有松散之处，写作时应再求集中、简要。

个别文字，如“寨儿”，似为“塞儿”之排误。“刚刚纳新提拔”，则修辞似欠明确。

我不看小说，已有好长时间，最近又患了一场大病，体力脑力都很差。随便说两句，以副雅意，希谅察。

祝

夏安！

孙　犁

一九九一年六月十八日

致侯军

一

侯军同志：

八月七日大札奉悉。您对这本小书[①]，如此用心，甚为感谢！希望您的文章写得圆满和成功。

我尚在病中，兹简复所提问题如下：

一、三十年代，"集体——执笔"这一写作方式很时髦，另，当时重视集体。可能开过一两次会，如写作前讨论一下提纲，及写成以后，征求一下修改、补充意见等。最后请通讯社主任刘平审阅等等。

可举另一例，我的文集中，有《怎样体验生活》一篇文章，文后列了五六位当时同事的名字，说是集体讨论，也是这个意思。

再《冬天——战斗的外围》一篇发表时，还署有曼晴的名字。而同时他写的一篇则也署有我的名字。这是因为当

① 指《论通讯员及通讯写作诸问题》一书。

时在一起活动,表示共同战斗之意。

二、有关西班牙的一段文字,可能是有人提出意见后,加写的,可移到该节之后。取消是不合适的。

三、当时通讯社有些资料,其余可能是我那时有一些读书笔记小本子,从冀中带到山里。

四、通讯社可能还有几位老人在世。近年和我有联系的,只有张帆同志,他在北京中国新闻社工作。但我记不清他是否参加过讨论。

五、此次在《新闻史料》重印一下,其主要目的是严格校正一下文字,使它成为一个清本,便于今日阅读。所以,在审核内容、校正文字方面,务希您多加帮助。

六、至于大的形式及内容,以及“集体——执笔”均按原样,以存时代风貌。

七、我给你的字幅,我忘记是几句什么话,如果是搬家以前写的(一九八八年),则大多是抄自《诗品》一书。

专此,祝

夏安!

孙　犁

一九九一年八月八日

二

侯军同志：

昨日见到《新闻史料》，当即拜读大作论文。我以为写得很好。主要印象为：论述很广泛，材料运用周到。实在用了功夫，很不容易。衷心感谢！我心脏近亦不稳，浅谈如上。

即祝

保重！

孙　犁

一九九一年十二月十九日

致铁凝

一

铁凝同志：

收到你十一月十七日来信，很是高兴！

我有很多年，不看小说了。但遇到熟人的作品，我也总是看看。前几个月，看了您一篇写一个妇女牵牛赶集，回来的路上，坐在石碑上描字的小说，觉得很好，印象很深。

《他嫂》[1]一篇，我是逐字逐句看完的，大概看了三四天，我看书很慢。看时，我只注意故事和语言。农村场景描写入微，惟妙惟肖；行文如流水飞云，无滞无碍。这都是你的超长之处，应该发扬。至于后半部，有个别场面的描写，以及辞句的使用，当然还可以讨论。我以为这也许是您的一时的兴趣，或艺术上的尝试，原无不可，也不可厚非的。

但文学语言，还是需要纯洁的。小说后半部的用语，似乎滥了些，这样，就对艺术无补，反而成为多余的了。

在当代作家中，您的语言，还是很有修养的，素质很好。有些名家，并不注意语言之美，有的名家还公开声言：写几个错字，文法不通，没什么了不起。这是骇人听闻的。古今中外的作家，都像爱护眼睛一样，爱护自己的语言，从来没有人说过这样的话。今天却能在中国文坛上听到。

承问，“直言”如上，不知当否？

即祝

近安！

孙　犁

一九九二年十一月二十二日

---

① 中篇小说，刊于《长城》一九九二年第五期。

二

铁凝同志：

寄来书、信均收到，甚为感谢！其中有些文章，我过去曾读过。

你看，这个寿星①，和你送我的寿星相比，风神相去甚远。惠山泥塑，无与伦比，天津泥人，徒具其名。你送我的泥塑，一直保存良好。我上次写给你的信，有机会可请光耀同志看看。

祝

新春快乐　全家幸福！

孙　犁

一九九三年一月十三日

致贾平凹

平凹同志：

很久没有联系，忽然奉到您的信，我的高兴，可想而

---

① 指明信片上所印寿星。

知。

联系少,也是因为我近年身体大不如前,再加上各种因素,心情时常不佳,很少高兴的时候。给朋友们写信很少。

知道您要办一个散文刊物,名叫《美文》,我很赞成。美术、美声、美文都是很好的名称。当然要看实际。现在,散文的行情,好像不错,各地报刊争办随笔一类副刊,也标榜美文,但细读之,名副其实者少。

我仍以为,所谓美,在于朴素自然。以文章而论,则当重视真情实感,修辞语法。有些“美文”实际是刻意修饰造作,成为时装模特。另有名家,不注意行文规范,以新潮自居,文字已大不通,遑谈美文!例如这样的句子:“未必不会不长得青枝绿叶”,他本意是肯定,但连用三个否定词,就把人绕糊涂了。这也是名家之笔,一篇千字文,有几处如此不讲求的修辞,还能谈到美文?

另有名家,本来一句话,一个词就可说清的意思,他一定连用许多同类的词,像串糖葫芦一样,以证明词汇丰富,不同凡人,这样的美文,也是不足称的。近年“五四”散文,大受欢迎,盖读者已发见新潮散文,既无内容,文字又不通,上当之余,一种自然取向耳。

来信所谈，作家、作品与政治的关系，是实情。现虽不再谈为政治服务，然断然把文学与政治分离，恐怕亦不可能。服务与否，原可不论。官总得有人做，谁做也一样。只是有些作家，只能得意，不能失意，只能上，不能下，则有愧于古人。韩柳欧苏，并非如此。

毋庸讳言，当代一些所谓新潮作家，他的处女成名作，也是适应了当时的政治需要，而得以走红。这本来无可厚非，继续努力，自然可以名家。然每当跻身官场（文艺团体也是官场），便得意忘形，无知妄作。政治多变，稍遇挫折，便怨天尤人，甚至撒泼耍赖。这不只有失政治风度，也有损作家风采。

文坛现状，使我气短，也很想离得远些了。写东西已很少，也写不好了。但如有像样的东西，我一定寄您请教。

我现在主要是心脏不好。

祝您

身体健康！

孙　犁

一九九二年四月二十五日

致刘绍棠

绍棠同志：

我生日期间，您赠送的《古寿千幅》一册，著作四种，均拜收领，十分感谢。您发表的文字，也都阅读。文章写得都很好。

此次大病，全由我平日不去医院检查，延误所致。非常危险，幸遇名医，得以存活。然元气大伤，至今仍非常虚弱。预计要半年以后，方可平复。

手术后，饮食情况，大有好转，这是好现象。

近年来，您写作十分努力，成绩斐然，实可庆贺。然仍需劳逸结合，以利长期战斗。亟应注意休息，是盼。

知关注，近稍能写字，即报告如上，以免挂念。

即祝

全家安好！

孙　犁

一九九三年九月十九日

致肖复兴

复兴同志：

四月二十四日大函，今晨奉悉，至为感谢！

您去年评我致邢海潮书信，其中一句，为河北报刊多次引用，可以说是知音之言。

您在各地报刊发表的短文，我能读到的，都拜读了。以为写得很好，文风很正。

当今，只是文风正，已很不容易，这期间，要有很大的自持力。因为文坛风气不正，致使一些本来很有前途的作者，受不住诱惑，走入歧途。每念及此，能不伤心！

我原来好发一些议论，屡碰钉子之后，乃知此非一人一言所能奏效，近日亦安于缄默。

贪图名利于一时，这是很容易的。但遗憾终生，得不偿失，我很为一些聪明人，感到太不值得。

也很少写东西，三月二十三日《天津日报》有一篇《读画论记》，还算是一篇稍为像样的文章，不知北京能见到该报否？

希望读到您更多的作品，并时常赐教！

即祝

大安！

孙　犁

一九九四年四月二十六日

致郭志刚

志刚同志：

收到贺片。屡蒙关怀，甚为感谢！

我的身体已逐渐恢复正常，生活基本上已走向正规，只欠没有下楼。春暖后，当练习下楼散步，如果顺利，那就和过去没有什么两样了。

每天无事，整理整理书籍，我买了很多书，有的并没有认真读过，在整理过程中，也找出一些重新阅读。近日读了不少，但杂乱无章。较有系统的为明末清初野史。这种材料，我有很多，近来集中读了徐鼒的《小腆纪年》及《纪传》。他参考了六十二种南明野史，叙述颇有根据。另一部为谷应泰著《明史纪事本末》，他对张献忠和李自成的事迹，记述详备，议论也平允。此外还读了中华书局近年刊印的佛教典籍，但我对禅书，始终读不进去，不知何故。花山出版社送我一本日本古代僧人写的《入唐行纪》,倒很有兴趣。这位高僧,历尽艰险,来中国取经,却赶上了皇帝改信道教,对佛教大加摧残的政治风暴,只好匆匆回国。但收获还是不小,较《大唐西域记》和《法显传》所记,尤为动人,他差不多走遍中国大部,有些路线,我也走过,如去五台等等,反映当时农村风土人情。

和您提这些,只是叫您知道我近来不错,还可以读书,弄文墨,请放心而已。

即祝

春节阖府均吉!夫人和令郎安好!

孙　犁

一九九四年二月二日

致段华

段华同志:

来信收悉。我不看小说。

那幅字,没想到您去裱,用的是剩墨,弄不好会洇。

最近发了很多信,要暂停。三月二十三日《天津日报》

发了一篇读书记:《读画论记》,近八千字,一次登完。这算是我病后正规写作之始。

我也有一部《六十种曲》,是开明原版,当时已有影印新本,但我"讲究"版本,还是买了一部旧的书。只是书皮有些破损,内文还是很新。抄家发还,我又修整了一次,放在那里没有读过。我平生对词、曲两项,读得很少。六十名家词,甚至《全宋词》都买了,就是懒得看,不知何故。《牡丹亭》是因为《红楼梦》推崇,幼年即读过,至今放一本在手下,所以那幅小张字,就是随手抽出照写的。并不证明我正在研究戏曲。

但张相那本《诗词曲语辞汇释》,我以为很有用,没事翻翻,对创作有好处。

您忙,没事不必复信。

即祝

编安!

孙　犁

一九九四年三月二十五日,大风

致葛文

葛文同志：

前后来信，均奉悉，甚为感谢！

您写的稿子，收到后，我立即看过，改正个别字后，即交《天津日报》葛瑞娥同志，请她想法用一下。本来，我想加个副题："记孙犁和他的老伴"，后来一想不合适，就又抹去了。瑞娥他们会和您联系，请勿念。

朋友们写我的很多，就缺一篇记她的，所以我收到你的稿子，不只没有难过，反而觉得您能表扬她一番，对她对我都是一种难得的友情和安慰。谢谢您了。

您多写文章，太好了，人老了，不能待着，只能工作，才能解脱。

即祝

新年快乐！

孙　犁

一九九四年元旦

后　记

钱起诗:“曲终人不见,江上数峰青。”本集之命名,其由来在此。友人有谓为不祥者,我也曾想改一下,终以实事求是为好,故未动。

自一九八二年《晚华集》出版,朋友们以“每年一本”相期许,当时亦自知奋发,预定生前再写“十本小书”。最初数年,尚能如期完成。后来身体逐渐病弱,力已不能从心。以本集稿件而论,其最初剪存者,为一九九二年一月,目前截止,则已是一九九五年一月了。粗略计算,十本小书,虽已完成,然用的时间,不是十年,而是十三年。

集内文章,不再评论。读者都是故人,自去理会好了。唯当说明者,书中有十六篇文章,于编辑珍藏本时,出版社已提前收入。今天编印此书,照顾过去体例,仍按编年辑存。出版社是一家,自无异议,对于已购珍藏本的朋友,则应交代如上。

人生舞台，曲不终，而人已不见；或曲已终，而仍见人。此非人事所能，乃天命也。孔子曰：天厌之。天如不厌，虽千人所指，万人诅咒，其曲终能再奏，其人则仍能舞文弄墨，指点江山。细菌之传染，虮虱之痒痛，固无碍于战士之生存也。

一九九五年一月三十日上午